几生修得到梅花

修订本

陈更 著

人民东方出版传媒
東方出版社

图书在版编目（CIP）数据

几生修得到梅花 / 陈更 著 .— 修订本 .— 北京：东方出版社，2019.4
ISBN 978-7-5207-0808-1

Ⅰ. ①几…　Ⅱ. ①陈…　Ⅲ. ①唐诗—诗歌欣赏②宋词—诗歌欣赏　Ⅳ. ① I207.2

中国版本图书馆 CIP 数据核字（2019）第 032825 号

几生修得到梅花
（JISHENG XIUDE DAO MEIHUA）

作　　者： 陈　更
策　　划： 李伟楠
责任编辑： 李伟楠
责任审校： 刘越难　金学勇
出　　版： 东方出版社
发　　行： 人民东方出版传媒有限公司
地　　址： 北京市东城区东四十条 113 号
邮　　编： 100007
印　　刷： 天津画中画印刷有限公司
版　　次： 2019 年 4 月第 1 版
印　　次： 2019 年 4 月第 1 次印刷
开　　本： 880 毫米 ×1230 毫米　1/32
印　　张： 10.875
字　　数： 194 千字
书　　号： ISBN 978-7-5207-0808-1
定　　价： 45.00 元
发行电话：（010）85924663　85924644　85924641

序

蒙曼

陈更是个骄傲的女孩子。我和她打交道不止一次，从《唐诗风云会》到两届《中国诗词大会》，隔着舞台，她打比赛，我看比赛，有时候点评几句，但更多的时候只是在看，同时心想，这个女孩子可真伶俐！除此之外，并无私交。甚至，有那么两次，打完比赛，在后台，我看见她，她也只是笑一笑，不多说一句话。我想，这是因为她骄傲，兴趣在那里，实力也在那里，跟评委嘉宾并无太大关系，本来也不需要说更多的话。我挺敬重这样的骄傲，再加上她学自动化，弄机器人，让我这个文科生“不明觉厉”，所以反倒会多关注她一些。

关注之后，整体印象还是骄傲而且伶俐，有时候因为太伶俐了，不免会急躁，该赢的地方也会输，让我特别惋惜。但是转念一想，这是什么比赛嘛，又不赢房子不赢地，人家高兴在这里以诗会友，把诗说出来，把朋友交起来就好，输赢这类事情，本来也没那么重要吧。只不过，按照我个人的心性，大概总是愿意赢，因此也愿意我喜欢的选手赢，所以才会在那里扼腕叹息。陈更是不是像我一样扼腕呢？我也不大清楚，但无论如何，她台风很好，总是笑盈盈的，穿一身蓝袄青裙，有古君子之风，这就是骄傲。

最近陈更跟我说，要出一本书，叫《几生修得到梅花》，请我写序。我有点小意外，但也愿意为她出力，所以就应承下来。看了其中的几篇文章，觉得陈更不仅骄傲，不仅伶俐，还是一个非常敏感的女孩子。她笔下的诗人也罢，诗歌也罢，都带着她本人的强烈印记，不是知识堆积，而是她读诗看人的真体会，让人不仅读到了诗，也读到了这位年轻女博士的往事心曲，文字也流畅可喜，是一本很好读的书。时下“文学青年”几乎成了贬义词，但我觉得，一个青年爱好文艺，本来是最自然的事情，如果连青年都那么世故，那么无趣，人生也罢，社会也罢，还有什么希望呢？所以，我衷心愿意为这本书说上几句话，为陈更博士说上几句话。我坚信，一个喜欢诗的女孩子，会造出更好的机器人，也会造出更美好的人生。

诗心的 4/12——归真

诗心的 5/12——懂得

诗心的 6/12——邃邈

目录

诗心的 10/12——典雅

诗心的 11/12——天真

诗心的 12/12——守梦

后记

外十三篇

诗心的 1/12 ——孤直

遇见一个君子——柳宗元

『受屈不改心，然后知君子。』在这两句诗里，柳宗元让我们看到了涅槃后返璞归真的他。我们看到了一个超脱的他，我们看到了覆灭后的重生。

晨诣超师院读禅经

汲井漱寒齿，清心拂尘服。
闲持贝叶书，步出东斋读。
真源了无取，妄迹世所逐。
遗言冀可冥，缮性何由熟。
道人庭宇静，苔色连深竹。
日出雾露馀，青松如膏沐。
澹然离言说，悟悦心自足。

有故事的柳宗元

读这首诗，第一感觉，心里会沁出一丝清凉。你看到井、寒、书、步、日出这几个词，就可以体会那个画面。朦胧的晨光里，井边的辘轳吱吱地转着，清冽的井水冰冰凉凉，盛在敦厚的陶钵里。它拂面而来，扫去恹恹的起床气；它流连齿间，给你清甜的开始。然后捧一本书，在松树旁边，看青青平林出朝阳。

柳宗元，我们读过他的《江雪》："千山鸟飞绝，万径人踪灭。孤舟蓑笠翁，独钓寒江雪。"看不出有多么好。只觉天地之间，山山是雪，路路皆白，鸟都飞尽了，什么动物也没有，什么人也见不到，甚至鱼也没有，一个孤老头子身处其中，钓的是那一点雪。极端寂静，极端落寞。

我们还在中学课本里遇到了《小石潭记》，犹记得那水极清，“潭中鱼可百许头，皆若空游无所依。日光下澈，影布石上。”该是怡然有趣的地方，可他最后却说：“四面竹树环合，寂寥无人，凄神寒骨，悄怆幽邃。”

董小姐嘴角向下的样子很美，像安和桥下，清澈的水。所以宋冬野对她说，你才不是一个没有故事的女同学。读过这两篇高冷的作品，你约莫也可以猜到，柳宗元，才不是一个没有故事的男同学。

该从哪里讲起呢？不如先从一封书信开始。公元 814 年，是柳宗元被贬为永州司马的第十年。好友韩愈新升了史馆修撰，在大任前有些畏首畏尾，于是给柳宗元写信倒苦水，说史官不好做啊。假设你正在一所大专学习，而一个刚考上了清华的同学，来跟你倾诉他的烦恼：“在清华上学，不仅学习任务重，且加持于身的光环太耀眼，会引起太多关注，所以有点儿退缩，觉得自己还是混混日子算了。”你会怎么想？大概没什么回答的热情。但厚道的柳子厚却认真地回了信。“做史官危险，做监察的做审判的官就不得罪人了吗？做宰相更大权在握，生杀予夺，那你干脆不要向上，不要做官了！”他带着激愤失望的心情，将韩愈的惶恐逐一击破，“退之之恐，唯在不直，不得中道，刑祸非所恐也。”望他不要只求自保、尸位素餐，要坚守原则，坚持理想。于是我们读到了至今仍有现实意义的《与韩愈论史官书》，字里行间的真意，除对朋友的赤诚之外，还有对社稷的一片深情。

就是这样真正做到了“处江湖之远而忧其君”的柳宗元，九年之前，当永贞革新失败，作为“二王八司马”之一的他被贬到永州。当他诀别京城，一路南下，向着蛮荒之地而去，真是一步一泣血。那些十年寒窗的日子，那些“吾家读书久不效，儿之成，则可待乎”的祖祖辈辈的期盼，那些以为大业可待、此心可寄时的兴奋与欣慰，藏在心底，与巢倾卵破的现实形成残忍的对比，使余下的人生似乎都成了苟活。“海畔尖山似剑芒，秋来处处割愁肠。若为化得身千亿，散上峰头望故乡。”在永州遥望长安，柳宗元给朋友写信说，从此家族墓园远隔千里之遥，再不能为祖先扫墓；从此看守墓园的人会弃之而去，恐怕祖先的坟墓会被放牧者的牛羊践踏，先人如何安眠；从此父辈积攒的家业，长安城西的良田与果园，会被人霸占；从此长安故居中先皇所赐的三千卷书，将不知所终，再不能传承下去；家族蒙受的耻辱，难以言尽。于是，我们看到了《江雪》——被贬，对于唐朝望族河东柳氏的子孙柳宗元，对于家族荣誉感强烈的柳宗元，不是一个小我的事，是一整个世家大族的命运。积压在他心头的沉重，只有“千山鸟飞绝，万径人踪灭”可比拟。

是在这样的悲哀里，柳宗元在黑暗里一点点地向光而行，慢慢走了出来。“受屈不改心，然后知君子。”在这首《晨诣超师院读禅经》里，柳宗元让我们看到了涅槃后返璞归真的他。我们看到了一个超脱的他，我们看到了覆灭后的重生。

一幅冷色调的油画

写下这首《晨诣超师院读禅经》的时候，是他到永州的第二年。虽说是贬官，做永州司马，但这毫无实权的官职，实则是一种带职带衔的流放。他甚至都没有住宅，携家带眷，一家人借住在城南的永兴寺里。寺院什么样呢？柳宗元在《闵生赋》中说，“戏凫鹳乎中庭兮，蒹葭生于堂筵”。鹤鹳嬉戏，野草疯长，和墙外的山野融为一体，非“简陋”或“艰苦”二字所能形容，恐怕刘禹锡在这里连《陋室铭》也写不出来。这样的环境，确实需要“悯生”。而在寺院之外，毒蛇遍地，毒蜂乱飞，水田里的怪虫会直接飞起来咬人。了解他境遇如此后，这《晨诣超师院读禅经》中的淡定平和，才愈显动魄惊心。

“清心拂尘服”，开篇就体现了柳宗元对修养身心颇为深刻的心得，身心的洁净应由内而外，应先清心，再拂尘，身心俱净方可读经。“闲持贝叶书，步出东斋读”，这十个字很有画面感，一幅山寺晨读图跃然纸上。只是在简单地叙事，并无直接的情感表达，但一个闲字，一个步字，已道尽了悠然恬淡之意，并且你会觉得这种闲适的气氛不是作者强加给你的，是你通过想象这个画面自己体会的。“真源了无取，妄迹世所逐。”寺里香火鼎盛，可来的人都为求子求官求发财，佛经的本意，与这些大相径庭。“遗言冀可冥，缮性何由熟。”佛经意味深长，不能由着性子来，要好好下功夫才能参透。

从书页间回过神来，觉得四下清幽安静，所以看书才能有所体悟。因此他有了些感激之心，感慨道：“道人庭宇静，苔色连深竹。”然后他举目远眺，看到“日出雾露馀，青松如膏沐”，朝阳照耀着松林，色泽温润而富有生机，是赏心悦目的画面，温柔而含情。“澹然离言说，悟悦心自足”便成了心底油然而生的话。“悠然心会，妙处难与君说”，这愉悦的感悟时刻，只可意会，不可言传。

柳宗元做到了。他也有过“独钓寒江雪”的孤寂，他也经历了“凄神寒骨”的低潮，但涅槃之后是重生。虽然雕梁画栋变成了山野寺院，虽然庙堂之高变成了江湖之远，但是心灵的修炼不挑地点，天地还是天地，佛经还是佛经，我还是我。革新落败了，生命还在继续，改变不了宦官专权藩镇割据的现状，阻挡不了晚唐倾颓的大势，但还有无限山川等待他去饱览，还有诗中天地等待他去探索，还有哲理禅机等待他去追寻。在这首《晨诣超师院读禅经》里，我们看到了开悟了的他，我们看到了不再清冷如孤舟蓑笠翁的他。他在这首诗里告诉我们，修炼心灵，他炼出了心得，炼出了满足。也许有些沉重难以消融，也许有些枷锁非一颗心的力量就能打开，但是，我们至少可以平静。

君子之心

一个人该如何一点点释放巨大的精神痛苦、解脱自己？柳宗元的自我救赎之路，其实颇可借鉴。那便是关注生活，关注身边的小人物，他们身上繁星般的智慧光芒，反射回来，照亮了他。《捕蛇者说》里，宁可玩命捉蛇，也不愿承受苛捐杂税的老蒋，让他深切体会了苛政猛于虎；《种树郭橐驼传》里，懂得让树自然生长的郭橐驼，让他懂得了不合适的“勤政”会拖累百姓；《梓人传》里，杨木匠对建造房屋的整体把握，让他领悟把握纲要的道理与用人不疑；《童区寄传》里，被绑架后反而杀了两个绑匪的十一岁小英雄区寄，让他感受到风气虽陈腐但邪不压正。他把这些小人物，都写在了他独特的寓言式散文中，意味深远，警醒朝政。

在这样的关注中，尽己所能为这些艰难度日的老百姓做些实事，以利他的善意，一点点地积攒起成就感，成为他努力生活的动力。柳宗元在永州生活了十年，后来又被调到了更偏远的柳州，度过了人生最后的四年。在柳州，他的官稍微升了一点点，做了刺史，从完全没有作用变到有了一点实权。他就像终于等来了雨水的麦苗，拼命生长，想要发光发热。短短的四年里，他为仍为原始森林笼罩、几乎尚未开化的柳州做了很多事，释放奴婢，兴办学堂，开垦荒地，整治街巷，开凿柳州的第一口水井—— 为百姓所铭记，为历史所铭记。余秋雨说：“柳宗元晚年所干的这些事，一般被称为政绩。当然也对，但他的政绩有点特别，每件事，都按着一个正直文人的心意，依照所遇所见的实情做出，并不考据何种政治规范。”在这里，我们看到一个真正的君子，一个君子的赤子之心。柳宗元只活到 46 岁——谁又能在那样的环境里长寿呢？虽然只有 46 岁，但他的诗文与思想，使他跻身于唐宋八大家，是唐宋八大家中在世时间最短的人。若他总是沉湎于悲伤，绝不可能有这样的成就。

所以，《晨诣超师院读禅经》这幅简单的晨读画，才变成了传世名画，今天我们要看它，以后我们的孩子们，我们孩子的孩子们，也要看它。

这也是我们要读诗的原因——经大浪淘沙后的传世之作，往往带有坚韧的人性光辉，能穿越时空的距离，照进现实，照耀心灵。诗中伟大的灵魂，期待着与你相遇，也期待着见证，你战胜一个又一个生活中的挫折，然后一点点地，变成更美好的自己。

李清照：孤鸾舞镜，欲说还休

她的词独创一格，于哀怨缠绵之中有执着坚韧的阳刚之气，而卓然于其他离情闺怨之上。她书写的愁与悲哀，因为内心的顽强，一笔一画都富含金子的硬度，一字一句都贯穿信念的力量。

永遇乐

落日熔金，暮云合璧，人在何处？染柳烟浓，吹梅笛怨，春意知几许。元宵佳节，融和天气，次第岂无风雨？来相召、香车宝马，谢他酒朋诗侣。　中州盛日，闺门多暇，记得偏重三五。铺翠冠儿，撚金雪柳，簇带争济楚。如今憔悴，风鬟霜鬓，怕见夜间出去。不如向、帘儿底下，听人笑语。

多少事，欲说还休

我喜欢清淡的诗句，好比茶之于咖啡，柠檬三文鱼刺身之于孜然羊肉，没有那么浓郁而咄咄逼人，需要安静的氛围，需要投入地品味。因为你得慢下来，你得主动地努力地参与其中，你得专心致志，你会获得悠长的余味，并且难以忘怀。

我迷恋这个过程。因此，相比于我们中学时学过的《声声慢》，我更偏爱这阕《永遇乐》。

它们的区别在于，“凄凄惨惨戚戚……正伤心……怎一个愁字了得”这些字句直接而强烈地传达了悲哀的情绪，是最痛苦不堪的时候；再看看《永遇乐》，像最寻常的拉家常，没有不堪，淡定之余，还有那么一点儿优雅。

“落日熔金，暮云合璧，人在何处？”落日晚景可以瑰丽壮美，也可以惆怅苍凉，取决于看景人的心情。看落日的女词人是什么心情呢？张信哲在歌里唱：“我为你翻山越岭，却无心看风景。”她连看的心情都没有，她只觉得这周遭透着点儿陌生，她只喃喃地道：“我这是，到了哪里呢？”她打量着这个地方，“染柳烟浓，吹梅笛怨，春意知几许”。柳树的枯枝似乎泛起了浅浅的绿，不知道哪里有人在吹笛子，原来又到春天了。“元宵佳节，融和天气，次第岂无风雨？”要过节啦，这会儿是暖融融的，可她没有安全感，总觉得有风雨要来。“来相召、香车宝马，谢他酒朋诗侣。”有人乘着华丽的车来邀她过节，可她不想去。

来客渐渐散去了，又剩了她一个人。她忽然恍惚起来，暗惊现在的自己似乎有了些不同，具体是哪里不同，好像又说不上来。她心里浮上了极遥远极遥远的回忆，远得就像上辈子似的。“中州盛日，闺门多暇，记得偏重三五。”啊，那时候，在中原，在故乡，在北宋都城汴京，元宵节最是热闹啦。“铺翠冠儿，撚金雪柳，簇带争济楚。”那时她还贪玩，日子又悠闲，节日自然过得隆重。过节要费心打扮，鲜活靓丽的样子，和姐妹们比个高下。雪柳，冠儿，她说起来也是少女的语气……“梦里不知身是客，一晌贪欢。”往昔无忧无虑的快乐闪过，美梦般的回忆清醒了，眼前换了时空，还是元宵节，但是在南宋都城临安。“如今憔悴，风鬟霜鬓，怕见夜间出去。不如向、帘儿底下，听人笑语。”她老了，面容有了岁月的痕迹；她的心境不同了，对元宵节的热闹繁华，再也提不起兴趣。听着别人的欢声笑语，想不起上次自己笑是什么时候了。

就像是用了蒙太奇手法的倒叙电影。我们跟着她，经历了不知今夕何夕的迷茫，闭门谢客的疲惫，对往日时光的追忆，和梦醒时分的怅然。这一切都是淡淡的，如同一点墨滴入清水里，没有明显的线条。在水墨氤氲中，她碎碎念着，唉，老啦，老啦。

而这一生，又经历了些什么呢？

正是因为其中艰辛无从说起，才这样避重就轻啊。真正的愁，真正的苦，从来都说不出口。

在我心里，她是南宋的温度

她年轻的时候，诗词里常有让人不禁莞尔的少女心。

“和羞走，倚门回首，却把青梅嗅。”稚嫩羞涩，情窦初开。

“云鬓斜簪，徒要教郎比并看。”活泼淘气，楚楚动人。

“暖雨晴风初破冻，柳眼梅腮，已觉春心动。”植物在她心里也有眉眼，读来赏心悦目。

这些可爱的真性情，只属于“凤阁龙楼连霄汉，玉树琼枝作烟萝，几曾识干戈”的短暂日子。天降煞星，北方崛起了一个游牧民族，宋王朝的和平消失了，李清照的小幸福也随之消失了。她的诗词里几乎只剩了愁绪，就像这阕《永遇乐》。

同是国土沦丧之恨，岳飞说：“待从头，收拾旧山河，朝天阙。”辛弃疾说：“了却君王天下事，赢得生前身后名，可怜白发生。”而李清照的语气，总是淡淡的，并且似乎目光总在自己的生命里。譬如《清平乐》里的“年年雪里，常插梅花醉”，譬如《添字丑奴儿》里的“伤心枕上三更雨，点滴霖霪。点滴霖霪。

愁损北人，不惯起来听”，和这阕《永遇乐》里的“中州盛日，闺门多暇，记得偏重三五”。这样，不了解李清照的人，会觉得她有些小家子气，格局太小，离不开儿女情长。

但我觉得，这些词句一样动人。且不说李清照其实是在用自己的方式表达家国之思，只其中儿女情长的部分，也应该得到接纳。诗词原本就是温情的事，我们在读诗词的过程中获得共鸣，获得感动，在诗词里找到自己的影子。我们每个人心里，都有对家人的思念，对知己的渴望，对有人陪伴的需求。李清照将它们写入诗词，在传达大爱的同时，折射出对人性的关怀。蒋勋老师说：“一种文化里面，如果私情没有办法被肯定，其他的大爱就会空洞、虚假。私情本身是社会伦理架构里面非常重要的因素。所谓的忠是大爱，但是如果我们不去眷顾这样一个女性，体会她看似微不足道的情感遗憾，那个大爱也很可疑，就会被架空。私情是大爱的基础。”

余光中说李白：“酒入豪肠，七分酿成了月光，余下的三分啸成剑气，绣口一吐，就是半个盛唐。”

在我心里，李清照的爱恨情愁，和化愁为美的生花妙笔，让南宋的国土沦丧之痛，带了可触及的温度，变得更有血有肉，更立体，更完整。

我的征途，是星辰大海

你有没有读过杨绛的文章？评论家说，96岁的文字，竟具有初生婴儿的纯真和美丽。

我常常觉得李清照和杨绛很相似。她们都是伟大的传奇女人，却又都是有着单纯愿望的倔强小孩。一个信念，就可以支撑下去。

钱锺书离世，留下七万多页天书般的手稿与中外文笔记，看得懂的只有杨绛。五年后钱锺书的手稿得以全部出版，背后是九十高龄的杨绛不辞劳苦的伏案工作。而赵明诚留给李清照的是更大的难题，数万卷书籍，数千卷金石拓片，还有出版《金石录》的夙愿。更何况是在战火纷飞的乱世，前有土匪，后有敌兵，一个四处逃难的弱女子，为保全文物所承受的压力和艰难，是我们难以想象的。

所以她们其实又不同。杨绛在现代社会受人尊敬爱戴。而宋朝是什么样的？只是想娶师父的杨过，都能让仁厚的郭靖动了杀心。一个怀惊世之才的女人，在女子无才便是德的封建礼教之下，像一条逆流而上独自游到底的鱼，被顺大流而下的鱼群排挤，孤立。千年孤独，她活着的时候没有相知，她离开了之后没有同类。

清照，清光自照，这名字似乎就预见了清冷孤单的旅途。司马迁可以对任安说："然此可为智者道，难为俗人言也。"当李清照想将毕生所学传授的女童都拒绝道："才藻非女子事也！"她还能对谁倾诉呢？无人理解，也是词作中她每每欲说还休的原因。

孤鸾舞镜，没有同类，是怎样的孤寂？是什么支持着无家无子无依靠的她？"我报路长嗟日暮，学诗谩有惊人句。九万里风鹏正举，风休住，蓬舟吹取三山去！"是对艺术的追求，是完成《金石录》的夙愿，是志存高远的人格，是"虽千万人吾往矣"的勇气。

因此，她的词独创一格，于哀怨缠绵之中有执着坚韧的阳刚之气，而卓然于其他离情闺怨之上。她书写的愁与悲哀，因为内心的顽强，一笔一画都富含金子的硬度，一字一句都贯穿信念的力量。我们读她的词，在为她笔下凄清的悲剧之美所感动的同时，也应该感受到来自那愁绪背后的勇敢的鼓舞与激励。

风休住！我的征途，是星辰大海。

我想起了英国诗人兰德的诗。

> 我爱大自然，其次就是艺术；我双手烤着生命之火取暖；火萎了，我也准备走了。

诗心的

2/12

——深情

王昌龄：七绝声切，人间离别

当经历过的离别渐渐多了，大概总会习惯的吧，渐渐就没那么难过了。但王昌龄不是的，他就觉得每一次离别都非常重要。他每一次都要认真写诗。

送魏二

醉别江楼橘柚香，江风引雨入舟凉。

忆君遥在潇湘月，愁听清猿梦里长。

他心爱的七绝

秋深了。

橘柚的香气在雨中渲染开来，从临江的高楼上望去，江面在一片雨雾里，朦胧难辨。一叶小舟孤零零泊在楼下的岸边，江风扬起船舱的布帘，肆无忌惮地灌入秋雨。想来，人卧其上，怕是难避秋凉了。

此时此地还是热闹景象，顷刻之后你便孤舟江上。陈年老酒的香气醇厚，直冲上来，我只觉眼眶有些发热。就是在这样的雨天，就是这样薄凉的小舟，要载着你离开了。

我想象你今夜的景象，雨散云收，孤月高照，你漂在湘水之上，和着山水月色，枕着江波而眠。那两岸的青山怕是还有猿猴的啼鸣，空谷传响，最是凄异哀转，久久不绝。担心它会闯入你梦境，更添一抹离愁。

醉别江楼橘柚香，江风引雨入舟凉。忆君遥在潇湘月，愁听清猿梦里长。

别后多少凄凉，从梦境中若有若无、此起彼伏的猿啼去听取。

这幅动人的别后情景，带着浓郁的烟雨江南气息的赠别诗，却来自从风沙粗砺的塞外归来、或许刚刚写罢“平沙日未没，黯黯见临洮”的那支笔。

我们每个人最早认识王昌龄，一定是在《出塞》或《从军行》里。小时候，王昌龄这个名字在我心里和边塞二字几乎可以画等号，以至于每当我看到“一片冰心在玉壶”“芙蓉向脸两边开”和他的名字在一起时，总觉得很奇异，仿佛看到了李逵绣花。

然而后来，他偏偏在我面前一次次拈起了绣花针，还一次比一次绣得漂亮，于是我不得不相信他是会绣花的了，就像这首诗。

但不管是大笔粗描塞外风光、沙场豪情，还是纤针细绣江南小景、如梦轻愁，他都爱用七绝，像剑客最爱不释手的那把剑，一首诗只二十八字，恰如一幅短小精悍的苏绣。但二十八字要如何讲故事呢？要如何将多情的诗人心中的话说尽？所以他下笔前总是想啊想啊，一定要用你未留意过的事，要用让你恍然大悟的事，要用最意蕴无穷的情思，牵出无尽之意于言外。

“忽见陌头杨柳色。”多么细微的一个生活瞬间，突然发现昨日还没有动静的柳枝乍然泛绿的时刻，竟无由地在心里引出针扎似细细密密的痛来——又是一年。这变化让人又惊又伤心。柳枝都在变，都在重获新生，而自己的生命却仿佛凝滞了，一天和另一天毫无差别，昨天、今天和明天，都是空等。这变化引出突如其来避无可避的强烈思念，显露出漫长而孤单的岁月里那些努力的自我排遣、自我疏解。那仿佛“不知愁”的麻痹与伪装，在这一夜爆青的柳芽儿中尽数坍塌崩溃了。

“未央前殿月轮高。”新人得宠，莺歌燕舞在前殿，失宠的人在冷清的后殿。君王偏怜新人，连月亮都一起偏爱她们，热闹的得宠之人所在的地方，月亮也格外高。新人在前面，月亮也为之升高；旧人在后面，只觉一切都那么遥远。一个“前”字，一个“高”字，让人感到透骨的寒意。

“玉颜不及寒鸦色，犹带昭阳日影来。”谁能想到会有人将美人青春娇艳的面容和乌鸦放在一起做比较呢？王昌龄就要这么比，更说这如玉的容颜，还比不上乌鸦。因为乌鸦刚从昭阳殿飞来，每日还能面圣，从昭阳殿屋顶反射来的阳光还照在它的身上。而失了宠的美人，此生就这么孑然一身地过了，再不能望昭阳殿一眼，再不能见君王一面。极致孤寂的青春，被一只乌鸦衬得无处躲藏。

像别后梦中猿猴的啼叫一样含情而悠长，悠悠别意和离愁都融入了猿啼中。用二十八个字幻化无限张力，这便是我们的“七绝圣手”之所以为“圣手”的原因。

没说完温柔，只剩离歌

人生就是一场巨大的离别，人的心在一次次离别中终将渐渐迟钝，至少，我始终这么想。当经历过的离别渐渐多了，大概总会习惯的吧，渐渐就没那么难过了。离愁别绪，总有枯竭的时候。

但王昌龄不是的，他就觉得每一次离别都非常重要，他每一次都要认真写诗。他多情的心，仿佛不竭的泉眼，将对朋友的温情与不舍，源源不断地流在这薄凉的世上。

打开他的诗集，只见满篇的“送”字、“别”字。《送胡大》《送魏二》《送高三之桂林》《送张四》《送李五》《送程六》《送窦七》《送谭八之桂林》《山中别庞十》《巴陵送李十二》《送刘十五之郡》《岳阳别李十七越宾》《送吴十九往沅陵》《送柴侍御》《送郑判官》《巴陵别刘处士》《送姚司法归吴》《留别司马太守》《留别武陵袁丞》《送韦十二兵曹》《送崔参军往龙溪》《留别伊阙张少府郭大都尉》……不胜枚举。你若有耐心去一篇篇看过那些题目，会发现他的送别诗的诗题简直可以凑齐所有数字，画完唐代官谱，并总结出一部《百家姓》。仅看着这些名字，他一个个记下来的朋友的名字，他们告别的地方，他们要去的地方，就能让人心里泛起温情来。他让一场场在历史长河中微不足道的离别，凝成了永恒。

王昌龄现存一百八十多首诗，其中有二十一首是边塞诗，而竟有六十余首是送别诗。可见，与其称他为“边塞诗人”，不如称他为“送别诗人”。学者们说起王昌龄诗中常见题材，便说主要分为三种，即边塞、闺怨和送别。诚然，送别是人容易感怀的时刻，因此诗词中多见送别题材，也有诸如《别董大》《送元二使安西》《赋得古原草送别》《白雪歌送武判官归京》等很多名篇。但是，数量之多，诗意之好，作诗之认真，每一首都不敷衍，以至于竟在诗集中占了一种主要题材的，只有王昌龄一人。你再不会见到另一个诗人，诗作的主要题材，有送别这件事了。

他站在原地，认真地、郑重地、甚至带着点儿虔诚地，将生命中的一个个过客送往四面八方。他们去游玩、去上任，或背井离乡，或荣归故里，或在意或不在意地与王昌龄告别，在“桂阳秋水长沙县”，或“广陵新月海亭秋”。他凝望着他们的背影，为他们写下深情的骊歌，祝福他们“舟船明日是长安”，劝诫他们“莫将孤月对猿愁”，期盼着他们“归时还拂桂花香”。送别的天气有时阴冷如“洞庭秋雨海门阴”，有时朦胧如“井邑苍茫含暮烟”，有时晴朗如“清江月色傍林秋”。送别的场景有时热闹，有“英僚携出新丰酒”，有时寂寞，只对着“平明送客楚山孤”。他时而低落，念起“送君归去愁不尽，又惜空度凉风天”，只觉友人一走世界都空了；时而又乐观，絮叨着“青山一道同云雨，明月何曾是两乡”，慰藉友人，也慰藉自己。他漂泊在外，惦记着在遥远的故乡，“小弟邻庄尚渔猎”，请人帮他去看一看，捎“一封书寄数行啼”；他拜托离人归后，要替他嘱咐洛阳亲友，不要听信谣言，一定要相信他始终“一片冰心在玉壶”。诗中重现了那些“路上多小心”的叮咛嘱咐，那些烟波微茫里犹自坚持不肯放下的挥动的手，那些知己远去又一次陷入孤独的抗拒，那些泪眼蒙眬中渐行渐远的背影，那些坎坷人世中人情的温暖。

王昌龄一生颠沛流离，他早年生活贫苦，曾以农耕为生。三十多岁时他才进士中第，却时时受人排挤，以致被四处贬谪，很少能回到故乡。但在这些贬谪之地，他却以游子的身份做了一次又一次东道主，他以坚强的心为他们扬起希望的风帆，将勇气分与他们，将坚持分与他们，然后看着他们上路，就像自己也重新起航了一样。在这些送别中，凝结了他生命中的一个个片段，他对生活的一次次期冀。

然而，这个送别过无数人的我们可爱的七绝圣手，却在安史之乱爆发后在好不容易踏上的还乡路上，被妒才的濠州刺史闾丘晓所杀，就这样结束了生命。他送过那么多人，却走得如此突然，没有来得及与他曾送别的朋友一一道别，也没有人来得及送一送他，他就走了。他经历过那么多柔缓而深情的离别，却走得如此匆匆。我们只能去相信，那伴他一生的别离诗意，是他告别人世时最好的慰藉。

仕途坎坷的王昌龄，也许在治国兴邦上并没有做出什么突出贡献，但他一定是一个贴心而重感情的好朋友。

他还年轻的时候，二十岁出头的年纪，还没有开始流浪，有一夜和堂弟赏月，他想起了远方背井离乡的游人，写下这样的诗句。

美人清江畔，是夜越吟苦。千里其如何，微风吹兰杜。

这是他少有的身处故乡的珍贵时刻，他便同情起远方的友人正颇受思乡之苦的煎熬，于是就对友人说：不要难过，快看这故乡清亮的月亮啊，你那里看到的也是故乡的月亮，我把它分给你看，我们一起看。

多可爱的人啊。所以，那些多情的送别，是如何地发自内心，我们也可以理解了。

他又梦到了李白

——『情圣』杜甫

若负平生志，若负平生志，而杜甫的平生志呢？当他蹒跚地迈出破旧的茅屋门，谁在凝望他搔白首的背影？

梦李白（其二）

浮云终日行，游子久不至。
三夜频梦君，情亲见君意。
告归常局促，苦道来不易。
江湖多风波，舟楫恐失坠。
出门搔白首，若负平生志。
冠盖满京华，斯人独憔悴。
孰云网恢恢，将老身反累。
千秋万岁名，寂寞身后事。

他又梦到了李白

有一次参加一个诗词论坛，开始前，在休息室里，我有幸见到了诗词研究专家周笃文老先生。他很亲切，没有一点架子，和我说起话来。

“那么，你最喜欢哪首古诗呢？”
“杜甫的《梦李白（其二）》。”

“哦…… 冠盖满京华，斯人独憔悴。”

老先生用长长的尾音念完了这句诗，就沉默了。我以为他会问我为什么，还在想该如何回答。但直到论坛开始，他也没有再问我。他似乎陷入了沉思，像是因为这首诗而想到了什么。

《梦李白（其一）》《梦李白（其二）》《天末怀李白》，讲的都是杜甫莫名其妙地想起了李白，而他们竟然都被蘅塘退士收入了《唐诗三百首》。也就是说，杜甫对李白的思念，构成了蘅塘退士心里唐诗世界的一百分之一。

杜甫望着天空发呆的时候一定常常想起李白，反正起了凉风他也会想起李白，云飘来飘去他也会想起李白，所以他才会说“浮云终日行，游子久不至”。李白，像浮云一样不停地四处流浪，让人牵挂。“三夜频梦君，情亲见君意。”这句诗总让我不禁莞尔。一看到它，杜甫那忧国忧民沉郁顿挫的忧郁侧脸，一下子就变成了一个满脸憨笑的撒娇模样，还有一点扭捏，还有一点亲昵。这也是他可爱的地方，诗里总有真性情。这句诗好笑之处还在于实在是十分自恋，明明是杜甫一连三夜梦到李白，还非要说是李白的一片真情实意，夜夜不辞劳苦到他梦里来。“告归常局促，苦道来不易。”毕竟是梦，天亮前还要赶回去，所以他见到的李白总是行色匆匆，反复念叨“来一趟不容易啊”。这里，虽是想象，虽是梦境，却也让人动容。你能想起那些团圆的不易，那些人生的艰难。“江湖多风波，舟楫恐失坠。”是啊，听着李白说不易，杜甫也想到了来入梦之路万水千山，担心李白在入梦路上遇到危险。“出门搔白首，若负平生志。”李白要走了，出门时他不经意间做了个小动作——挠头，那头上青丝不再，只剩下满头白发。这熟悉的动作和刺眼的白发，让凝望着他的背影的杜甫湿了眼眶。他不禁想起了这个头发都白了的才子，一生少有命达之时。

我们只有对一个人满怀深情，才会对他习惯性的小动作了如指掌，才会因为他一个背影就湿了眼眶，才会在所有人都关心他飞得高不高时，独独关心他飞得累不累。“冠盖满京华，斯人独憔悴。”杜甫真的心疼李白，满城锦衣华服，独李白寒酸潦倒；满城意气风发，独李白枯槁憔悴。而以他的盖世才华，明明不该如此。“孰云网恢恢，将老身反累。”想到这里，杜甫悲问苍天，为什么要这样对待他的友人；为什么李白都已经韶华不再，还不能安稳地度过余生。“千秋万岁名，寂寞身后事。”他想到李白余生所剩无几了。他默默地想：人死后有多么显赫又有什么用呢？我只希望他活着的时候能平安喜乐。

《梦李白（其二）》很特别，堪称诗词中的后现代风格意识流。几个臆想中的画面，一段朦胧的心理活动，像电影中的《盗梦空间》一样任性大胆，又像《花样年华》一样沉闷平淡又莫名地刻骨铭心。

杜甫将李白思来想去啊。他将李白放入广阔而没有尽头的空间里，发现他亲爱的朋友在冠盖满京华里格格不入；他将李白放入漫长而没有尽头的时间里，发现他亲爱的朋友因为身后千万年的盛名而极致孤独。

这样的感情让他忘了一切，也忘了自己。哪里还有已入狱的李白，哪里还有被流放的李白，哪里还有所有人避之唯恐不及的李白。在这里，我只看到了，杜甫的李白，杜甫心尖上的李白。

让人沉默的杜甫

“知乎”上曾有一个问题：“小时候背那么多诗有什么用？”网友菠萝马回答说：“所有童年生吞硬嚼下去的古诗词们，都已经携带着作者创作时那一刻的情深，在我们此后漫长的一生中草蛇灰线、伏脉千里。”

我相信，周笃文老先生的沉默，就是诗中的情深在伏脉千里后的迸发。而因为想到了杜甫的诗而沉默，也实在是再正常不过了。他善于捕捉心底最细腻最柔软的情绪，唤起你最悠长最隐秘的生命记忆。

我曾经在与父亲久别重逢的一刻想到了这首诗中的一句，“出门搔白首，若负平生志”。我的父亲，年轻时没能上大学。他一生善良而倔强、孤傲，也曾有过许多热血沸腾的梦想，但因为种种原因，都没能实现。他常有受挫的时候，但总沉默不说。童年时夏天的夜晚，父亲常带我去家附近的大桥上纳凉，大桥上车来车往，桥下是滔滔渭水。我在席子上玩耍，父亲在几米外的路边坐着。过大卡车的时候，桥面会微微震动，我就会下意识地抬起头看看父亲。他的背很瘦削，单衣下看得到突出的脊骨，他微眯着双眼，几小时一动不动地，沉默，像是在望着南来北往的汽车，又像是在望着这桥上光带之外的茫茫夜色。我那时候不太懂那个背影在想什么，后来常常想起，总会想到落寞这个词。

长大了，我在外求学，与父母聚少离多，常常大半年才回一次家。每次回家都从火车站坐大巴车，车会经过家门口，父亲总在路边等我。家里是老式住宅楼没有电梯，他会帮我把行李箱从车上搬下来，然后扛在肩上，走楼梯上六楼。这是我早已习惯了的事。

但有一年，车快开到了，远远地我看到父亲站在路边，他穿着大伯留给他的棕色皮夹克。背景是冬日路边一排光秃秃的行道树。我看到父亲在已龟裂的并不合身的皮夹克里，显得单薄憔悴，他搓着双手，头向前探着，背弯了下来，站得一点也不挺拔。他的头发稀薄，显出老态来。这个画面给了我很大的冲击。我心里突然涌起了莫大的难过，父亲老了；我想起了“出门搔白首，若负平生志”，带着壮志难酬的遗憾，父亲老了。

这就是伏脉千里。你总会在一个时刻，和你曾经读过的某一句也许与那个时刻看似并不相关的诗句，产生莫名其妙的共鸣。

初发心菩萨

如果你不了解杜甫，你或许会觉得他是一个苦大仇深的冷冰冰的抑郁症患者。但事实上，杜甫是一个深情的暖男。杜甫的深情，不仅是对李白，他对天地、对万物都满怀慈悲。

你看他在身陷囹圄时对妻儿设身处地的疼惜，“遥怜小儿女，未解忆长安”；你看他在自身难保时对路遇落难之人的嘱咐，“豺狼在邑龙在野，王孙善保千金躯”；你看他在颠沛流离的逃亡之途还要呐喊，“县官急索租，租税从何出！”你看他面对漫漫前路时对萍水相逢百姓的同情，“天明登前途，独与老翁别”；你看他在何种境地之下怀想，“君今在罗网，何以有羽翼”；你看他在潦倒时对友人的情深，“出门搔白首，若负平生志”。

就像读这首《梦李白》，我们能感受到他对李白的挂念与同情，可合上诗卷，却恍然惊觉，杜甫自己，不也正遭受着“厚禄故人书断绝，恒饥稚子色凄凉”吗？若负平生志，若负平生志，而杜甫的平生志呢？当他蹒跚地迈出破旧的茅屋门，谁在凝望他搔白首的背影？

安得广厦千万间，大庇天下寒士俱欢颜，风雨不动安如山，呜呼何时眼前突兀见此屋，吾庐独破受冻死亦足。猛然间才想起，原来，他始终这样“无我”。

现在，网络上的“键盘侠”、“看客”，说出的那些“谁让他们出国读书的，活该”等话语，似乎让这个社会，显得有些冰冷、坚硬。所以，我们需要杜甫，我们想念杜甫，我们需要从杜甫诗中汲取温暖与柔软，来抵御冰冷与坚硬。

若问我最喜欢的诗人，我会说是杜甫，但若问为什么，我却总也说不好。

后来，在简媜的话里看到了答案。

> 最难的是，在困苦流离之中仍保有宽容平静的微笑；最珍惜的是，在披风带雨的行程中，还能以笠护人。若有这么干干净净的人，便是初发心菩萨。

《遣悲怀》：

从旧时光裁云剪水，凑一个你

在诗里提钱是俗的，更何况夸耀自己钱多，可是元稹似乎顾不上这些了，他只想说给她听。你看啊，我有钱了，我有钱了，可是太晚了，太晚了。我可以赎回你的金钗了，可是我只想重回一无所有，只要能换回你。

遣悲怀（其一）

谢公最小偏怜女，自嫁黔娄百事乖。
顾我无衣搜荩箧，泥他沽酒拔金钗。
野蔬充膳甘长藿，落叶添薪仰古槐。
今日俸钱过十万，与君营奠复营斋。

门不当户不对的“幸福”姻缘

我此生最幸运的事，就是娶到了她。

一无所有的年轻人，娶了一个千金大小姐，总是一个悲喜交加的故事。后来这个年轻人出人头地了，关于她的往事，他要郑重地从头说起。

“谢公最小偏怜女，自嫁黔娄百事乖。”第一句淡淡而来，借前人故事，道出了自己在这份幸运中的自知与珍惜。东晋丞相谢安，平生偏爱侄女谢道韫，一个身怀“堪怜咏絮才”的玲珑女子。战国时齐国隐士黔娄，出身平民，家徒四壁但志存高洁，他的夫人施良娣出身贵族且秀外慧中，她拒绝了众多王孙公子，偏偏看中了芒鞋布衣的黔娄。元稹追忆她与韦丛的这段姻缘，只觉自己就像黔娄一样幸运，在他眼里，韦丛恰如万千宠爱集一身的谢道韫，名门之后，光彩耀人。

所以迎娶韦丛时，元稹一定是忐忑的，我们也不禁要揣测：这个娇小姐，会愿意跟着他吗？

数年后的元稹，再想起当年，就好像重过一遍当年的心情。是一个个生活细节，让他掠过显赫的家世、惊艳的外貌，认识了韦丛的内心世界。

“起风了，要变天啦！你明天还是这身衣裳？那怎么行！就没有别的衣裳了？我再找找。”这一段，是她翻箱倒柜搜布头的背影。

“好——买！”这一段，是她明知家里已经没钱了，却不忍心拒绝嘴馋跟她要赖讨酒喝的丈夫，像宠溺一个小孩子般拔了头上陪嫁的金钗换酒时，浑身散发的母性光辉。

“好吃！不苦。”这一段，是从小习惯了山珍海味的她，坐在只有野菜的餐桌前，却眉也不皱一下，带着笑意大口大口吃的食相。

“昨夜一夜大风，这几天的柴火不用愁啦。”这一段，是她不顾衣裙委地，伸出纤纤玉手，一边蹲在大槐树下捡落叶，一边仰起头感激地看着树的俯视图。

这四段剪影扎根于生活土壤，充满了真实细节，让人无从怀疑，不能拒绝。我们就好像是当年他们的邻居，就在他们身边，春夏秋冬，岁岁年年，亲眼见证了一个娇滴滴的金枝玉叶如何为了爱蜕变为一个荆钗布裙满面尘灰的妇人。诗里散发的温暖琐屑的烟火气，足够真实，足够细腻，熏染着我们，让人不禁热泪盈眶，但又在心酸中，感受到一种莫大的知足与幸福——被爱的幸福，贫寒人家相依为命的幸福。是啊，生活有些辛苦，但如果能一生一世这样下去，似乎也不能更好了。和你在一起，没衣穿也没关系，没酒喝也没关系，野蔬真的堪比珍味，捡落叶也是开心的。

可幸福到这里就戛然而止了，这样一位贤妻已过世多年。我们的心情也从忐忑、惊喜、欣赏、敬佩而变为猝不及防的大悲伤。

“今日俸钱过十万，与君营奠复营斋。”在诗里提钱是俗的，更何况夸耀自己钱多，可是元稹似乎顾不上这些了，他只想说给她听。你看，你看啊，我有钱了，我有钱了，可是太晚了，太晚了。我穿上了锦衣华服，我喝上了金樽清酒，我吃上了凤髓龙肝，我可以赎回你的金钗了，可是我只想重回一无所有，只要能换回你。

缪塞说：“最美丽的诗歌是最绝望的诗歌，有些不朽的篇章是纯粹的眼泪。”

在这里，没有平仄，没有韵脚，没有技法，没有赋比兴，没有高雅的意象，只有一颗悲伤的心。

裁云剪水，凑一个你

数年后仍清晰的真挚情感，来自对往昔岁月一点一滴的铭记。琐碎生活的片段，柴米油盐的艰辛，当时看来是寻常，现在却有着千斤的分量，让他想起就湿了眼眶。这些仿佛深入骨髓的记忆，一定于无数个午夜梦回时在脑海里重演过，所以才能有这样细腻如丝的记录。这些小琐碎何以能保留一千多年让我们看到？当浓厚的生活气息扑面而来，一饮一食，一衣一饭，细到尘埃里的小事如浮云般从眼前散去后，渐渐沉淀的，渐渐明晰的，是千古不朽的爱。于是一个可亲可敬的韦丛便在元稹笔下重生，一千年不死，我们都看到了，一个平凡而又伟大的女人的忍耐与包容、牺牲与奉献，和在艰苦中不离不弃的陪伴。传说韦丛饱读诗书，深明大义，虽出身富贵，却不好富贵，不慕虚荣。过门后，她收起锦衣华服，三日入厨下，洗手作羹汤。她就像一株在温室中精心培育起来的牡丹，移植到了贫瘠的土地上，但是却毫无怨言，不仅顽强地扎根于贫瘠存活下来，还努力地生长开花，要将美与芬芳，贡献出来。

可是这样好的韦丛，在最好的年纪——27 岁，就离开了人世，留给元稹一生的怀念与歉疚。在《遣悲怀（其二）》中，他写道："衣裳已施行看尽，针线犹存未忍开。尚想旧情怜婢仆，也曾因梦送钱财。"他将对韦丛的爱与歉疚，化为许多小小的善。他知道韦丛这样温厚善良，想必也是支持他的。他将她生前的衣物都施舍给了穷人；因为愧于没有让她过上好日子，便对婢仆们宽容仁厚聊以自慰；在梦到她时，她说的那些影影绰绰若有若无的只言片语，他也都唯命是从，醒来就照她说的去办。可这些小事终究是杯水车薪。诗名虽是"遣悲怀"，但这份悲伤太浓重，何以能遣？后来我们常在元稹的诗中看到"病"字——"垂死病中惊坐起，暗风吹雨入寒窗""我今因病魂颠倒，唯梦闲人不梦君"。韦丛死后，元稹即多病，终于未得长寿，52 岁即去世了。他在《遣悲怀（其三）》中有一句令人肝肠寸断的悲叹——"同穴窅冥何所望，他生缘会更难期"。思念到了极处会怎么样，会想何时能重逢，而与故去之人如何重逢？肉身的重逢，即墓中；灵魂的重逢，即来世。人们总用这两种寄托来麻痹自己，可元稹非要戳破这层真相，他非要质问出来，墓穴中那么黑，怎么能看得清你的面容？来生虚无缥缈，哪里能指望得上啊！而为什么会有绝望呢？还不是因为思来想去，把每一种可能都想了几万遍。

唯将终夜长开眼，报答平生未展眉。

除生死外无大事。这样的悲伤无从排解，但至少铭记好于遗忘，遗忘太残酷了。若有一天回忆起，还要惊问自己你已走了多久，我竟想不起来你在世时的事了，那该多么悲哀。这份铭记，是你曾来过的证明，也是你的爱还在陪着我，还在用某种方式温暖我。我要把有你的往日时光刻进脑海里，从中裁云剪水，凑一个你，活在我心里。在受挫时，在低落时，便能想到你，便能感受到你，想到曾这样爱过我的你，想到曾这样为我牺牲过的你，就能再鼓起勇气和信心，振作起来，好好活下去。

《忆江上吴处士》：长安城藏进落叶底，你藏进时光里

这句话有击中人心般特别的吸引力，你不由得要拖着长长的尾音去念它，然后沉默一会儿，想起点什么，或者就空落落地怅惋。

忆江上吴处士

闽国扬帆去，蟾蜍亏复团。
秋风生渭水，落叶满长安。
此地聚会夕，当时雷雨寒。
兰桡殊未返，消息海云端。

这首五律不算名篇，可它的颔联却为人乐道，是贾岛的名句。这句话有击中人心般特别的吸引力，你不由得要拖着长长的尾音去念它，然后沉默一会儿，想起点什么，或者就空落落地怅惋。想来，是落叶满城的长安，透着安静、寂寥，像极了我们念起一个久无消息的朋友时的心绪。落叶掩住了陈迹，时光掩住了往事。

秋风生渭水，落叶满长安。

风从城外的渭水上生起，吹来，一夜之间，城中千万树闻风便簌簌落叶，静悄悄地，就铺满了全城。早晨人们从睡梦中醒来，看到季节又一次完成了它的轮换，该各有各的心事，贾岛便想起了吴处士。

你已离开了多久？杜审言说："独有宦游人，偏惊物候新。"这里，我们看到独有离人，对流年偷换格外敏感。自行舟离岸，月亮兀自圆了又缺，缺了又圆。当时雷声轰鸣大雨如注，此时秋叶都落尽了。船没有回来，人全无消息，想起时就望向东南，每次只见一片茫茫。

其实我们该从诗里期待什么呢？如墨在清水中漫延，眼前的文字升腾出特别的氛围，从眼底进入心里，心境随之生出清静平和来，就是诗无可取代之处。而氛围实在是一件莫名其妙的事，满城落叶，如何让人感受到一片深情？可你又不能否认这一联系的存在。有些人和事，即使在生命中突然没了声响，如同藏进了落叶底的长安城，却让人觉得妥帖安稳，即使他们久久地一言不发，也不由得挂牵眷恋。再回过头来一想，我们那些年复一年的日子，我们那些琐碎之中的情深，难道不都是这样在平淡中见隽永的吗？

贾岛的笔力向来如此。他那些“只在此山中，云深不知处”的怅惘，他那些“峰悬驿路残云断，海浸城根老树秋”的惦念，都像落满长安的秋叶，不动声色地，铺开，漫延。他出身于贫寒人家，又曾栖身佛门为僧，入仕后几经辗转，始终官职低微，大概并没有见过多少花花世界，眼中也只是寻常人见的寻常事。可是他的苦吟、推敲，竟“苦”出了门道来，将寻常事物用了心思写，便往往从寻常处道出人所未道之境界。你看“樵人归白屋，寒日下危峰”“怪禽啼旷野，落日恐行人”，他的太阳常放冷光，是清冷的，那凄清如此特别；你看“过桥分野色，移石动云根”，云动影移，那隐居之旁的山景竟是鲜活的；你看“流星透疏木，走月逆行云”，地僻境清，一读起就换了时空，仿佛正在星月下的山林中行走，让人心驰神往而皈依之念顿生。这里的“秋风生渭水，落叶满长安”亦是一例，后来被不少名家引用，化出“渭水西风，长安乱叶，空忆诗情宛转”，又化出“伤心故园，西风渭水，落日长安”。他总爱思量，爱琢磨，下笔时虽少了自然流畅，但从一个字一个字的用心中，也闯出了别样山川。

于是这样一个“独行潭底影，数息树边身”的苦吟诗人，终于不用“知音如不赏，归卧故山秋”。闻一多先生这样说：“贾岛同时代的人，初唐的华贵，盛唐的壮丽，以及最近十才子的秀媚，都已腻味了，而且容易引起一种幻灭感。他们需要一点清凉，甚至一点酸涩来换换口味。”

我们感激有这样的清凉和酸涩，让每一份心情，都能在诗中找到归依。

《鹧鸪天》：当我大放悲声，万物都告凋零

贺铸怀念妻子时，一定也感到了这风雨江山之外的万不得已者在。诗人在凡人都有的痛里，有比凡人更精微敏感的知觉与感触，他感到了千红一哭，万艳同悲。

鹧鸪天

重过阊门万事非，同来何事不同归？梧桐半死清霜后，头白鸳鸯失伴飞。　　原上草，露初晞。旧栖新垅两依依。空床卧听南窗雨，谁复挑灯夜补衣？

我在这里陪着你

后来人们常常说起半死的梧桐树。

它最早出自枚乘的汉赋《七发》。“龙门之桐，高百尺而无枝。中郁结之轮菌，根扶疏以分离。上有千仞之峰，下临百丈之溪。湍流遡波，又澹淡之。其根半死半生。”龙门山上有一棵桐树，有百尺之高，上有云峰相压，下有深渊相逼，还要承受湍急逆流的冲击摇荡。在这样的环境里，它的树根虽努力在土壤中延伸扩展，但有一半已死去了。后来这棵桐树被做成了一张琴。它似乎通灵，在山中时那存活的一半，因故去的一半哀痛不绝，因此出山后琴音凄婉动人。飞鸟听到，敛翅不能飞去；野兽听到，垂耳不能行走；蚑蟜、蝼蛄、蚂蚁听到，张嘴不能向前。

贺铸就像是这棵桐树，在困苦中，失去了另一半，这阕《鹧鸪天》，就是一个悲痛者呼天抢地的哀歌。这阕词写完后，鹧鸪天这一词牌，又被贺铸命名为“半死桐”。

他一生辗转多地担任低级官职，抑郁不得志，50岁时来到苏州闲居三年，就在这三年里，与他甘苦与共的妻子去世了。所以后来当他又要再次启程去谋生时，妻子留在了这里，再不能与他同去了。而这阕词，写在妻子亡故后，贺铸从北方重回苏州，而又一次要离开苏州时。

“重过阊门万事非，同来何事不同归？”你一定也有过这样的体验，若曾和一个同伴一起到过一个地方，当有朝一日再次回到那里，却是孤身一人，睹物思人，便会感到格外孤单。更何况这个人，是他相濡以沫耳鬓厮磨了大半生的发妻；更何况这个人，已经永远不在了。看着当年来时和妻子一起迈入的苏州西城门，如今他又要走了，她再没有跟着他。这样的变化怎能不让人备感心酸，门还是这道门，城还是这座城，可身边人没有了，百事皆非。他只有喃喃相问，也许已问了千百遍，“我们一起来的，怎么不和我一起走”？“梧桐半死清霜后，头白鸳鸯失伴飞。”形单影只一个人，还在这荆棘密布的人间漂泊，正如遭到霜打而半死的梧桐，失去了一半根须，仍要抗击风雨雷电；风烛残年一个人，还在这起伏无边的宦海摸索，又似失伴的鸳鸯，没了伴侣，须发皆白，还是得逆风独飞。

“原上草，露初晞。”这一句固然有用典，化用了汉乐府丧歌《薤露》：“薤上露，何易晞！”草叶上的露珠啊，多么容易就挥发不见了，人这一辈子啊，不就这样短暂吗？可是即使你不知道这个典故，依然能从这一句中感受到一种悲茫的情绪。人在晨雾未晞的茫茫草地上，踯躅原野，风从天地的尽头吹来，光从宇宙的无穷照来，你看着脚下的露水就这样一点点地没有了，你感到渺小，你感到无奈，你感到你什么都做不了——逝去的，就这么逝去了。“旧栖新垅两依依。”旧栖是我们曾经的家，是我在的地方，新垅是你沉睡之处，是你在的地方，它们遥遥相望，在这份故地的依恋中，我以某一种方式，又感受到了你。“空床卧听南窗雨，谁复挑灯夜补衣？”幻觉总是短暂的，最后一句，又回到了无情的现实，大概是这次回苏州最悲伤的一刻。时间是孤独的落雨的夜晚，地点是妻子生活过劳作过的地方。贺铸妻子赵氏勤劳贤惠，贺铸曾有《问内》诗，记下了妻子曾在盛夏不顾酷热为自己赶作冬衣。“庚伏厌蒸暑，细君弄针缕。乌绨百结裘，茹茧加弥补。”疼惜感恩之心溢于言表，看过会让人感到这多年后的悲伤更加真挚沉痛。

只一道城门，便牵出万千思绪。贺铸祖籍山阴（今浙江绍兴），出生在卫州（今河南卫辉），一生又各处为官，因此他到过许许多多地方。但自从 50 岁，生命里就只有苏州最重了。旧栖新垅两依依。其实，当妻子留在了苏州，他就再也没有离开过这里。

当我大放悲声，万物都告凋零

这阕词有一种纯粹的、特别的、打动人的力量与氛围，从四面八方包围而来，就像梧桐琴音，一旦听闻，推不掉，躲不开，就要被它所感染。

犹记得贺铸最广为人知的那句“试问闲愁都几许，一川烟草，满城风絮，梅子黄时雨”。人在愁中，不管是蔓延至天边的笼在烟雾中不知为何而生的萋萋芳草，在风中无根无着飘来飘去的漫天飞絮，还是那些滴也滴不尽落也落不完的丝一样网一般的细雨，都沉浸在无可奈何的悲哀里，所以眼光所及，满目皆愁。你感到万物似乎都不得自由，不能解脱。这阕《鹧鸪天》也有这样万物皆愁的氛围。“重过阊门万事非，同来何事不同归？”在第一句悲愤的反问之后，我们便看到了一个又一个意象铺陈开来，交叠在一起，像水墨在纸上浸染，一点点渲染出悲哀的氛围。那被霜打过奄奄一息的半死梧桐，头白丧偶垂垂老矣却还要振翅而飞的鸳鸯，原野上的萋萋芳草，被朝阳晒干的露水，往昔家园，今日坟墓，甚至一道城门，一张空床，一扇南窗，一夜风雨，都透着一股落寞，有消逝之感，将尽之意，无奈之悲凉。其实他始终也没有说自己有多难过啊，问一句你怎么不和我一起回去，再问一句南窗下夜来挑灯补衣的人去了哪里。其他的话，都交由它们去说了。

词评家况周颐在《蕙风词话》中说：“吾听风雨，吾览江山，常觉风雨江山外有万不得已者在。”贺铸怀念妻子时，一定也感到了这风雨江山之外的万不得已者在。诗人在凡人都有的痛里，有比凡人更精微敏感的知觉与感触，他感到了千红一哭，万艳同悲。

当他大放悲声，万物都告凋零。他把他的悲伤，都融入天地万物中了。

诗心的3/12——柔软

《又呈吴郎》：一封家书

天下这样的受苦人太多，你我，无能为力。能做的，也只有为他们敞开一扇门，留几棵枣树罢了。

又呈吴郎

堂前扑枣任西邻，无食无儿一妇人。

不为困穷宁有此？只缘恐惧转须亲。

即防远客虽多事，便插疏篱却甚真。

已诉征求贫到骨，正思戎马泪盈巾。

一封家书

吴郎啊，给你写这封信，是有件小事想和你说。

你搬进草堂还没几天，住得可习惯？初来乍到，还不熟悉周围的邻居吧？尤其是西邻家那位独居的老妇人，你们大概还没打过招呼。

这几日天气转凉，起了西风，树叶都黄了。我在那儿住的时候，每到这时候，咱们那堂前的枣树就挂果儿了。一挂果儿，那老妇人，就会擎着根细竹竿颤颤巍巍地来打枣儿。她仰着头晃着竹竿打枣枝，打落了再艰难地弯下腰捡，一小捧枣子用前襟兜起来，拿回家去吃。那场面看着让人心酸。

我听说，这几天你给院子疏疏地扎了一圈儿篱笆，围了起来，那几棵枣树也便一同围起来了。围篱笆没什么不好，我知道你也是无心，是想图个清静吧。只是那妇人再不敢去打枣儿了。你想啊，要是有别的办法她何必沦落到这一步，其实几个枣子又如何能果腹，所以，那枣树是谁家的，是不是她家的，已经不重要了。该是颐养天年的岁数，她却忍饥挨饿，所以，我曾特意去告诉她，就当枣树是自家的，不必客气，想让她不要为几颗枣儿担惊受怕。

国家正打仗，处处要使银子，赋税就跟着重了，这样无依无靠无夫无子的老妇人，几乎已经被逼到了绝境。而天下这样的受苦人太多，你我，无能为力。能做的，也只有为他们敞开一扇门，留几棵枣树罢了。

想起来跟你说这个，也是我前两天正好碰见了这老妇人。大家都活在这乱世里，远方战火未息，互相帮衬着点儿。

小细节处，是最亲最暖的杜甫

我猜“为人性僻耽佳句，语不惊人死不休”的杜甫，写这个的时候，没把它当诗来写，只是在写信。可他笔下功夫实在太深，即使不顾文辞只顾表意地写来，字里行间依然如此谐婉而温厚，让人禁不住要一读再读。

这一番话说得小心翼翼，生怕太说教。他甚至特意用了“呈”这个字，之前他曾给吴郎写过信，题为《简吴郎司法》，用了“简”字，“简”是书信，就是给吴郎写信的意思。吴郎比他年辈小，他却为了打枣儿这事儿改用了敬辞，也是生怕吴郎不能接受自己“数落”他。所以清人卢世㴶这样评价这首诗：“杜诗温柔敦厚，其慈祥恺悌之衷，往往溢于言表。如此章，极煦育邻妇，又出脱邻妇；欲开示吴郎，又回护吴郎。八句中，百种千层，莫非仁音，所谓仁义之人，其言蔼如也。”他站在中间做和事佬，两方都挂牵，想让老妇人能吃到枣儿，也想淡化她打别人家枣儿这件事；想让吴郎能把篱笆拆了，也希望他心里别为筑篱而过于自责。

这些小细节让我们看到了最亲最暖的杜甫，这些小细节也让我们相信，他说的那些大事，那些“安得广厦千万间，大庇天下寒士俱欢颜”“何时眼前突兀见此屋，吾庐独破受冻死亦足”是真的。他真的是一个心中有大爱的人。

杜甫也真是实诚到了极处，信里还要交代一下，也不是他主动挂念，是前两天正好碰到了这老太太。信的最后说到国家正处处戎马，是战火纷飞的艰难时候，是希望吴郎由此能站得高一点，看得远一点，自然就不会在几颗枣子上斤斤计较了。

“知乎”上有个很有趣的问题，网友周南问道：“为什么杜甫被称为老杜，而李白没有被称为老李？”网友小刀这样回答：“因为杜甫未曾年轻，而李白从未老去。”是啊，他操这么多心，连曾经的邻居能不能顺利打到枣儿都要管，能不老吗？

#《贼退示官吏》：枯草色，烟波蓝

历史以其冷峻客观，做众生的记录，让人们不忘记，而诗以温暖柔情，唤醒心灵，让它不死去。

贼退示官吏

癸卯岁，西原贼入道州，焚烧杀掠，几尽而去。明年，贼又攻永破邵，不犯此州边鄙而退。岂力能制敌欤？盖蒙其伤怜而已。诸使何为忍苦征敛，故作诗一篇以示官吏。

昔岁逢太平，山林二十年。泉源在庭户，洞壑当门前。井税有常期，日晏犹得眠。忽然遭世变，数岁亲戎旃。今来典斯郡，山夷又纷然。城小贼不屠，人贫伤可怜。是以陷邻境，此州独见全。使臣将王命，岂不如贼焉？今彼征敛者，迫之如火煎。谁能绝人命，以作时世贤！思欲委符节，引竿自刺船。将家就鱼麦，归老江湖边。

数十年的岁月在他笔下像浪一样涌动，昔年他年在命运的推动下悲欢相契。打开它，那温暖安宁的太平山林、泉源洞壑，纷杂的战旗、匪乱，便电影画面般在你眼前切换、流转。个人的幸福在整个社会的动荡里显得如此卑微，这是怎样饱经风霜的一生。

隐居是不成的，因为起了叛乱，国破了，于是不得不去打仗。叛乱平息后想安稳两天是不成的，因为又有了少数民族起义，烧杀抢掠，于是不得不反抗。终于熬到劫匪们走了，来不及稍作喘息，朝廷派来的催缴赋税的官吏又到了。

于是读完了全诗再去看篇首，会让人不由得心酸。他怀念的不过院有泉源、门对洞壑而已，“日晏犹得眠”这样的小愿望让人看了都要笑他。然而烽烟四起的时候，再小的愿望都很奢侈。其实，他最想要的也不是这样的安稳，否则作为一个小地方官，他只要遵从王命搜刮百姓，按时按量交上赋税就能接着过他衣食无忧的小日子。但他不愿意。他想要的，是天下太平。

诗写得拙朴直白，没有意象，不事雕琢——哪还顾得上这些。老百姓都活不下去了，他忧心如焚，字字泣血，声声悲痛。你看的时候也不会顾得上评赏什么辞藻，只会被娓娓道来、渐渐难以抑制的愤怒所感染。杜甫也有这样拙直的时候：“县官急索租，租税从何出！”诗人们细腻柔情的时候自是婉转动人，他们着急起来，也最坦率可爱。他们有天地仁心。

犹记得《诗经·击鼓》给心灵的撼动，“爰居爰处，爰丧其马”。人在行伍之中，哪里荒僻易隐藏哪里行军，荒郊野岭处赶路、拼杀，常不知身处何方，宿于何处。有时一阵仓皇的四散奔逃后，都顾不上战马被丢在哪里，毕竟，人活着就行。这是人的不得已之处。在这样的情境下，人情会显得尤其珍贵，接下来的“死生契阔，与子成说。执子之手，与子偕老”，才具有惊心动魄的力量，那是不得已之中的自主，是坚守，是动荡不宁时的人心的安稳，世态炎凉后人情的温度。已是性命堪忧朝不保夕的落魄狼狈了，心里的感情依然一尘不染——要一起活下去。

这里的“谁能绝人命，以作时世贤”具有同样的力度。将王命的使臣，让百姓将仅有的粮食交上来，逼他们去过“朝餐是草根，暮食乃木皮”的日子。这样，他们就是“时世贤”了。这时，面对与使臣为伍做“时世贤”，或脱下官帽变成饿肚子的庶民的选择题，元结选择了后者。经历过山南海北的征战、烧杀掳掠的匪乱的他，是疲惫的，他渴望安稳。曾饱受流离的人终于尘埃落定该多么想珍惜啊，可他愿意为了更重要的事，抛却它。良知的光芒因这安稳的珍贵而更加耀眼，我想起“乞脑剜身结愿重”，菩萨为求得佛心圆满，肉身也可如弃咳唾般不顾。美国牧师拉尔夫·索克曼说：“没有什么比温柔更坚强，也没有什么比真正的坚强更温柔。”我们这里，有一个典型，他有最柔软的内心，又有最硬的骨气。他让我们看到了文人的力量。“时间，会一寸寸地将凡人的身躯，烘成枯草色，但我们望向远方的眼睛内，那抹因梦想的力量而持续荡漾的烟波蓝，将永远存在。”我喜欢简媜告诉我的这枯草色中不变的烟波蓝。只要心里有所坚守，它就会在。

最后，他留给我们的画面是江湖上悠悠地漂着一艘小船，于是虽是记事的诗，却不失其清澈的诗味。古人评说：“若纯作刺时语，亦伤厚道。看首尾词意和平，可知古人用笔之妙。”起于山林二十年，终于归老江湖边，不伤厚道，于是诗仍是诗，而不是史。历史以其冷峻客观，做众生的记录，让人们不忘记，而诗以温暖柔情，唤醒心灵，让它不死去。

诗心的

4/12

——归真

『此亦人子也』——千古就这一个陶渊明

云想冒出来就冒出来，没有人盖着它不让它冒出来；鸟儿飞累了，想回家就回家，没有人拦着它不让它回家。他向往万物平等自由，大家都可以释放天性，发挥生命的极致。

移居二首（其一）

昔欲居南村，非为卜其宅。
闻多素心人，乐与数晨夕。
怀此颇有年，今日从兹役。
敝庐何必广，取足蔽床席。
邻曲时时来，抗言谈在昔。
奇文共欣赏，疑义相与析。

陶渊明的小确幸

每次读陶渊明，我都不禁感叹，这小日子过得，真滋润啊。

他深谙生活之道。在周围人都忙着卜风水、看户型时，他这样想："若是我安家，才不管这些，只要一群好邻居。"听说南村人都纯朴善良，他多年来都心心念念想把家安在这里。和澄澈简单的人为邻，日子就能过成一脉清流，让每一个清晨与黄昏，都是一片和谐的其乐融融——他不想把哪怕一丁点儿的时间，花在钩心斗角上。昔欲居南村，非为卜其宅。闻多素心人，乐与数晨夕。怀此颇有年，今日从兹役。

难道你不觉得，看着他实现了这样的愿望，心里会有雀跃的欢喜？嘴角会不自觉地扬起莞尔的弧度？多么有感染力的小确幸——有一群可爱可亲合得来的邻居！李白追求“早服还丹无世情，琴心三叠道初成”的神仙日子，刘泰又身处“云溪一带净无沙，门对青山是我家”的空无清静中，都太不食人间烟火。若真有还丹我不想吃，我爱极了我的世情；我也不要整日和青山相对，净无沙会让我觉得无所适从。我就想和陶渊明一样接地气，与一群热心肠的邻居住在一起。闻着东家炖了肉，西家蒸了馒头，香气飘进我的窗子，他们也都会分给我吃；看着南家娶媳妇，北家嫁姑娘，大家都去帮忙，洗洗菜抬抬轿子，然后蹭一顿酒席，一起见证新人的幸福——这样热热闹闹、踏踏实实地活在人间。

他懂得幸福的真谛。过自己想要的生活，不用别人的眼光衡量自己的财富。要那么大的房子干什么？买起来多费钱，打扫起来多麻烦，睡觉时闭上了眼睛大屋小屋还不都一样？所以何必那么大呢，足够放一张床就好。敝庐何必广，取足蔽床席。

这样的心多么自由啊，这才是真正的低碳生活。我想陶渊明大概很少感叹“心好累”，他心里没什么负担，因为他看得开，他永远不会成为房奴、车奴。

他在物质上的看得开，绝不是故作清高装作不想要，他是真的不想要，因为他自有另一个丰富多彩的大世界，在他的书案上，在他的精神里。邻曲时时来，抗言谈在昔。奇文共欣赏，疑义相与析。朋友们都住在附近，常来常往。大家在一块儿乐此不疲地斗嘴皮子。我说上一句诗，你能接下一句；我看文章有一处疑惑不解，你一句话就让我茅塞顿开，如“春来草自青”。

家门口有五棵柳树的五柳先生爱喝酒（大概也只有他会留着

这么多不结果子的树了），但买不起。亲友们知道他的嗜好，有酒了就叫他去喝，他就大大方方去了，喝完就走。

没有酒喝的日子，他就采一捧菊花，穿着缀满补丁的粗布短衣，在竹篱下坐着发呆——菊花的清香，也常常醉了他。

好读书，不求甚解。因为不慕荣利，所以读书就不是一件为求功名的苦差事，而正因为如此，才更能体会到读书的乐趣，常常看到开心处，就忘了吃饭。

“常著文章自娱”，偶尔写写文章，也只是自娱自乐。人说“文章合为时而著，歌诗合为事而作”“文章千古事，得失寸心知”，而我们的五柳先生怎么说呢？

“啊？问我为什么写文章？”

“写着玩儿啊。”

陶渊明滋润的小日子，实在是不怎么花钱的，日日山珍海味声色犬马的人，大概不会懂他哪里滋润了。其实全靠“情怀”二字，这两个字很多人都以为自己有，但我想没有人能比得过陶渊明。他是我心中的文艺青年第一人。

陶渊明搬家了，他写了这首诗来庆祝，喜滋滋地絮叨着搬来之前对南村的花痴，和搬过来之后的幸福生活。让我们来读这首诗，为他暖一暖新房。

南山的主人

有一次，我正在一个文艺青年聚集群里潜水，有人发问：大家最喜欢陶渊明的哪一句诗或文章？于是各路诗词爱好者就七嘴八舌、热热闹闹地说开了。我看着屏幕上一个个地蹦出他的诗句，像暮色苍茫时天穹上高悬的星星一颗一颗地现身。

蔼蔼堂前林，中夏贮清阴。

衰荣无定在，彼此更共之。

吾生梦幻间，何事绁尘羁。

……

你知道的，文艺青年一定要说冷僻的诗句，以免大家以为他只会大家都会的。说着说着，有个天真的小姑娘开口了："苔痕上阶绿，草色入帘青。谈笑有鸿儒，往来无白丁。可以调素琴，阅金经。无丝竹之乱耳，无案牍之劳形。"我心里想，"嗯，终于有句我认识的了。这是《陋室铭》。打这么多字，也是很有耐心。"便接着往下看了。

寄意一言外，兹契谁能别。

引壶觞以自酌，眄庭柯以怡颜。倚南窗以寄傲，审容膝之易安。

……

以这种方式温习一个诗人真是坐享其成的一大乐事，我正看得不亦乐乎，突然有人说："Z 君，你说的是《陋室铭》，是刘禹锡的吧？"天哪！我这才意识到《陋室铭》是刘禹锡写的（刘禹锡哭晕在厕所）。群里一片沉默，文艺青年们大概同时陷入羞惭和自责里——竟然没有发现！小姑娘说话了，“陶渊明的《归去来兮辞》，刘禹锡的《陋室铭》，周敦颐的《爱莲说》，他们这三篇我总是分不清，总觉得都是陶渊明写的，虽然《爱莲说》里明明有‘晋陶渊明独爱菊’”。于是她又深深地伤害了周敦颐。

大家都乐了。由此可以看出，陶渊明在田园风里的江湖地位有多么深入人心。他将田园风驾驭得如此炉火纯青，以至于把所有田园风格的文字都安在他头上也毫不违和。

陶渊明是我们心中的田园诗第一人，不仅仅因为他所处的朝代更早，更源于在所有的田园诗人里，只有他最终真的实现了回归。田园诗里总有回归的愿望。“将家就鱼麦，归老江湖边”，啊，让我回去种麦子吧；“自顾无长策，空知返旧林”，哎呀，我真的没什么本事，我这样的人就应该回到山林里该干吗干吗；“生事且弥漫，愿为持竿叟”，世上的事儿真麻烦啊，还不如就在这儿钓鱼算了！可这些人都没有回去，或由于“欲济无舟楫，端居耻圣明”的总想入仕的内因，或由于一家人嗷嗷待哺又不舍优渥环境的外因。总之也许是妥协，也许是软弱，许多人的探求都失败了，停滞在寻觅自然的某个点上，只有陶渊明走完了全程。他想明白了，他不再纠结，他轻轻地唤“归去来兮，田园将芜胡不归”，他对自己说，“悟已往之不谏，知来者之可追”。叶嘉莹先生说，古诗人里真正实现了自我完成的，只有陶渊明和苏轼两人。悠然见南山，悠然见南山，真的做到“悠然”哪有那么容易，人总是想要的太多，很难能停下来真正地悠然。而陶渊明在一张张诏书前没有动摇，在朝廷召他去做官时完全没有动心。他像得道高僧斩断了三千烦恼丝，真正地遁入空门。他知道自己真的不想要了。所以他的身在田园里，他的心也在田园里，他已和田园融为一体，密不可分。

什么是田园呢？田园是什么样子的？田园里，没有盆栽展览上罗汉松无奈地将一树碧绿甩向一边，假装正受“狂风吹我心”；没有银杏俯下身来，顺从地长成孔雀的尾巴；没有花枝摆出的“新春快乐”；没有槐树乖乖长成一把伞；没有小灌木长成一长列浑圆的半径精准的球体。田园里野草自是参差不齐，野花自是放肆烂漫，有风就晃一晃，没风就闲着。

陶渊明一定是不能理解盆栽的。为什么要让该笔直向上的树干横向扭曲生长？他大概看着会觉得痛。他连种点豆子果腹，都任他“草盛豆苗稀”。他连人最看重的生命，都随他“聊乘化以归尽，乐夫天命复奚疑”，所以能自然而然说出“死去何所道，托体同山阿”。他在自然里学会了很多东西，并把自然教给他的，放之于笔端，留给了我们。

他知道情怀与本性最重要，所以他首创了以日常小事反映人物生活情趣的写法，譬如《五柳先生传》，“先生不知何许人也，亦不详其姓字……环堵萧然，不蔽风日；短褐穿结，箪瓢屡空”。不写某年某日做了什么官，升几品，甚至名字都不写——其实很多事都没那么重要。就好像写一条小溪，不刻板地记录水深、流量、宽度，何所起，何所终，只描述那水花有多么活泼，那水声有多么琤纵悦耳，那不时跃出的鱼儿有多么可爱，那徘徊其间的天光云影有多么悠哉。

他爱用白描，“暧暧远人村，依依墟里烟。狗吠深巷中，鸡鸣桑树颠”。天哪，这也是诗吗？这也是诗，而且大家都爱它。

是竹叶在风中舒展，是孤云在天空延伸，它长得不够美也没关系，它叶子有点杂也没关系，可是让你觉得自然而舒服。

他在说，田园不是懒惰，不是消极，不是闲散放纵，是自然，是自由，是归其本性。

南山的主人，自然知道怎么写南山——让它悠然自现。

有风自南，翼彼新苗

陶渊明在每一个中国人心里，种下了田园梦，让它生根发芽。那些诗句仿佛融进了血脉里，让我们生来就有清静自然的元素，让我们本能地看见麦田就心生欢悦，在山间水畔，感到身心得以舒展。

但我很喜爱陶渊明，却不是因为他开田园风之先，给我们“芳草鲜美、落英缤纷”的人间仙境，给我们南山下东篱畔那美到极致的梦，也不是因为“死去何所道，托体同山阿”的豁达，或“不为五斗米折腰”的骨气——他当然有许多令人着迷的地方，但我最喜欢他说的那句话。

> 此亦人子也，可善遇之。

这是陶渊明离家为官，念妻弱子幼，给家里介绍一个人帮忙干活时，写给家人的嘱咐。家里来了一个劳工，他不讨论该如何付薪酬，不嘱咐可以把什么活儿交给他做，或者该如何考验如何提防，却反而跟家里人说，他也曾是父母的心头肉啊，可别欺负人家。你会发现原来最可亲可敬的陶渊明，不是那个过滋润小日子的文艺青年，不是那个写诗的大诗人，也不是那个“晨兴理荒秽，带月荷锄归”的农夫，而在这封家书里。这真的是一个太有爱的句子。我想，再铁石心肠的人，见了这句话都不免要为之心动。“采菊东篱下，悠然见南山”“结庐在人境，而无车马喧”，是我们信手拈来的诗行，其中勾勒了一个一尘不染飘然欲去的高洁之人，但少有人知他写过这封家书，不曾留意那飘逸的背影深处，有一颗温暖的心。

这句话不是诗，我不能把它恭恭敬敬地放在篇首，并从中剖析出文学的种种美好，诗意的种种可爱。但在我心里，它实在是比任何诗歌都诗歌，比任何文学都文学，比任何温柔都温柔。是这句话让我恍然惊觉，那颗“少无适俗韵，性本爱丘山”的心之特别，并不是五斗米十斗米的问题，并不是折不折腰的问题，更不是如有些人所说的消极避世。他一生对田园的向往，实则唱出了最早的平等之歌，那从等级森严的封建年代穿越几千年飘来的进步的气息，正倾吐着人人生而平等思想的萌芽，遥远而清晰，是那么稀有而珍贵——落地为兄弟，何必骨肉亲。

云无心以出岫，鸟倦飞而知还。云想冒出来就冒出来，没有人盖着它不让它冒出来；鸟儿飞累了，想回家就回家，没有人拦着它不让它回家。他向往万物平等自由，大家都可以释放天性，发挥生命的极致。某种程度上，他简直是一个思想家，一个革命者，一个文明尚混沌时人类的先驱。

但我有时又觉得用思想家形容他有些冰冷，也许这份平等并不能算思想，只是一种爱，他只是发自内心，出于本能地去爱了。

魏晋时，政治混乱，官场腐败，战乱四起，很多人都在想办法逃避。譬如竹林七贤，他们狂放不羁，抵抗乱世，耽溺于自己的解脱方式。而魏晋诗又多彷徨悲苦，“常恐夭网罗，忧祸一旦并”“终身履薄冰，谁知我心焦”“孤鸿号外野，翔鸟鸣北林”，但我们在陶渊明诗里看不到这样的任性与偏激，他总是那么温和，常带着悲悯的微笑。

他受过很多苦楚，也不是一直都过着滋润的小日子。幼年丧父，家道中落，他误入尘网中，一去三十年，用了整个青春才找到南山。他被贫困所扰，他被生活所迫，但是他把那些寻觅与矛盾留给自己，而把温柔与爱留在诗里。像这首《移居》，诗里尽是欢喜，但其实他移居的原因是家中失火，宅院尽毁。火灾后他以船为家，居无定所两年，才来到了南村。可是这些他都没有说，他只说，怀此颇有年，今日从兹役。

在那个政权更迭频繁、战火连绵的乱世，他成全不了整个世界，就成全心里的爱；他不能把爱给每个人，至少，可以爱自己家里的劳工。但他依然忍不住要想整个社会的出路和百姓的幸福，他希望有一天所有人都能幸福，所以他写出了《桃花源记》。那“自云先世避秦时乱，率妻子邑人来此绝境，不复出焉，遂与外人间隔”，何尝不是在祝福所有人，都能逃离乱世，有一片清平世界呢？

山涤余霭，宇暧微霄。有风自南，翼彼新苗。天空爱云朵，保护着它，温暖着它；南风爱春苗，吹拂着它，让它张开翅膀生长。在陶渊明的世界里，处处都有爱。他无时无刻不在体悟着爱，因此才能同爱众生，并且不能忍受在东晋的浊世里生活。所以，很多田园诗或抒发个人志向，或写景状物，也给人愉悦之感，但只有陶渊明的田园，常让我读出了爱。文学其实只是外衣，种种艺术手法、表达技巧，都只是外衣，唯有爱，能抵达人心。

陶渊明就是南风，翼彼新苗。

此亦人子也。千古就这么一个陶渊明。

感子故意长

——深情路人白居易

山一直等在这里，热烈地迎他，在夏日捧出洁白的云朵，在秋日染出静美的秋红。可他每一次都不是为山而来，无暇细细赏它，无心慢慢看它。他觉得辜负，他觉得歉疚。

再因公事到骆口驿

今年到时夏云白，去年来时秋树红。
两度见山心有愧，皆因王事到山中。

多情之地，多情的人

绿啊，我多么爱你这绿色。绿的风，绿的树枝。船在海上，马在山中。

每每想起这个白居易看山的故事，我的心总是会被触动，就像突然被北太平洋暖流经过。白居易是大诗人啊，大唐天子唐宣宗李忱都曾写诗悼念他，“童子解吟长恨曲，胡儿能唱琵琶篇”。小到《赋得古原草送别》《钱塘湖春行》《忆江南》，大到《琵琶行》《长恨歌》《观刈麦》《卖炭翁》，他在我们张口即来的唐诗里，占了半壁江山。可我最想和你说说这首《再因公事到骆口驿》。人们说白居易属现实主义，但他在这里最浪漫。

白居易出公差，常经过骆口驿。行人赶路，往往孤单，而驿站于山野之中给以人情味，这驿站旁的青山，也就有了家的味道。他在不同的季节怀着不同的心事来到这里，而山在四季轮换中忠厚相守，将忙碌的宦游人拥入怀抱。“今年到时夏云白”，此时正是夏天，峰回路转，当驿站映入眼帘，山林间佳木秀而繁阴，浓绿浅绿之上，大朵大朵的夏云正白得气势恢宏，一切色调都是蓬勃新鲜的，一切景象都是亲切熟悉的。这样热烈的重逢，让乐天不禁要回想上次路过此地是什么时候。回忆舒缓而又朦胧，让眼前蓬勃的绿中透出隐隐约约的红叶来，于是往日旧时光纷至沓来，“去年来时秋树红”，当时是漫山红遍的枫林，是秋风秋雨愁煞人。此时，当时。首联如此平白简单，只两种山色，却牵出万千情愫来，季节的轮回、光阴的流走、俗世的奔波、山的忠厚相守，在这淡淡的去年到今年的故事中，都讲出来了。我想，言浅意深，大抵不过如此。

在这样的青山白云的壮阔景象中，他看着，看着，回想着，心里便慢慢地沁出温情，泛起感动来了。山一直等在这里，热烈地迎他，在夏日捧出洁白的云朵，在秋日染出静美的秋红。可他每一次都不是为山而来，无暇细细赏它，无心慢慢看它。他觉得辜负，他觉得歉疚。“两度见山心有愧，皆因王事到山中。”朴实，诚恳，肺腑之言。

杜牧也有一首七绝，写未曾看山的遗憾。他说：“满眼青山未得过，镜中无那鬓丝何。只言旋老转无事，欲到中年事更多。”但只道出了一种长恨此身非我有的感叹，有种缺少闲情不得自由的遗憾，是从自身出发的感情。而骆口驿的山就显得幸运多了，它们遇到了更疼惜它们的人。这份疼惜，让山也有了生命，有了情感，于是诗中也多了个角色，山不再只是眼前的静物，只供人“过”的。它鲜活起来，生动起来了。人常说，“衣不如新，人不如故”。而多情之人心里，山亦不如故，故地也是多情的。

中国人的风景常常带有人文情怀，对传统的追思，对先贤的纪念。譬如香山畔的北京植物园里藏了曹雪芹纪念馆，于是一样的春华秋实，就带了份红楼情愫；譬如武侯祠前的古柏，因了孔明先生的英魂寄托于此，才得“树木尤为人爱惜”。更何况有少林寺的嵩山，有莫高窟的敦煌，有苏轼的赤壁，有李白的庐山，诸如此类，后世便会有人为它的历史而去，怀古，怀人。

这样的事当然也好，可是却不如白居易的这份感情纯粹，他对山有情，就是因为山是山，不与任何人有关。这是他“野火烧不尽，春风吹又生”的深情，他就是能体悟到生命感发的那份力量；这是他“可怜九月初三夜，露似真珠月似弓”的天性，去欣赏月色下草尖上露珠的晶莹，真诚赞美一个普通秋夜的可爱；这是他“荠花榆荚深村里，亦道春风为我来”的细腻，他为野草也许鄙陋的开花喝彩，为微至草芥的生机而无限欢欣。

每每读到这样的白居易，我心里就会突然泛起柔情，领悟到人对天地、对万物生灵的爱。就好像沉睡在身畔的小孩子翻了个身，正将他肥嘟嘟的小手搭在我的胳膊上了；就好像燕子将巢穴筑建在了我家中，带着它的宝宝们和我一起生活，一起日出而作，日落而息。淡淡的诗意从乐天通俗的诗句中发散而来，让我想起曾经历过的最美好的事，曾见过的最美的风景。

于是不禁会想：这样的柔情，只有在古诗中才找得到吗？在这个功利的世界，在这个到处钢筋混凝土的世界，在这个每个人都带着目标匆匆度日的世界，在这个很少有人像白居易一样感叹“千车万马九衢上，回首看山无一人”的世界，还能找到这样对季节对自然的情深吗？

可以，只要你肯用心，只要你懂得万物含情。不信？你看。

北京大学的张慧婷曾说："一教门前有两株长得并不高大却已年逾百岁的老侧柏，每到秋季球果成熟之时，一颗颗咧着小口的圆球掉落满地，总引得鸟儿争相啄食。在学习疲倦时透过窗户眺望这两株古树，它们俩始终像两个谦卑而温和的老人守护着教学楼。"

生命中，那些忠厚相守

我的故乡在陕西关中平原上。故乡最让我眷恋的，是晴朗的黄昏，极遥远的南地平线，浮现一抹远山的线条。还有每年夏天，若能赶上阴雨天，站在老屋的小院里，会看到围墙外的天空，灰色背景下，几只黑色的燕子停在黑色的输电线上，十分干净，十分安静。

而这些风景，之所以让我异常安心，之所以让我魂牵梦绕，也不过是因为，看风景时，有家人在身旁。

2016 年的高考刚过，我在朋友圈里看到一句话："自高考后，故乡只有冬夏，再无春秋。"这句话突然就让我泪欲汹涌，于是立刻买了火车票，要在即将到来的端午节回家。

在外求学时，爸妈真的就像骆口驿的山。当我奔忙在骆口驿之外，他们就守在骆口驿，让我偶尔受挫而畏惧不前时，能感到来自那里的支持和守护。一年两次大的朝圣般的回归，爸妈就守在家门口，于是心里更加踏实，不管怎么样，家永远包容温暖。可是对这份风雨不动的守候，我回报了什么？只有越来越匆忙的行程，越来越少的陪伴。

白居易两度见山心有愧，而我们的生活中，又有多少应愧之事、应愧之人呢？我们又“皆因王事”，而错过了多少“夏云白”“秋树红”？

这样看来，这份有愧真的难能可贵，因为有愧是珍惜的开始。有多少人，在没长大的时候，曾享受关爱却无动于衷，司空见惯而习以为常；在长大了之后，又总为了功名利禄奔波，而不知道家里的小孩子又学会了几个字，又长高了多少，家里的老人又添了几根白发。若常能体验到心有愧，便也能在行动上，少一些“子欲养而亲不待”的遗憾。

叶嘉莹先生曾说：“判断、比较诗词风格的不同、高下，首先看一首诗词的情意是否深远，能有多大的兴发感动的力量，引起你多少的想象和联想。”我想，这就是为什么这首名不见经传的小诗，在我心里就是好诗。它唤醒了一个迟钝的游子，该早一点去珍惜生命中，不离不弃的骆口驿，相知相守的驿站山。

杨万里：万物通灵

他会生夕阳的气，嗔怪它偏挑自己的白发照得透亮，藏也没法藏；也会感激夕阳的暖意，让隆冬时节的赶路人，感受到世界的温柔。

月台夜坐二首（其二）

日落片时许，星才数点明。
须臾玉棋子，遍满碧瑶枰。
向晚垂垂雨，通宵得得晴。
秋蛩伴侬语，苦底是谁声？

在秋天，返璞归真

燕园的秋天来了。满园的银杏还没来得及将叶子染成炫目的金色，先捧出了一串串黄澄澄的白果来，于是园子里虽无农田，却也溢满了喜悦的秋意。我想，如果杨万里看到这可爱的果实，一定会诗兴大发，将它们留在诗行中。

相对于银杏，我更喜欢白果这个名字，念时带点绕舌的儿化音，活泼俏皮，没有银杏那么端着。就好像有时候深婉的诗读得多了，会想念杨万里的直白坦率。

趁着心里无事又有好天气，在楼顶看暮色降临。日头初落，星星刚刚还只有屈指可数的一颗两颗，不一会儿就热闹起来，遍布天空。秋夜天朗气清，星子一个个尤为清亮，让人想起玉的莹彩。于是杨万里说它们是玉棋子，而夜幕初临时幽蓝色的天穹，是碧玉棋枰。星罗棋布这个词，想来还真是很有道理，一盘棋被周密筹划，一颗接一颗精心布置，棋枰渐渐满了，不正像造化之手每夜兢兢业业地布置星星，让本来混沌暗淡的夜空因繁星而璀璨丰盈起来的神迹吗？这样的神迹每天都在天幕重播，只有淡泊宁静的人，才总能被它感动。

诗里通篇都是浅白的话，像不假思索地随口说来。杨万里一生留意聆听民歌，常从中汲取生动清新的口语入诗，因此他的诗读来自然活泼，像少数民族唱的山歌。现在的我们很少听到“垂垂”“得得”这两个词，但南宋时它们是普通老百姓们常说的口语，杨万里或许听着人们正谈论“哇！真好啊，天晴了！”，就把它写进了诗里。垂垂是渐渐、慢慢的意思，黄昏时淅淅沥沥下了点细细的秋雨；得得是恰好、正巧的意思，晚上恰好放晴了，才得来一场秋天独有的清澈美丽的星光。一切都这么美好，这秋虫真是的，竟然还有难过的事。

秋天实在是很温柔的。空气清朗，白天天穹空旷高远，夜晚星星因气清而莹彩如玉，温柔俯瞰人间。地上的草木都垂下头来，不再一心想着生长、爬高、征服。它们放下想飞的心，蛰伏下来，温顺地接受季节的洗礼，染上温暖的黄、柔美的红，仿佛因为天气变冷而特意给人以暖色调。沈从文先生赞美边城里的秋天，满怀温情地怀念它——“秋冬来时，房屋在悬崖上的，滨水的，无不朗然入目。黄泥的墙，乌黑的瓦，位置则永远那么妥帖，且与四围环境极其调和，使人迎面得到的印象，实在非常愉快。一个对于诗歌图画稍有兴味的旅客，在这小河中，蜷伏于一只小船上，作三十天的旅行，必不至于感到厌烦”。这段话正合杨万里笔下绚丽又简单的秋色。“何处秋深好，山林处士家。青霜红碧树，白露紫黄花。”不论是清莹如玉的棋子，还是山林里的暖色调，他们笔下的秋天，可爱可亲，安妥如故居屋檐。

而当杨万里的人生进入秋季，他也才找到了最温暖安妥的自己，由师法前人，转为师法自然。如果说春夏的蓬勃与蔚然总让我们敬畏生命，秋来万物的成熟和温顺则让人心生感激与爱怜。人生亦如此，春夏时总急着向外寻觅，不达其位，狂奔突撞；秋天才发现“蓦然回首，那人却在，灯火阑珊处”，既达其位，沉静自安。杨万里一生笔耕不辍，尝试过许多风格，但是在他 50 岁的时候才找到了自己的“诚斋体”。木心说：“万头攒动火树银花之处不必找我。如欲相见，我在各种悲喜交集处，能做的只是长途跋涉的归真返璞。”季节跋涉过春夏找到了秋天，杨万里跋涉了 50 年，实现了他的返璞归真。爱换名字的葡萄牙诗人费尔南多·佩索阿说：“我相信世界就像相信一朵雏菊，因为我看到了它。但我不去思考它，因为思考是不理解……创造世界不是为了让我们思考它，而是让我们注视它，然后认同。”诚斋先生的诚斋体，便充满了对世界的注视、相信与认同。天黑的过程有什么好写？哪一天不都是日落星起？但我们通过他充满耐心的眼睛和洗尽铅华的文笔，从司空见惯而常被忽视的日常之中，看到了欣赏与喜悦、温厚与悠然。

譬如这首《月台夜坐》，诗里没有赞美，没有批判，没有议论，没有人情，但却有一种欣欣然的情绪流转其中。古人每登高赋诗，必有心事。杜甫登上高高的白帝城，“夔府孤城落日斜，每依北斗望京华”，愁故国离乱；柳永登上江边高楼，“每登山临水，惹起平生心事，一场消黯，永日无言，却下层楼”，悲羁旅生涯。杨万里登月台，久坐不动，看天黑。他心里在想什么，并没有说。有时候，当人真的沉浸在一个无比宏大的过程里，比如宇宙的渐渐黯淡，比如季节的轮回更迭，才发现人生万事如此微渺，何足挂心。曾有一个深秋，我独自一人坐火车从北京到重庆，天亮时列车正在鄂南的丘陵地带间穿山越岭，窗外前一夜还是空旷萧瑟的北方秋之原野，清晨已变为云蒸霞蔚般木槿花正盛放的山间茂林。于是一闭眼一睁眼之间，一扇小窗从秋天回到夏天，由淡远变为绚烂！大地是这样辽阔！而窗外的风景还在不停息地流转、轮换，我感到心灵如同洗过一般清莹，一片空明。所以当我静静体会诗里的画面，我愿意相信，其实他什么也没有想。就像诗的题目也不是观某事而有所感，有所兴，有所叹，就只是简简单单的，月台夜坐。

读诚斋诗，让心灵回归简单。

博士的美与农夫的美

优美的灵魂，其实不一定非要多复杂、多深刻，也可以简单清澈如杨万里。诗格总是来自于人格。正如叶嘉莹先生说："有一件事情是很奇妙的。就是，天下有很多事可以欺骗人，惟独写中国的旧诗不能骗人。有的人讲话讲得头头是道，有的人写论文可以写出很多花样来使人莫测高深。可他要是写一首诗，填一首词，马上就把底儿都掉出来了。这真是一点办法都没有的事情。所谓把底掉出来，还不只是说他对旧诗的修养，也不只是说他的平仄、格律、用韵对不对，主要的是，这个人的品格、性情和修养一下子就看出来了。"杨万里这个人就纯净得不掺杂质。小时候踏踏实实读书，长大后清清白白为官。不贪钱财，清贫一生。江东转运副使任满时，应有余钱万缗，他全弃之于官库，一文不取而归。退休南溪之上，自家老屋一区，仅避风雨。不为功名所束缚，不计较利禄财物，才能心里坦荡，诗里纯净。

而杨万里不只是简单。简单通俗的诗很容易俗，可是杨万里不俗，因为他有灵气。他是自然的使者，能化身万物，体会自然，对话自然，将心置于其中和它们一起去看世界，而不是置身物外，以人的眼光去看它们。

他替泉眼说话。“泉眼无声惜细流，树阴照水爱晴柔。”温柔娴静的泉眼小声又小心翼翼地捧出一脉清流，将它们从地底带到这世界来。泉边稳重的大树是父亲，守护着母亲的壮举、孩子的欢欣，为她们遮挡如火的骄阳。这珍惜，这有心，杨万里都懂。

他替小雨说话。“雨来细细复疏疏，纵不能多不肯无。似妒诗人山入眼，千峰故隔一帘珠。”雨丝的欲绝不绝是故意的，既不肯爽快地多下点儿，也不肯放晴。杨万里猜透了它的心思，是雨丝在耍小性子，非要挡住望眼处起伏的群山，“就不让你看，就不让你看！”

他替雪花说话。“半空舞倦居然懒，一点风来特地忙。”这雪花真是爱跳舞，本就不像雨珠一样爽利地坠，要飘飘忽忽游游荡荡地落，每每才到半空就舞倦了，而即便是已落到了地上，也不肯闲着，只要一点风过，就又翩然回旋地跳起来。

他替长风说话。“风亦恐吾愁寺远，殷勤隔雨送钟声。”风知道行人离开古寺愈行愈远而离愁愈甚，于是虽然还下着雨也要冒雨殷殷地将寺里的钟声遥遥传来，听在耳中，颇感慰藉。

他替山头说话。“正入万山圈子里，一山放过一山拦。”一重重峰峦爱和行人做游戏，前赴后继地捉弄人，是山的淘气；“湖暖开冰已借春，山晴留雪要娱人”，晴光下远峰温柔地怀抱着一抹白雪，且先不让它都化掉，特意留下一部分，好使人春色看腻时，一远眺便眼前一新，有皑皑的清奇，是山的周到。

他会生夕阳的气，“斜阳也不藏人老，偏照霜髭一两茎”，嗔怪它偏挑自己的白发照得透亮，藏也没法藏；也会感激夕阳的暖意，“东风似与行人便，吹尽寒云放夕阳”，是隆冬时节，赶路人所感受到的世界的温柔。

杨万里曾是宋孝宗最信任的太子侍读，太子登基后成为光宗，杨万里即是他最倚重的股肱之臣，曾官至宝谟阁直学士，并得以封侯。可是这与他诗里细腻的小风景并不矛盾。当蒋勋先生想了解一个人的审美，不会问他听什么交响乐看什么画展，却会问他公司楼前那排阳光下绿得发亮的是什么树。他说：“一个博士可能毫无美感，但一个不识字的农夫却可以过得很美，他看得到月光的美，看得到稻浪翻飞的美。”爱写诗的杨万里，便巧妙地结合了这两种美，一个博士的美，和一个农夫的美。对他来说，经史绝学的研读和一朵小野花一滴小雨滴的研读同样重要。“山童何急催归去，正是凉生月上时。”他诗意地生活，并用最简单的字传达诗意，让即使一生只活在一个村庄里只认识一小部分字的人们，也能从中读到诗的美。

杨万里一生写诗 25000 余首，被誉为一代诗宗。我想，是因为他能感应到万物通灵，天地万物都拜托他，请他帮忙把他们想说的话写进诗里，留给我们。

《吴兴杂诗》：

你可知道，江南水多

这种菱种稻种荷花的江南，才是人间的富庶江南，它会从书页上升腾起来，在你眼前展开慷慨的气息与画面，是生活里的江南模样。

吴兴杂诗

交流四水抱城斜，散作千溪遍万家。

深处种菱浅种稻，不深不浅种荷花。

这首诗呢，其实就是在说两个字，水多。

江南，水多。

小城虽不大，城外却有四条河交错流通，斜斜地绕城墙淌过。大河水滔滔，那怎么好用呢？要流到城里来，要从家门口流过，要从小桥底下穿过，必得要散作小清溪，一散，就是一千条，一散，就是一万家。

水，来了。

九曲清溪境不同。一千条清溪深深浅浅，各有各的模样。那水深的地方，铺着密密匝匝碧绿碧绿的缀着小白花的菱叶子，其间隐隐现出紫色的，是小白花结出的菱角；水浅的地方，划了一方方秀丽挺拔正吐穗灌浆的稻田，风吹过，十里稻花香。这画面已是极美，水也不过是有深有浅，可最妙的是，在这深处浅处之外，竟还有不深不浅处，水底下生着藕，水面上开着莲花。

水来了，同时带来了鱼米之乡，带来了一步一景。

写江南的诗篇那么多啊，一定绕不过一个水字。江南的楼阁常笼在烟雨之中——南朝四百八十寺，多少楼台烟雨中；江南的路也烟水迷蒙——梦入江南烟水路，行尽江南，不与离人遇；梅雨季节更是天地间一片水雾——一川烟草，满城风絮，梅子黄时雨；江南的水好看，也好听——春水碧于天，画船听雨眠；江南的水多，小桥也多，每到月圆之夜，每一条水上映出两轮美满——二十四桥明月夜，玉人何处教吹箫；江南的水是有多种美的——欲把西湖比西子，淡妆浓抹总相宜；江南的水是宜做梦的——醉后不知天在水，满船清梦压星河；江南的水是宜放歌的——乱入池中看不见，闻歌始觉有人来；江南的水偶尔也有气势——山寺月中寻桂子，郡亭枕上看潮头；但江南的水总还是宁静的——千里江山寒色远，芦花深处泊孤舟。一千首写江南的诗，就有一千种江南水的样子。可从没有一首像这首诗一样，给你最生动最立体的“小桥流水人家”，有这样丰富的表现力与感染力，让你无比清晰地意识到、感觉到、看到，江南的水是活的，是有灵性的，是在孕育生命的。于是你不仅开始期待江南，也开始期待生命。

小时候写作文，写过一篇《水赋》，那时候真是词穷啊，不知道怎么赞美它，说来说去都是水在天地间循环往复，荡涤万物，时而轰轰烈烈气势汹汹，时而温柔婉约脉脉含情。现在回想起来，觉得真是空，不实在。那时候若是知道这首诗，一定要把它用到作文里。宇宙中的水太宏大了，这江南的水可爱而让人心生亲近。朱光潜先生说，他喜欢看烟雾中的远树、月下之景、迷蒙的夜色，看不清的，有距离感的，总是比平常时多了一种美。从这个角度看，或许你要批评这首诗少了点诗味——它说得太清楚了。可是我爱那扑面而来的生活气息，那些朦胧的诗篇，不会像这首诗一样，让我合上书卷，便开始向往江南。

“朝飞暮卷，云霞翠轩；雨丝风片，烟波画船。”这是《牡丹亭》里的江南，这样的江南也美，美得没有一丝烟火气，美得太干净，缥缈清高，是神仙的江南，就适于留在书页中，是书页上的江南模样。这种菱种稻种荷花的江南，才是人间的富庶江南，它会从书页上升腾起来，在你眼前展开慷慨的气息与画面，是生活里的江南模样。

四水交流，城墙边斜斜的河道，千家万户的院落，菱角，水稻，荷花，这么多细节，让人看着看着，仿佛自己已化作了一条小支流，流入了城门，流到千家万户的门前，又仿佛是女娲之手，点到哪里，哪里就有了生命。流过深的地方，我就带来了香脆的菱角，流过浅的地方，就带来了稻香，不深不浅的地方，我留下了，“弥望的是田田的叶子。叶子出水很高，像亭亭的舞女的裙。层层的叶子中间，零星地点缀着些白花，有袅娜地开着的，有羞涩地打着朵儿的；正如一粒粒的明珠，又如碧天里的星星，又如刚出浴的美人”。

诗心的 5/12 懂得

我亲爱的《古诗十九首》

那些掷地有声、浩然正气的篇章可以放在教科书里，放在语文课本里。《古诗十九首》则像我们口袋里偷偷揣着的小纸条，让人觉得又不安又甜蜜。

行行重行行

行行重行行，与君生别离。
相去万余里，各在天一涯；
道路阻且长，会面安可知？
胡马依北风，越鸟巢南枝。
相去日已远，衣带日已缓；
浮云蔽白日，游子不顾返。
思君令人老，岁月忽已晚。
弃捐勿复道，努力加餐饭！

好好吃饭，她说

像撒哈拉沙漠里近万年前的神秘岩画一样，《古诗十九首》的作者已湮没在时间之潮里，现在，我们只能在它的名字旁边无奈地写下“无名氏”。它像是空气里凝成，是天地玄黄的最庄严，与人间烟火的最柔情，糅合、相融，然后自然产生的。否则，怎么会有人那么早地，穿越几千年地，来告诉我们“岁月忽已晚”“人生忽如寄”呢？它总是在絮叨日常琐碎时，忽然出现让心里本已麻木的情绪地动山摇土崩瓦解的一句话，你便只有喃喃自语的份儿："是啊，是啊。"

《行行重行行》是其中第一篇，其实也不过是一个女人的碎碎念而已，一段可能在万千个家庭重演过无数次的平凡生活片断。妻子思念丈夫时一个念头能百转千回多少次？她如何释放悲伤，又如何一点点把情绪收回来，她如何一时放任绝望如洪水漫过心头，又如何努力重燃起希望将水渍收拾干净，最后只把最好、最纯粹的爱留下来。看过它才知道什么叫悱恻缠绵，而缠绵中又带着蒲苇的坚韧与磐石的坚定，那是留在民族血脉里的温柔敦厚。

"行行重行行，与君生别离。相去万余里，各在天一涯"是她面对的现实，离人离去的道路"阻且长"，这样的情境下维持乐观的确是件困难的事，她不由得想：这辈子究竟还能不能见到他？

于是又是一番纠结挣扎。

"他会回来的吧？"她想。"胡马依北风，越鸟巢南枝。"北地里来的胡马，从北边吹来的风里嗅取草原的味道；来自南方的鸟儿，筑巢时总向着故乡的方向。我的他怎么会比马儿鸟儿还无情？那些幸福甜蜜的耳鬓厮磨、相濡以沫，我的他怎么会不眷恋不依赖呢？她如此自我宽解。

"他不会回来了吧？"她又想。"浮云蔽白日，游子不顾返。"这世上的薄情郎那么多，世道如乌云蔽日一样昏暗颠倒。也许他也已经在别处安家了。

于是又是一番黯然神伤。

罢了，罢了，什么"衣带日已缓"，什么"思君令人老"，都罢了，不提它了。在别处安家，就在别处好好过吧。回不回来都没关系，我只希望你能平安。所以，这一番思量的最后，她说："好好吃饭。"

把全部心思放进爱情中的女人常常是这样，她们从不会觉得社会有什么问题，所爱的人有多么负心，只会默默承受这一切，甚至数落自己的不是。犹记得韦庄词中那个在暮春的小楼上凝望的女子，"千山万水不曾行，魂梦欲教何处觅"。不恨行人的忘归，只恨自己不曾行过千山万水，以致魂梦无从追随。

它没有给我人生道理，我仍爱它

有人批评《古诗十九首》内容多写离愁别恨和彷徨失意，思想消极，情调低沉。我看了却不禁要扑哧一笑。他们不懂积极向上，他们不懂该传达正能量，不懂将苦痛自己咽下以微笑示人的生活哲学，他们有恨就写，有愁就说，有困难就直言困难。就好像一个三岁小女孩，她富有一万种情绪，常常噘起小嘴挂着小泪珠向你讨糖果，她完全不会为你解忧，给你讲什么人生道理，可是她难道不可爱吗？谁见了能不心动呢？《古诗十九首》正是诗歌的婴孩啊，批评《古诗十九首》消极不深刻，就好像批评一个三岁小女孩不知道发奋苦读。

顾随先生说："凡一种学说成为一种学说时，已即其衰落时期。上古无所谓诗学反多好诗，既成为诗学则真诗渐少，伪诗渐多。"《古诗十九首》便是这样，当初它成为诗，不是为了考科举、入翰林院，它没有被寄予入君王眼的期望，不是显示才华的工具，不是升官加爵的手段，于是反而最动人——因为它是由最真挚的感情郁结而成，不是为了写诗而写诗，是忧伤、思念、彷徨、迷惘种种情绪，积在心里，不得不写诗了。在游宦成风、希望渺茫的汉末，科举还没有开始，乱世已渐渐显形，贵族欢歌燕舞，寒士报国无门。丈夫在外流浪，找寻生机；妻子守在家中，无助地盼望。大时代没落时，一个又一个梦想破灭，一份又一份等待落空，这些亘古相同的苦痛，记在了《古诗十九首》里。

明朝人谢榛在《四溟诗话》中这样说《古诗十九首》："无用功字面，若秀才对朋友说家常话。"后来人都觉贴切——"无用功字面"已然十分讨喜，我们都喜欢这样的文字，仿佛得来很轻松，看起来便也不费力；"秀才对朋友说家常话"更是妙，既是朋友，说的便是知心话，既是家常，表意就浅近明白，可话是秀才说的，他就说得优雅，得体，说尽了，意思到了，又不让人觉得难堪。担忧你可能变了心，就叹一句，"浮云蔽白日"，乱离中相思有多痛苦，也只淡淡一句，"思君令人老"。

会有诗歌让我们崇敬，让我们由衷地顶礼膜拜，而《古诗十九首》让人心生亲近。那些掷地有声、浩然正气的篇章可以放在教科书里，放在语文课本里，《古诗十九首》则像我们口袋里偷偷揣着的小纸条，让人觉得又不安又甜蜜，它容许"终日不成章，泣涕零如雨"的脆弱，也容许"何不策高足，先据要路津"想要变富有想要变成贵族的小心机，它容许最真实的我们。它将我们所有的也许不那么光彩的小情绪，小心安放，妥帖收藏。

我亲爱的《古诗十九首》，我真是一点儿也不需要它给我人生道理。它现在的样子，就是最好的样子。

《梦微之》：老来多健忘，唯不忘相思

再不会有人用衣袖拂灰只为看一看我的笔迹了；走遍天涯海角，也不会再有你题的诗；我已写了厚厚一摞信，却无处可寄了。所以，元稹离世九年了，69岁的白居易还是总梦见他。

梦微之

夜来携手梦同游，晨起盈巾泪莫收。

漳浦老身三度病，咸阳宿草八回秋。

君埋泉下泥销骨，我寄人间雪满头。

阿卫韩郎相次去，夜台茫昧得知不？

你在时，事事都要说与你听

微之，是元稹的字，那个听闻白居易贬官之时，“垂死病中惊坐起”的白居易的生死之交。微之这两个字，大概是白居易诗中，出现最多的两个字。

台湾散文家张晓风老师在《半局》中怀念一位友人时曾说：“真的，人与人之间有时候竟可以淡得十年不见，十年既见却又可以淡得相对无一语，即使相对应答又可以淡得没有一件可以称之为事情的事情，奇怪的是淡到如此无干无涉，却又可以是相知相重、生死不舍的朋友。”元稹和白居易便是这样一对朋友，他们并没有共同经营一项事业，更不是邻居，他们给彼此的书信，似乎也的确是“没有一件可以称之为事情的事情”。我们常常在白居易给别人的诗中看到至少一些有内容的事。譬如叹刘禹锡，“亦知合被才名折，二十三年折太多”，叹他受委屈了，才华横溢却一连二十三年被外放到偏远山区；譬如寄杨万州，“胡麻饼样学京都，面脆油香新出炉。寄与饥馋杨大使，尝看得似辅兴无”，是夸赞一番这饼香着呢，你看看好不好吃；譬如问刘十九，“绿蚁新醅酒，红泥小火炉。晚来天欲雪，能饮一杯无”，给他讲新酿的酒有多可爱，邀他雪天来喝。

这些寄人的诗里，都说了实事。但元稹是特别的，面对元稹的白居易是特别的。每一个生活场景，白居易都会想起他。但一提起笔，却又“呃……好像前两天才刚写过，那就说说天气吧。”

下雨了，给他寄诗：“不堪红叶青苔地，又是凉风暮雨天。”——《秋雨中赠元九》

过年了，给他寄诗：“共惜盛时辞阙下，同嗟除夜在江南。”——《除夜寄微之》

过上巳节，给他寄诗：“忽忆同为校书日，每年同醉是今朝。”——《三月三日怀微之》

吃不饱了，给他寄诗：“畬田涩米不耕锄，旱地荒园少菜蔬。”——《即事寄微之》

山石榴花开了，给他寄诗：“忆君不见坐销落，日西风起红纷纷。”——《山石榴寄元九》

彻夜读他的诗了，给他寄诗：“眼痛灭灯犹暗坐，逆风吹浪打船声。”——《舟中读元九诗》

和朋友在一起时也思念他，给他寄诗：“忽忆故人天际去，计程今日到梁州。”——《同李十一醉忆元九》

心中计量着别后他赶到了哪里，给他寄诗：“计君食宿程，

已过商山北。”——《初与元九别后忽梦见之，及寤而书适至，兼寄〈桐花诗〉怅然感怀因以此寄》

路过他写过诗的地方了，殷殷地找他的诗，再给他寄诗：“蓝桥春雪君归日，秦岭秋风我去时。每到驿亭先下马，循墙绕柱觅君诗。”——《蓝桥驿见元九诗》

听闻他用衣袖抹去墙上积年的尘灰只为看一眼自己的笔迹，给他寄诗：“拙诗在壁无人爱，鸟污苔侵文字残。唯有多情元侍御，绣衣不惜拂尘看。”——《骆口驿旧题诗》

有时候寄出去了，还觉得话未说尽，便写下一首《余思未尽，加为六韵，重寄微之》；更有时他干脆觉得这些短诗写得不过瘾，于是有了《代书诗一百韵寄微之》，全诗整整一千字，以“狂吟一千字，因使寄微之”结尾。

白居易这样时时刻刻想着元稹，连他自己都在《忆元九》中自嘲，“近来文卷里，半是忆君诗”。所有这些在外人看来都略显无聊但数量惊人的闲话，在那个大唐已家道中落的时候，在那个宦官当道奸逆横行的世道，对一对同甘苦、共命运，怀有共同理想的好朋友来说意味着什么，旁人未必能理解。你知道他不会烦你的絮叨，你知道你的每一个字他都会细细看过然后小心珍藏，因此才会总想和他说话，总想和他分享平日里的一点一滴。“笼鸟槛猿俱未死，人间相见是何年”。两个人，一为笼中鸟，一为槛内猿，每当对方寄来一封书信，大概不管说的是什么，都能从中感到不再孤独。这些书信中絮絮叨叨可有可无的闲话，这些游丝软絮般的点滴回忆，这种海内存知己的踏实，在三十年的光阴中积攒起来，早成了一份过命的交情，一份生命中举足轻重不可或缺的存在，能垂死病中惊坐起，能为彼此不顾性命以死上书。

所以，当槛猿已死，笼鸟还在，叫人怎能不悲伤？再不会有人用衣袖拂灰只为看一看我的笔迹了；走遍天涯海角，也不会再有你题的诗；我已写了厚厚一摞信，却无处可寄了。

所以，元稹离世九年了，69 岁的白居易还是总梦见他。

你去后，我只是暂住人间

“我寄人间雪满头。”元稹一走，白居易便觉得，白发苍苍的他，只是暂寄人间。这“暂寄”二字让我动容，好像要一起运往某处的一个整体，临上路时却被不可抗的力量分割为两部分，于是一部分先走了，另一部分孤零零地暂寄在码头上，觉得自己总也要去的，总也要去的。

“夜来携手梦同游，晨起盈巾泪莫收。”故人阔别九年了，忽然又能一起把臂同游，是多大的狂喜，可晨起发现是一场虚无幻影。饱经风霜的古稀之人，该没有什么能触动他了吧，还是不禁被招惹得滔滔一哭。总有一种失去，是时间也无法治愈的，你以为好好封藏了起来，却还是牵一发而动全身，轻轻一碰就痛彻心扉。这时候元稹已去世九年，更远之后，元稹去世十一年时，刘禹锡也走了。白居易写诗悼念，都心心念念着元稹，“贤豪虽殁精灵在，应共微之地下游”“夜台暮齿期非远，但问前头相见无”。你应该，会遇见他吧？年事已高的白居易，在那头的故人，想必不少，可他只问了微之，可见元稹在他心中的分量之重。

“漳浦老身三度病，咸阳宿草八回秋。”我在漳浦日益衰老了，整日里病魂常似秋千索，你远葬在咸阳，墓地上隔年的草已度过了八个秋天。这个爱写信的白居易，写这一句时，心里或许也在想，你再也不用因一次次被贬而四处漂泊了。你终于安定了下来，而我再也不用考虑该把给你的信寄到哪里，也不必担心山高路远，书信难至了。

“君埋泉下泥销骨，我寄人间雪满头。”你在地下化为泥土，我暂住人间，也早已白头。“泥销骨”这一句其实很残忍，我们很少会去这样正视故去亲人的消亡，我们宁愿安慰自己他们在另一个世界一切安好，尤其在诗里，诗人总会用美而朦胧的方式处理。因此我曾经不理解白居易为何这样写。后来才渐渐明白，或许活到他那个年纪，肉身凡胎都已经看得很淡了，又或许对于至亲之人，人反而会冷静下来，不躲不避，要知道他何去何从，要直面现实，容不得半点遮掩——他没有了，他的肉身已没有了。即使这样的正视会让人痛苦，但是也表达出一种郑重与肃穆。

“阿卫韩郎相次去，夜台茫昧得知不？”你看，白居易即使在心底承认了元稹已泥销骨，但依然相信他的灵魂还在。他轻轻地唤他，轻轻地询问他，这几年，阿卫韩郎也都接连地去了，黄泉渺茫昏暗，你们团圆了吗？你有伴儿了吗？

元稹生前，曾写下《寄乐天》：“无身尚拟魂相就，身在那无梦往还。直到他生亦相觅，不能空记树中环。”

如果有下辈子，我不会像羊祜那样，只记得自己上辈子玩过桑树里的金环，而是要从茫茫人海中找到你。

元稹死后，白居易写下祭文：“多生以来，几离几合，既有今别，宁无后期？公虽不归，我应继往，安有形去而影在，皮亡而毛存者乎？”

你回不来了没关系，我过去。

后来，白居易捐钱建寺。在《修香山寺记》中写下：“乘此功德，安知他劫不与微之结后缘于兹土乎？因此行愿，安知他生不与微之复同游于兹寺乎？”

多做善事，多修佛事，是不是重遇你的概率就能大一点？

有这样深厚的一段友谊，他们都是幸福的。这悲哀的悼亡背后，也有莫大的幸福。人生难得牵挂，难得知己，他们让世界更有意义，让我们自己更有意义，正如白居易给元稹的另一首诗《别元九后咏所怀》中所说：

相知岂在多，但问同不同。同心一人去，坐觉长安空。

《送灵澈上人》：

「木头人」的话，总要缓缓味之

他话不多，就默默地看着你的背影去往你想要的生活。他站在你身后久久地看你，直看到能将你的背影画下来，将它留在太易逝的岁月里。待他日再相逢，你们可以一起微笑着，看看。

送灵澈上人

苍苍竹林寺，杳杳钟声晚。
荷笠带夕阳，青山独归远。

南宋夏圭的《溪山清远图》，将留白用到了极致。近处只见一座亭桥，这便是有溪了，桥端几棵枝干寥寥的松树，这便是有山了。已是极简，更妙的是远处一大片苍苍茫茫的灰白，其间似有似无地悬着几抹浅墨，像云，又像云峰。观者很容易会掠过那桥那松，反而沉溺在那片占去一大半篇幅的浅淡墨痕中。于是才懂，原来这幅图的主角不是“溪”，也不是“山”，而是“清远”。

读刘长卿的《送灵澈上人》，也不禁要怀疑，他送别时是不是一点儿也不愁，还心中窃喜，庆幸有这个机会来山林里散散心。他摆明了一开始就没打算好好抒情，人家写五绝都惜字如金，他第一句就大方地连用两次叠字渲染风景。写到最后将环境里的夕阳啊青山啊都一一周到提及，连竹斗笠都没忘，可是却不写人，更不要说别人送别诗里常有的“离伤”“断肠”“惨咽”这些人情了。也难怪观者一遍看过，心里毫无半丝伤感挂怀，偏偏这竹林、钟声与青山，那宁谧的气氛，叫人最是难忘呢！行者与送者好似夏圭图中易被忽视的“溪”与“山”，而与图中的“清远”一样，青山的幽渺仿佛才是主角。

爱写七绝的人都多情，譬如杜牧、王昌龄，杜牧有他的诗酒扬州梦，王昌龄有他数量惊人占全部诗作三分之一的送别诗。譬如表达祝福，“春原独立望湘川，击隼南飞上楚天”，譬如表达不舍，“请君试问东流水，别意与之谁短长”。他们都长于七绝，一句能几次顿挫婉转，便于抒情。相比之下五言就爽利得多，字少而诗境素净，因此也不免有寡淡之嫌。假如七言是诗里伶牙俐齿的机灵小伙儿，那五言就是木讷少言的木头人。我们的文房先生人称“五言长城”，他的诗便多素朴恬淡。古人评说：“长卿诗细淡而不显焕，观者当缓缓味之。”

就像这里，一首特别的送别诗，让我们来“缓缓味它”。

一个宦途失意客，黄昏时送走了一个方外归山僧。竹林寺山高路远，他自己又俗务缠身，其实他不一定送到了，不一定真看到了那苍苍竹林寺，只是他望着灵澈背影时的想望罢了——那个身着青布衫背着竹斗笠的渐行渐远的身影，最终会融入到一片霞光里，一片钟声里。两人当时都孤身一人，可是一个既达其位，要回到一个令他安心的清寂之处，那荷笠的身影已是青山的一部分，并无多少寂寞；另一个却真是寂寞的，送走了灵澈，山中已没理由再留，不得不回到喧嚣的红尘中去了。于是你会觉察到一点羡慕——若能同归该多好。而对他归去之所的神往之意，其实才是对这个人最好的亲近，比舍不得高级多了，那里面有一种懂得与支持。所以，后来当灵澈看到这首诗，一定不仅不会嫌他寡情，反而会为友人那志同道合的淡泊胸襟欣然会意，并且生出些许感激，能有这样一个能和他看到相同风景的知心人。

你会不会也想有这样一个“木头人”朋友，当你们面临分别，他不会多愁善感到哭哭啼啼地不能忍受离别，直叹“一看肠一断，好去莫回头”，也不会那么积极乐观地大言“青山一道同云雨，明月何曾是两乡”。他话不多，就默默地看着你的背影去往你想要的生活。“且去吧，且去吧。”他站在你身后久久地看你，直看到能将你的背影画下来，将它留在太易逝的岁月里。待他日再相逢，你们可以一起微笑着，看看。

《如梦令》：

你选择绿肥红瘦，她选择为你卷帘

也不知道为什么就渐渐懂事了，或许真是在体会一句句诗行时，在那些美丽迷蒙的意境中，在那些刻骨铭心的情深里，我看着自己慢下来，温和起来，开始诚觉世事皆可原谅。

如梦令

昨夜雨疏风骤，浓睡不消残酒。试问卷帘人，却道海棠依旧。知否，知否？应是绿肥红瘦。

这阕词写在李清照少女时代的一个春天，她沉沉地睡了一夜，又喝多了。醒时依然觉得头晕，残酒未消。可即便睡得沉，睡梦中也隐隐感觉到窗外风雨声的动静。因此睡眼微睁时，晨光跃入眼帘的一刹那，院子里几日来开得正好的那一树海棠花影同时跃入心头。于是赶忙问起窗边的丫环："是不是花儿都落了啊？"那小丫环看主子醒了，正忙着打理窗帘往帘钩上挂，让晨光照进来呢，她随口答应了一句："都挺好的啊。"李清照就觉得有点小失落了，你看都没看就知道敷衍我，昨晚那么大的风，雨点子噼里啪啦地落，花儿哪里能依旧啊。她本来期待着从小丫头一句"是啊，花儿都落了，满地都是，怪让人心疼的"里获得些许安慰与共鸣。可那个粗糙的卷帘人却没有捕捉到这份惜花惜春的情感，没有体会到这一问一答里小小的情绪起伏。所以李清照有点怨念地碎碎念起来："知否，知否？应是绿肥红瘦。"只一夜的风雨，昨儿个还好好的一树灼灼繁花就七零八落了，你这个丫头，怎么就不心疼呢？

诗人用他们极其精微的感官，捕捉到难以体察的细微的情绪，呈现给我们人与人之间微妙的差别。叶嘉莹先生说，评价一首古诗词的好坏，就是要看它能否引起读者的感发与思考。一阕好词，从各种角度去看它，便能从中温习生活、反思生活；一阕好词，会让你看到生活是什么样子，人是什么样子。粗糙的小丫环，心细的女词人，折射出我们身边的两种人。可是，再仔细一想：难道这个小丫环的粗糙应该被责备吗？

芸芸众生，大千世界，不同的眼睛看着不同的方面。这个小丫环每天该多么操劳，昨晚李清照诗酒趁年华的时候，她要在旁边伺候着，温酒磨墨备下菜肴，等主子醉意渐浓“侍儿扶起娇无力”的时候，又要赶忙服侍她卸妆洗漱宽衣就寝，再把书案收好，夜里恐怕还要留意着她有没有叫自己，不能睡得太踏实。早上呢，更要比主子起得早，清扫烧水做早饭，等待李清照起床了再服侍她梳妆。是她卷起了帘子，李清照才能一眼就看到牵挂的海棠花；是她担起了李清照的人间烟火，李清照才能过着纯粹的琴棋书画的风雅生活。她答出那句“海棠依旧”时，也许脑子里还装着接下来该干的一大堆活儿呢。所以，我们怎么能责怪，她在操劳日常琐事之中，少了一点看花惜花的闲情呢？

这件事实在是亘古相同的。也许你的“卷帘人”常看不出你心情不好而没有及时安慰你，可是不爱吃辣的他总陪你去吃麻辣火锅；也许他不够温柔体贴不懂得营造浪漫，可是他是个维修家电的好手，家用设施出了任何小状况，他都能三下五除二解决；他不会帮你挑衣服，可是他扛得起饮水机的水桶；也许他不爱看书，可是他烧得一手好菜。

我们总是要经过漫长的时间，才能真正地认识到，当一个人没有做到你期待的一些事，很可能是因为他做到了你没有看到的另一些事；当你很在意的一些细节，在他眼里竟似乎不存在时，也许他正关注着你忽略了的另一些关键。正是人们各有所长，各有侧重，才构成了这世界的万般精彩。放下一颗挑剔的心，意识到每一种存在都是可爱的，细心、粗糙，都有它存在的道理，才能做到真正的宽容。我从前就是个很不温厚的人，尽管一直很想成为这样的人。我是家里的长孙，爸妈的独生女，在堂妹出生之前，我在两代人的十年独宠中长大，长成了一个完美主义者。很长一段时间里，我对他人很苛刻。我爱着急，爱生气，看到身边人的小缺点就容易对其无限放大，恨不得敬而远之，偶尔发生一点小事能耿耿于怀很久，所以心常常不平静。

也不知道为什么就渐渐懂事了，或许真是在体会一句句诗行时，在那些美丽迷蒙的意境中，在那些刻骨铭心的情深里，我看着自己慢下来，温和起来，开始诚觉世事皆可原谅。尤其是在某一次重读这阕《如梦令》时，我在李清照的小怨念里，突然看到了挑剔的自己；在对卷帘人的体恤和理解中，一些友人们的被我忽略的优点开始在心头浮现，我决定，以后他们对我“却道海棠依旧”时，再也不生气。冥冥之中，造化将我这一次变成熟的契机，埋在了这一阕宋词里。在我不经意地歪着头正打算戏谑李清照这个文艺女青年时，突然电光石火之间，想要从此成为更好的人。

诗心的 6/12

—— 邃邈

草在结它的种子，风在摇它的叶子，韦应物在写诗

好比一个挂在角落的竹斗笠，布满尘灰并不起眼，但它来自一竿听过山风、看过雷暴、浴过霞光、扎根于山石中的好竹，因此，手触其上，能感到它有细密的纹理、有不屈的生命、有仍在流淌的血液。

秋夜寄丘二十二员外

怀君属秋夜，散步咏凉天。

山空松子落，幽人应未眠。

两地书

有的诗像鲜榨橙汁，“锦江近西烟水绿，新雨山头荔枝熟”，甜蜜适口，鲜亮清新，但喝过也就喝过了，只那一霎的滋味；有的诗像提拉米苏，“隔座送钩春酒暖，分曹射覆蜡灯红”，温厚馥郁，层次丰富，有旖旎的幸福幻觉，但吃多了，也会觉得腻；有的诗则是上好的明前碧螺春，譬如这首，乍一看平淡无奇，细品来深远悠长。不讨好，不用力，从容清冷，历久弥新。

“怀君属秋夜，散步咏凉天。”静静地想念一个人，本身就足够美好。况且春色恼人，夏夜燥热，只有秋夜可爱，天清风凉，是一年四季最温柔的时候，大自然最包容的时候。人处于自然之中，最容易忘却人世繁杂，把心放空。但在这样该“放空”的时候，心头却能浮现出故人，可见这友情的分量。

“山空松子落。”在寂静的天地之间，有成熟饱满的松果儿

“噗嗒”一声落在厚厚的、积年的深林落叶上，这样的声响，能让人顿然感觉到生机，但背景是清秋的空山，又顿然感觉到凄凉，这是丘丹所在的地方。禅化的隐居境界该如何描摹？这一颗松子落，已然胜过万语千言。你也能隐隐感到，俗世政务缠身的韦应物，对这禅境的向往，都含蓄地表现在了此刻对它的想象里了。

“幽人应未眠。”我揣摩你所在的环境，是寂静空山，有松子时不时落下；我揣摩你在做的事情，你这样一个雅人，在这样的夜晚，一定也舍不得这美丽的夜色而不忍睡去吧。

《秋夜寄丘二十二员外》是一封两地书。一来，这一书，一时间，却有两个空间，如“渭北春天树，江东日暮云”，我在渭北，你在江东，我在秋夜漫步想念你，你在空山静坐亦未眠。二来，换个角度看它，它又像是两颗心，一人一句，穿越时空的对话。

怀君属秋夜，散步咏凉天。
山空松子落，幽人应未眠。

秋夜适合散步，也适合想念你。

我这里万籁俱寂，与静穆山林相对而坐，时有松子下落，这“噗嗒”一声让我心里一动，想到你应该也没睡吧。

于是我不禁想到顾城的《门前》：

草在结它的种子。
风在摇它的叶子。
我们站着，不说话，就十分美好。

恬淡其文，深情其人

《红楼梦》香菱学诗后，有这样一段笑话——宝钗因笑道："我实在聒噪的受不得了。一个女孩儿家，只管拿着诗作正经事讲起来，叫有学问的人听了，反笑话说不守本分的。一个香菱没闹清，偏又添了你这么个话口袋子，满嘴里说的是什么：怎么是杜工部之沉郁，韦苏州之淡雅，又怎么是温八叉之绮靡，李义山之隐僻。放着两个现成的诗家不知道，提那些死人做什么！"湘云听了，忙笑问道："是哪两个？好姐姐，你告诉我。"宝钗笑道："呆香菱之心苦，疯湘云之话多。"湘云香菱听了，都笑起来。

韦应物曾出任苏州刺史，所以世称韦苏州。这段话说的是两个姑娘学诗之痴，可宝钗何等学问，在卷帙浩繁的诗册中，她举了四个诗人，四种特色，其中便有韦应物的淡雅。可见他一支纤笔，竟开辟了一方天地，以一个淡字深入人心。但田园诗人那么多，个个都淡，他的特别，在于浅淡背后所藏的饱满的生命力与压抑的深情。好比一个挂在角落的竹斗笠，布满尘灰并不起眼，但它来自一竿听过山风、看过雷暴、浴过霞光、扎根于山石中的好竹，因此，手触其上，能感到它有细密的纹理、有不屈的生命、有仍在流淌的血液。又好似披着轻纱戴着幕篱的美人，只留给你一个缥缈的背影，看不分明那容颜是怎样的明眸皓齿国色天香，但却在猜测怀想中，比一览无余的美，多了一番特别的意趣。

正如他以松子落地的轻微，来隐喻人心里感情的细腻，我想，韦应物淡雅中的生命力与深情，来自他用一颗诗心，将人百种感官极端精微的知觉与感触无限扩张，日常生活中难以捕捉的那些飞珠溅玉的回忆、起伏无边的感怀，都在这些描述中浮现出来了，于是我们深感共鸣，于是我们记住了他。

“今朝郡斋冷，忽念山中客”，是体感温度。今朝是时间，晨起感到皮肤有凉意，山中是空间，在这一时间将冷这一知觉无限扩张，扩张到了深山里，由我的冷推及你的冷，于是自然而然地就有了“欲持一瓢酒，远慰风雨夕”的念头，像一个娓娓道来的故事，时间地点人物俱全。

“淮南秋雨夜，高斋闻雁来”，是听觉。故乡遥，何日去。南方萧瑟的秋雨之夜，有雁声北来，这归雁正从故乡来。于是听觉无限扩张，这雁声仿佛就是从故乡传来。或许这只雁曾经经过我家，替我看望过我的家人；它现在就要回到春天时离开的它的故乡了，而我归期渺茫。这从我的故乡来，又要回它的故乡去的雁声，牵出多少欲说还休的乡愁。

“海门深不见，浦树远含滋”，是视觉。海门是长江入海处，该是波涛奔流巨浪汹涌，可诗人的眼睛却从大江大海表面的大动静中，看出其水波深处的平静深邃。他的目光从江海交融的混浊无限扩张，扩张到深深深深的海底；江树在雨中静静伫立，但一派朦胧中他看到了水雾缭绕，于是树也有了翩跹袅娜的多情之姿。江海其深，离思其深，江树其渺，别愁其渺。之所以在这里细细地看这些景物，是因为想多留在送别之人身旁；或许看清楚这些送你时的场景，就能把你我的情谊留在心上。

“居闲始自遣，临感忽难收”，是送女儿出嫁的复杂心情。以为自己做好了心理准备，早早地就开始在平日里劝自己女大当嫁，总会有这么一天。可是礼乐响起，要起轿的一刻，依然悲伤难自抑，原来心理准备毫无用处。他将这大婚当日的不舍无限扩张，扩张到了开始为女儿出嫁做准备的那一天。那种平日里自我安慰的伪装，那种关键时撑不住而号啕大哭的心情，我们都经历过。因此读到这里你会惊叹，你会想起那些如烟往事，并感激诗句给了你开启往昔感动的钥匙。而这份设身处地的温暖，来自诗人精微的感知，对生活的用心。

极端细腻的感官总在平静和恬淡中来，因此最动人的感情似乎更是冷静时的感情。强烈的情绪反而容易模糊了环境，模糊了自己，所以韦应物下笔是淡雅的，甚至当他终于想要呐喊的时候，却还是像略带温柔的呼唤，还是要连声唤着“胡马”，还是有“雪”“路迷”“日暮”这样柔软朦胧的字眼，依然带有韦式色彩，是一种隐忍的深情。

> 胡马，胡马，远放燕支山下。跑沙跑雪独嘶，东望西望路迷。迷路，迷路，边草无穷日暮。

细腻淡雅的他，像他的名字一样，有苏州的清韵，有万物的邃邈。

草在结它的种子，风在摇它的叶子，韦应物在写诗。

草在结它的种子，风在摇它的叶子，韦应物都知道，他把这些，都写进诗里了。

繁华落尽处，自有无限生机
——李商隐无所谓

微注的光，深夜的花，也许反而能给疲累之人一份自得与舒适。其实人生哪有那么多辉煌时刻，更多的时候，还是要面对辉煌流转之后的低迷。而李商隐在诗里说，繁华落尽的时刻，也是迷人的，它也在流转，也在孕育生机。

宿骆氏亭寄怀崔雍崔衮

竹坞无尘水槛清，相思迢递隔重城。

秋阴不散霜飞晚，留得枯荷听雨声。

枯荷也好，哪里不好？

李商隐旅宿在一户骆姓人家，想念两位表兄弟，写下了这首小诗。

寥寥几字散发干净清冷的气息，一个寂寥安静的秋天。我总想，能在这样清静的地方，临水亭榭，荷塘之畔，自由地怀想故人，真是莫大的幸福；而被人在这远离尘嚣的地方想起，仿佛能从中净化，也是莫大的荣幸。

“竹坞无尘水槛清，相思迢递隔重城。”不论是临水的丛竹还是临水的亭台，都干干净净、一尘不染。城市很远，喧嚣很远，但你们也很远。这里什么也没有，只有我自己。这样倒最适合怀想，思绪飞向远方，隔着重重城关。“秋阴不散霜飞晚，留得枯荷听雨声。”今年秋天霜期晚了些，白日里只见阴云连日不散，向晚便淅淅沥沥下起雨来，点点滴滴落在池中枯了的荷叶上，为我这宿在水边的孤客，在每一个不眠之夜，敲出簌簌的秋韵。

诗中再无一人一事，只有诗人的思念。絮叨一些清幽的环境，迷蒙的天色，迟了的时令，愈显得这份想念，淡而动人。

黛玉很喜欢这首诗。《红楼梦》第四十回“史太君两宴大观园，金鸳鸯三宣牙牌令”中，刘姥姥与众太太小姐们游大观园，贾母说藕香榭的水亭子上借水音听戏定是好听，众人便至荇叶渚乘船。宝玉同众姐妹一条船，既上了船，宝玉道：“这些破荷叶可恨，怎么还不叫人来拔去。”宝钗笑道：“今年这几日，何曾饶了这园子闲了，天天逛，那里还有叫人来收拾的工夫。”林黛玉道：“我最不喜欢李义山的诗，只喜他这一句‘留得残荷听雨声’。偏你们又不留着残荷了。”宝玉道：“果然好句，以后咱们别叫人拔去了。”

林妹妹看来和李商隐一样，常夜有所思，辗转不能眠，才听得到枯荷上的秋雨声。但她说出的诗句，其实和李商隐写的略有不同。曹雪芹大概觉得“枯”不够好，便自作主张换成了“残”字。他也许想着“残”字比“枯”字意味更重，能渲染凋敝之感，以为寄人篱下的落寞里，满目风景一定也是肃杀愁人，所以一定是残荷，残破不堪，看着伤心。我倒感到奇怪。曹雪芹懂得房屋一片雪白、内心一片空无的薛宝钗，却竟然在这件事上参不透一个淡然的李商隐。李商隐一定是不喜欢改成“残”字的。枯是它自然原本的状态，并无多少不好之意，残却是说它破败不完整了，就是说它不好，甚至有看低嫌弃之感。但谁说枯荷就是残荷？荷叶之为生，春天有它春天的样子，秋天有它秋天的样子，春来一片碧绿生机勃勃是它，秋至经霜萎缩褪色而不屈不倒也是它。“荷叶生时春恨生，荷叶枯时秋恨成”，春荷秋荷，都是完整的、有感情的、有存在意义的。何况，它还为诗人奏响了一夜滴滴答答的秋之清韵，是被亲近、被珍惜的。李商隐怎会舍得为它扣一个“残”的帽子呢？

五代词人鹿虔扆的一阕《临江仙》中，有这样几句，“藕花相向野塘中，暗伤亡国，清露泣香红”。常有后人评说“香红”不好，应改为“残红”，以应和黍离之悲。正如残荷伤了诗意，我也觉得“残红”大可不必。荷花盛放在曾是整日莺歌燕舞的皇家御池而今无人问津的野塘中，灿烂的盛景已没有锦衣华服的妃子们巧笑着相携来看，那红艳那美好，竟处于一片荒废破败之中，这份完整里的遗憾，是“残”字不能带来的体会。何况若词人经过时恰逢花期，就自自然然写来，何须修改呢？

不是所有枯萎都一定残破，也不是所有盛放都一定不悲伤。

他眼里的小风景

悲伤的时候是不能看朝阳的，一切欢欣而富有生机，会因格格不入而显得更加孤单。你知道的，当感觉到悲伤的时候，就会喜欢看落日。天地、万物、宇宙，都渐渐黯淡下来了，大家都不开心，你会有归属感。并且一切的渐渐昏暗就好像你的悲伤也在缓缓释放，于是你感到救赎，你感到从情绪中渐渐解脱。

不知道是不是这个原因，一生困顿不得志的李商隐，写诗时少有如“明月出天山，苍茫云海间”的盛景而多写颓败细碎的小风景——落日映落花，幽草衬晚霞，烛影对小窗。他多次应举不中，终于登第后，却赶上了宦官当权的时代，卷入“牛李党争”的旋涡而饱受排挤。我想，也许是这样复杂的人世，使得诗人唯有在晚景中能感到宁静，感到踏实，于是风景写着写着，就好像心事都写出来了。

“肠断未忍扫，眼穿仍欲归。”这份对落花的不忍与怜爱，是落魄者间的惺惺相惜。

“并添高阁迥，微注小窗明。”我不要大楼大院，大明大亮，夕阳斜晖下，小窗透微明，书案前一片柔光，就满足了。外面世人纷争不断，且由他去吧，我只在小窗前读书，独享雨后的晚晴。

“客散酒醒深夜后，更持红烛赏残花。”不享受客喧酒酣的大宴上的迷醉，只觉筵席散后的安宁清静最可贵。许多心情哪能说与人知，越是热闹越是孤单，不如这深夜酒醒的独处时光，秉烛对落花，夜色里缓缓纾解。

所以他笔下的细碎的晚景并不是真的颓唐，只是没那么灿烂而已。而灿烂就一定最好吗？微注的光，深夜的花，也许反而能给疲累之人一份自得与舒适。其实人生哪有那么多辉煌时刻，更多的时候，还是要面对辉煌流转之后的低迷。而李商隐在诗里说，繁华落尽的时刻，也是迷人的，它也在流转，也在孕育生机。

李商隐，无所谓

诗是最美最精微最敏感的文学形式，其中有数不过来的最纤微如毫发的人类的千百种情感，亿万年也不能释怀的大悲与狂喜。于是有的诗里有深沉的愁绪，有的诗里有处理解决的办法，有的诗里有志向与目的。世间有多少种诱惑，诗里便有多少种追寻。

譬如晏殊，“满目山河空念远，落花风雨更伤春。不如怜取眼前人。”这是一种应该珍惜当下珍惜眼前的教导，一种说伤春悲秋都无用的议论。“念兰堂红烛，心长焰短，向人垂泪。”他笔下的蜡烛有它的目的，因而也有它的遗憾，有心有余而力不足地想要做的事，因为做不成而向人垂泪了。

但李商隐诗里鲜少这样的议论与教导、目的与追寻。也许是在官场中沉浮数年后他终于厌倦了，你会在他后期的诗中发现隐隐的无欲无求的态度。他仿佛对华丽的东西没有那么大野心了，对外在的世界不愿再追求，而更想要回归，想要找到自己。所以他常写出最自然的呈现，平静地对待，平静地接纳。

“春蚕到死丝方尽，蜡炬成灰泪始干。”只是写了春蚕与蜡烛的天性，春蚕生来要吐丝，蜡烛生来要燃烧，这是它们本真的状态，它们要这样实现自我完成，没有其他功利的现实的与他人相关的目的。

“直道相思了无益，未妨惆怅是清狂。”人们说着相思的好与坏，苦苦思索这样的两处闲愁应不应该，有什么好处，但李商隐说无所谓啊，又有何妨，我若爱你，便只顾爱你，它就是自然而然的一种情绪。我爱你，又与你无关。

“君问归期未有期，巴山夜雨涨秋池。”分别的无奈，他仿佛也平静接受了，转过头去看窗外，秋雨连绵，所以山溪都涨起来了，而山溪又何尝不是被迫无奈？其实万事万物都有不得已之处，这份身不由己便也罢了。

“嗟余听鼓应官去，走马兰台类转蓬。”宴会结束了，便再骑马回到官舍，人生四处流转，本就如飞蓬。

“夕阳无限好，只是近黄昏。”但黄昏又如何？他也并未觉得黄昏有什么不好。

灿烂便灿烂，不灿烂也没关系，李商隐，无所谓。繁华落尽又如何，低迷中也有美丽，一切都在流转，那也是在孕育生机。

顾城说《红楼梦》之所以漂亮，是因为它体现出中国精神一个特别美妙的地方，即任万物自生，如天观世。“每个生命的美丽都不去驾驭，自现而自隐，自灭而自生。”在我看来，李商隐的诗，亦是如此。

张先：安静专家

时间的掌纹，光阴的脉络，在这里清晰可触，从往来不绝的游春人，到月光下晃悠的杨花，你看得到空气是怎样安静下来的。

木兰花

乙卯吴兴寒食

龙头舴艋吴儿竞，笋柱秋千游女并。芳洲拾翠暮忘归，秀野踏青来不定。　　行云去后遥山暝，已放笙歌池院静。中庭月色正清明，无数杨花过无影。

这是张先人生中的第 86 个寒食节。

吴兴在现在的浙江湖州，是张先的故乡。74 岁致仕后，他就回到了这里，一晃，又是 12 年过去了。

词的上半阕喧闹，下半阕安静，颇为泾渭分明，正像白发苍苍的他，站在风华正茂的年轻人里，又像他簪组忙碌的大半生，与退休后的悠闲。

他捋着白胡子，笑呵呵地看着年轻人笑闹过节。一大早就热闹起来了，小伙子们赛龙舟，女儿家踏青，拾翠鸟羽毛回去装饰发卡。

那小船两头尖尖，又扁又窄，船头饰有拙朴的龙头。龙舟虽简易，可大伙儿划得起兴，他看着也高兴。高高的秋千架起来了，架在青翠的新竹上，少女们换上轻盈的春衫结伴而行，笑声荡漾在空气里。天黑了也舍不得回去，他觉得自己也沾染了朝气。

彩云常用来比喻美人，最有名的当属小晏那句“当时明月在，曾照彩云归”，字里行间唏嘘不已依依难舍。张先年纪大了，看不到彩云了，就觉得年轻人跑起来可真快，是“行云”。“行云去后遥山暝，已放笙歌池院静。”游人走了，远山暗了，歌谣停了，这语气和一脸神往的小晏完全不同，更像是长呼一口气说：“终于都走了，老夫可以清静清静喘口气了。”

人群散后，世界安静下来，月亮出来了。我羡慕他 86 岁了，还看得清月色下，柳絮儿在飘飞。

时间的掌纹，光阴的脉络，在这里清晰可触，从往来不绝的游春人，到月光下晃悠的杨花，你看得到空气是怎样安静下来的。而能赏清明月色的老人家，和划龙舟荡秋千的少年，也能和谐共处，好像一切本来就该这样。

在这里他让我们看到，安静和热闹不是绝对对立的。张先的很多词作，让人觉得他是一半置身于生活之中，一半置身于生活之外的人。他能参与热闹，也能从中抽离，不会兴奋太过后静不下来。

“积水涵虚上下清，几家门静岸痕平。”这是一场酣畅秋雨后的安静，仿佛喧嚣和灰尘一起被雨水冲走了。

“楼头画角风吹醒。入夜重门静。”这是一场春愁与酒醉后的安静，晚风一吹，酒醒了，忽觉天地间幽冥安静。

“重听。尽汉妃一曲，江空月静。”这是一曲终了的安静，当“今古幽思”在胸中激荡过，心潮起伏之后，依然是江面空，月色静。

甚至，有时候，他都能准确把握安静降临的时间。你看，他说了，“风不定，人初静，明日落红应满径”。初静，初静，如同“风雨晚来方定”，甫一降临，甫一停歇，总带着些别样的动人，有变化中的灵动，与那些久久不变的状态自不相同。

“在喧嚣嘈杂的时代，一个人可以生活在一份自得其乐的安静中，其实是一种能力。甘于平淡生活在世界某个不为人注意的角落，细致体察抚摸身边的一草一木、一餐一饭，始终不断从这中间发现美，并默默地发出赞叹。”诗人流马如是说。张先无疑拥有这种能力，他是长寿的诗人，或许这份安静功不可没。

张晓风说：“人人都喜欢听离奇的、五彩的故事，可惜，我的故事只有万顷平湖，在一片清波之外仍然是一片清波。”张先一生顺风顺水，也是这样的“一片清波之外仍然是一片清波”，确实没有欧阳修、苏轼那样的大坎坷，也就没有“国家不幸诗家幸”的机会。好啦，没有那便没有吧，不写处世哲学人生道理，从细处下笔，做个“安静专家”也挺好。

诗心的旷达

7/12

草木有本心，何求美人折

——读『九龄风度』

张九龄传承了情景融合、物我合一，并在诗中掺进了独属于盛唐的一些辽阔、一些大气、一些洒脱飘逸，让我们重获了那令人着迷的精神享受。

耒阳溪夜行

乘夕棹归舟，缘源路转幽。

月明看岭树，风静听溪流。

岚气船间入，霜华衣上浮。

猿声虽此夜，不是别家愁。

一首诗的传承

曹操站在筵席间，端起酒觞，朗声高咏：“对酒当歌，人生几何！”从《诗经》到汉乐府，诗里充满了“氓之蚩蚩，抱布贸丝”“弃捐勿复道，努力加餐饭”这样朴素的感情，而“风雨如晦，鸡鸣不已”“青青河畔草”等往往在开端被一笔带过，印象模糊的景物从来只是配角，只为了兴发诗中的主角——那些先民们筚路蓝缕中古朴的情感。人们在诗中咏唱，悲泣，控诉，呐喊，直抒胸臆，但不会有人为了状物而写诗。像话剧，没有青山绿水，只有简略布景下的故事情节、人物冲突。

谢灵运端坐在书案前，看着窗外的春色，凝思几许，徐徐走笔，“春晚绿野秀，岩高白云屯”。他是山水诗的奠基者，在说理诗盛行的年代正式开启了将山姿水态引入诗歌的大幕，他愿意为了记录景色写诗，并且追求细节，像工笔画一样描摹。景致写完了，才偶尔感叹“风来不可托，鸟去岂为听”。景物独立于诗人性情之外，客观真实，没有主观色彩。像语言精练的旅行日记，精描细摹，只在结尾有一两句感言。

陶渊明身着穿结的短褐，扛着锄头站在原野上轻叹，“采菊东篱下，悠然见南山”。他没有描述秋天的菊花开在郊野的小路旁，在风中摇动那场景有多动人；他没有刻画菊花的形貌，没有描摹花蕊的柔嫩、花瓣的可爱、菊花特有的清香。这些实在的他都没有说，但是他清清楚楚地传达出了采菊时内心深处的平静与安宁。他的心境本就与景物融合为一，自然流露，密不可分。我想，这时候，人们看到了诗歌最美的样子。

张九龄传承了这种情景融合、物我合一，并在诗中掺进了独属于盛唐的一些辽阔、一些大气、一些洒脱飘逸，让我们重获了那令人着迷的精神享受，成为盛唐山水田园诗派的重要开路人之一。比如这首《耒阳溪夜行》，我们会从中看到一点点谢灵运和陶渊明的影子，但不同的是，它多了些盛唐文人独有的漂泊感。在那个空前开放、空前强盛的大时代里，每个人都在奔走寻觅，寻求自己合适的位置，以积极的心态不断向上，所以虽有时有乡愁，有旅愁，但少有隐居遁世的想法。

这是一段惬意美妙的旅程。趁夕阳还挂在山头，船儿解开了缆绳，双桨碎碧水，一棹划晚风，悠悠沿溪而下。愈向前，溪流愈窄，树木愈密，山路愈隐不可见而山色愈幽。渐渐地山光西落，池月东上，世界笼在月白色皎洁的光里，两岸峰峦和树冠的轮廓清晰可见。风平浪静，万籁俱寂，听得见船底溪水汩汩流淌的声音。

诗人对这月明和风静有感激和珍惜之意，这让他因出公差而奔忙的心得到安宁。他静静地坐在这山水间的月光里，看山间的雾气漫过来，在船舷边萦绕；看秋夜的霜华浮上来，湿润了他的衣裳，恰似年华里的秋霜浮上来，染白了他的鬓角。这种安静的时刻，人在水上漂着，自然而然就想到光阴也像水一般逝去了。于是耳畔凄清的猿鸣声，也就恰如其分地流淌出了心里无法言说的轻愁。

张九龄在写景，不工于形似，但就像山岚飘进船里，霜华浮上人衣，人与景已浑然一体，分不清何为景语何为情语，写景即是传情。因为他早把心放进了归舟里，溪流里，明月里，岭树里，岚气里，霜华里，猿声里。那一刻他的心在清幽静谧里得到休憩，与万物融合，于是这一刻，你从中读到的，也有景物里的人情。唯有心明，才见月明；唯有心静，才听风静；唯有心愁，才闻猿愁。

寄寓于风景里的感情，比起《诗经》里的古朴，会多一份微妙与深婉。同是泛舟水上，眼中风景的不同，笔下描述的不同，能反映看景人心境的不同。张九龄行舟耒阳溪上，公差圆满完成，正在归途，虽有旅愁，但他缓缓看山，细细听水，船在岚气间徐行，人的心情亦有一种悠然和知足。綦毋潜的《春泛若耶溪》，“潭烟飞溶溶，林月低向后”，则有一种无心细看任一切向后飞离、漫无目的、心烦意乱之感，因此下一句“生事且弥漫，愿为持竿叟”的人生失意，便也自然而然了。而苏轼泛舟赤壁之下，“白露横江，水光接天。纵一苇之所如，凌万顷之茫然”。风景开阔，心也广阔，正可看出看景人的坦荡与旷达。

语言经时间的琢磨，向着越来越成熟、越来越美的方向蜕变，让诗歌的艺术表达有了更多可能。人们安放在诗里的情感，也因此含蓄起来，从容起来，多了份不直说的优雅。一首诗的传承里，有文明脱离混沌走向清明的过程。

一个宰相的自由人生

《唐诗三百首》的开篇，是张九龄的《感遇》，恰如“九龄风度”为盛唐开篇——“当年唐室无双士，自古南天第一人”（王夫之语）。有时候一个人能代表一个地方，已是无上荣耀，如韦应物之于苏州，张九龄之于曲江。但一个人能代表一段不可再来的盛唐气象，大概除张九龄外再难找到。玄宗在逃往蜀地的路上，想起曾警醒过自己的已故去的老臣，老泪纵横，在悔恨中写下：“蜀道铃声，此际念公真晚矣；曲江风度，他年卜相孰如之。”此后，每逢荐引宰相，他总不禁要问一句：“风度得如九龄否？”

于是便有了“九龄风度”这个词。当“安史之乱”山河凋敝，人们怀念他，“千秋沧海南，名系朱鸟影”；当南宋偏安一隅苟延残喘，人们怀念他，“九龄风度，流落今何处”。

究竟是怎样的人物，才会让人们甚至叱咤风云的唐明皇念念不忘？九龄风度，又究竟是什么呢？

是他不谋私利，举贤任能的秉公守则？是他与恶势力斗争到底的刚直不阿？是他开大庾岭造福百姓，总甘雨随车的爱民如子？还是他知人善任，预见了安史之乱的远见卓识？

于是一读再读张九龄，从他的诗中寻找答案。渐渐地，我心里的九龄风度，我所理解的九龄风度，也渐渐明朗起来。

若将张九龄所有诗作放在一起，难以分辨哪些作于身居高位时，哪些作于跌落谷底时。人在官场，难免起起伏伏，而张九龄有一个特点，他被贬后作的诗，基本上不悲伤。那些人生失意时的感叹，诸如“行路难”的前途艰辛，“夕贬潮阳路八千”的世事无常，“无才日衰老，驻马望千门”的韶华易逝、壮志难酬，他被贬后的诗作里都没有。我们常看到的，是“啊？问我心情咋样？我挺好啊！”这种拽拽的调调，有仿佛与生俱来的坦然自信的贵气。

开元二十五年（737年），张九龄59岁，唐玄宗正渐渐懒于政事，张九龄就整天批评人家，逆耳忠言说得玄宗烦不胜烦。他又看不惯李林甫之流，没少得罪人，于是终于被借机整倒了。一个在朝廷拥有众多粉丝、年高德劭的股肱之臣，骤然跌至一个远离京城的三线城市做小地方官——荆州长史。都已经这么大年纪了，该是功成身退的时候，却“将老身反累”，一般的老人家可能会觉得面子上挂不住。而我们的张九龄，这时写了什么诗呢？

一是《望月怀远》。望月，“海上生明月，天涯共此时”——原来他还有赏月的心情！怀远，是思念远方的亲人，“情人怨遥夜，竟夕起相思”，充满浓浓的怀念，真挚动人。官场上的变动，在家人和真情面前不值一提。

一是《感遇十二首》。“谁知林栖者，闻风坐相悦。草木有本心，何求美人折。”兰叶桂华的生机与灿烂，是草木自然的本性，如同人修养身心不为外物不为旁人，亦是本性。草木对有人“相悦”感到“谁知”的意外——我在这儿生长开花，过得好好的，没有想到竟会引来旁人的欣赏，那都是额外的事，其实本不求人喜欢。而“欣欣此生意，自尔为佳节”，春风固然吹开了百花，但也正是百花的存在才成就了灿烂的春天。更有一种“时势造英雄，英雄壮时势”的对自我价值的肯定。所以职务调动算什么大事儿呢，无所谓，我依然是我，我依然过得好好的，我依然坚信自己的贡献与价值。

九龄风度，是处变不惊，永远自信，永远优雅，从不落魄，从不狼狈。

张九龄还有一个特点，就是虽贵为宰相，诗风却很有亲和力，一点儿也不高高在上，字里行间像有淡淡的笑意。他不刻意求新求奇，没有一个奇特的字眼，没有一分点染的色彩，脱口而出，却自然可爱。

“松叶堪为酒，春来酿几多。不辞山路远，踏雪也相过。”为一口松叶酒，即使山路遥远崎岖、大雪覆盖也要前往，像淘气嘴馋的小孩子，又像重朋友讲义气的少年。

“纤纤折杨柳，持此寄情人。一枝何足贵，怜是故园春。”虽只是一枝柳条，别嫌它寻常不值钱，它带来的，是故乡的春色啊。这样一句话，满怀深情，满怀温柔，让人看了心里一暖。

九龄风度，是平和温雅，活泼可亲。他总喜欢清淡的景色、素洁的色调，如月光、白云、青山、淡水，他笔下没有浓艳的景物。他让我觉得不那么遥远，不是出警入跸不能接近的大官，不是总板着脸的老夫子，而是我们身边可亲可敬的绅士、君子。因为他的生命是有厚度的，所以他让人觉得足可信任——会在你落魄失意的时候有礼有节地伸出援手，带你重获生活的勇气与信心。

这两个特点，构成张九龄在“仕”和“隐”之间进退裕如的自由人生。也许他不能完全主宰自己的人生道路，但他主宰了自己的心境，将“从容”二字，诠释到了极致。

这份自由对身居高位的张九龄尤其珍贵，而忙碌的他，能写出空灵柔美的山水田园诗，更是实属不易。我们都知道王维、孟浩然是盛唐顶好的山水田园诗人，可是却很少人知道，在诗史的长河里站在他们之前的，是张九龄。王维的大半生，都过着“半官半隐”的生活，孟浩然更是闲了一辈子，但为他们开辟了先路的，却是一生为国家鞠躬尽瘁的重臣。张九龄虽因操劳国事，没有隐居的闲情逸致，但却完美传承了陶渊明诗中写景求神似而不拘泥于形似的精神，一出手就区别于六朝清远诗人，为后来的盛唐神韵树立了标范。

王维和孟浩然的简介，第一个头衔一定是诗人，而张九龄的头衔，第一个是政治家，第二个是唐朝开元年间名相，最后一个才是诗人。一个大国宰相，在王朝开始走下坡路的时候，苦心孤诣，为这个国家防微杜渐、谋划前程，是怎样一件事，我们寻常人已经很难想象。而他在日理万机的繁忙中，在案头成山的公文中，在权力的最顶端，在危机四伏的政坛里，还有这样的亲切与淡然，这样的诗意与文采！该是多么博大的心，才能做到这一切呢？要知道，一个人的权力越大，责任就越大，压力就越大，心里的空暇就越少，人生的裕度就越小啊！所以他好得有点儿让人发愁，他对自己要求太高了。人说“只有受伤者，才能安慰人”，可是他既要求自己照顾好全国人民的衣食起居、柴米油盐，又要求自己不入名利场，不沾烟火气，要过得超然世外。

但是他做到了。他既成为了一代贤相，又在心底里留住了一片清平世界。张九龄是一个“尘内”的人，他的诗却得到了这样的评价，“如玉磬含风，晶盘盛露，故当于尘外置赏”。

“月明看岭树，风静听溪流。”因为心如明月，所以将一切都看得清清楚楚；因为心无喧嚣，风平浪静，所以听得到大自然的动人交响。

一个人能活得多精彩？我想，张九龄给出了最好的答案。

走马的岑参

杜甫为安史之乱时的中原掌镜，『有孙母未去，出入无完裙』，是战争悲哀冰冷的背面；岑参则为盛唐烽烟滚滚的边疆掌镜，是唐王朝的征服之途那豪迈滚烫的正面。

碛中作

走马西来欲到天，辞家见月两回圆。

今夜不知何处宿，平沙万里绝人烟。

看君走马去，直上天山云

这首诗会让我眼前浮现出一个画面：年轻的儿子挥别母亲，背着简单的行囊沿着古道向村口走去，去闯前程。他的眼睛像星星一样明亮，充满神采，他大步朝前走。转弯处，他站住脚步，回望了一眼，便接着走了。他朝向一片光灿，夕阳正勾勒出他轮廓单薄的背影，他心里有些许眷恋，但更多的是兴奋的期待。

诗里的画面并非如此，但我想它的前传该是这样。它和它的前传一起，让人想到那些亘古相同的新奇与思亲，那些豪情与柔情。

诗人离开家一路向西，他要去安西，在天山以南。真是远啊，他觉得简直快走到地角天边了，竟还没有到。连日来跃马扬鞭，一路风尘仆仆，不知过了多久，只知道路上已见过两次月圆。今夜又是月圆，他有点想家了，但还不知道晚上会住在哪里。放眼望去，月色下沙漠茫茫，视线畅通无阻直至天边，无际无涯，不见人烟。这个世界这样空旷，与繁华的长安绝然不同。虽已不是初来乍到，但这极致的广袤依然刺激着他的感官，撩动着他的心弦，让他总有继续闯下去的冲动，去征服它，走到它的边缘。

第一次从军西征，他字里行间还透着一个年轻人的兴奋。正是嘴硬的时候，决不显露“故园东望路漫漫，双袖龙钟泪不干”的软弱，像是“喜欢”二字说不出口的青涩少年。你看过这两行诗，会觉得他想家，他迷茫，他辛苦，都似有似无，可是那“欲到天”的激情，那“平沙万里”的壮阔，却清清楚楚，一目了然。

就在这样的空旷里，他久旅远行，如孤客投荒。他日日走马，在边塞走马，也在心里走马。大荒始终是大荒，他的心却日渐摆脱荒凉。

“君不见，走马川行雪海边，平沙莽莽黄入天。轮台九月风夜吼，一川碎石大如斗，随风满地石乱走。”初见时，他心中只有这奇景带来的震撼，他看得呆了，还有一点惶恐，一点不可思议。君不见，君不见，看啊，看啊，你一定没有看到过！你一定没见过这样的！茫茫无边的黄沙连接云天，狂风吹得斗大乱石满地走。

“近来能走马，不弱并州儿。”留在大漠军营里，他的马术渐渐熟练起来，在马背上驰骋的速度越来越快，已不比塞外的人差了。一个中原来的书生在这里健壮起来，豪气起来，他欣喜又得意。

“醉后未能别，待醒方送君。看君走马去，直上天山云。”在那局势动荡的古来征战地，每个人的命运都飘忽不定。他日日跑马，遇到许多人，也送别很多人。有的人向西去，去向更僻远的边境，仿佛直奔着天山云就去了；也有人终于任期将满能够还乡，东归长安。他留在大漠，目送他们驾着马儿回家，一场离别便是一场酩酊大醉。大多数时候他是平静的，“正是天山雪下时，送君走马归京师。雪中何以赠君别，惟有青青松树枝”。有时也会因异乡送别而难忍悲伤，“送君九月交河北，雪里题诗泪满衣”。看着越来越多的人离开，他想象着自己回家的那一天，一定要尽他所能地快马加鞭，“明日归长安，为君急走马”。

“弥年但走马，终日随飘蓬。”长年背井离乡，辗转边疆各地，日子久了心里难免漫起飘零无依之感。单调的生活里，人似无根的飞蓬在风中打转。他也只有自我安慰道“家在日出处，朝来起东风。风从帝乡来，不异家信通”。再叹一句“乡路眇天外，归期如梦中”。

但偶尔思乡的低沉小情绪绝不是他的主旋律。“何幸一书生，忽蒙国士知。侧身佐戎幕，敛衽事边陲。”他珍惜这份狼烟升腾里的际遇，以热血谱写了一篇篇大漠之歌，记录下那些走马的征程。人说在盛唐边塞诗三大家中，王昌龄以言情胜，高适以用意胜，岑参以写景胜。仿佛王昌龄情长，高适意远，岑参就是简单地吼一吼。初入大荒的岑参还顾不上“少妇城南欲断肠，征人蓟北空回首”的儿女情长，还顾不上“表请回军掩尘骨，莫教兵士哭龙荒”的修罗场的惨烈，还顾不上“战士军前半死生，美人帐下犹歌舞”的黑暗现实。世界才刚刚在他眼前展开，世界是明亮的，广阔的；马蹄声整日奔腾在他耳畔，在他梦中，那声音是振奋的，激荡的。所以在他笔下汹涌的，就是澎湃的勇敢，是大无畏，热血，简单，纯粹。

看君走马去，直上天山云。

任性的摄影师

唐朝像一大锅沸腾的水，热情，鼎盛，也因而不免会四面飞溅，因此有了此起彼伏的边塞战争。有了边塞战争就有边疆驻军，有驻军就有随军文官，有了随军文官就有了边塞诗。文人的敏感细腻与大漠的粗犷壮阔碰撞在一起，产生奇特的化学反应，给我们如临大荒的浪漫磅礴。这种大气为盛唐所独有，中晚唐时便再难见好的边塞诗了。

王维写大漠，“大漠孤烟直，长河落日圆”“居延城外猎天骄，白草连天野火烧”，超脱其外，状物之美、颜色之美、姿态之美，有清冷的禅意；李白写天山，“明月出天山，苍茫云海间”“五月天山雪，无花只有寒”，能赏云海里的月亮，还顾着找有没有花，不忘仙气飘飘。他们依然是文人，是看客，衣袂飞扬地站在第三者的角度写边塞。可是岑参不一样，他入乡随俗，真的变糙了，变结实了，他自己就在军中。

杜甫为安史之乱时的中原掌镜，“有孙母未去，出入无完裙”，是战争悲哀冰冷的背面；岑参则为盛唐烽烟滚滚的边疆掌镜，是唐王朝的征服之途那豪迈滚烫的正面。

他任性，喜欢以天为比，可望而不可即的天空仿佛到了大戈壁便触手可及，只因它们一样广袤而神秘。“走马西来欲到天，辞家见月两回圆”，在茫茫无边的沙漠里行军数月，一直向西，让人错觉已经到了西天；“匹马西从天外归，扬鞭只共鸟争飞”，塞外的戍边将士回归长安，遥远得仿佛从天外归来。

他任性，喜欢将人类的力量最大化。不管是什么军官，一定是上将；不管多少人出征，一定是大军，“上将拥旄西出征，平明吹笛大军行”。军队的声威超于自然之上，冰冻的雪海亦为之汹涌，巍巍阴山亦为之摇撼，“四边伐鼓雪海涌，三军大呼阴山动”。

他任性，才不听什么“胜败乃兵家常事”的道理，要打仗就一定是大胜仗。出征之前，主宰胡人兴衰的星宿昴星是一定要落的，一定有大吉之兆，“轮台城头夜吹角，轮台城北旄头落”——他取景的画面，这出征前蠢蠢欲动的迹象总让你不由得心跳加速；而战场上更要让敌军闻风丧胆，“虏骑闻之应胆慑，料知短兵不敢接，车师西门伫献捷”。他就是要胜利，他不去想别的可能。

正如徐嘉瑞老师所说：“其所表现的人物、事实都是最伟大、最雄壮、最愉快的，好像一百二十面鼓、七十面金钲合奏的鼓吹曲一样，十分震动人的耳鼓。和那丝竹一般细碎而悲哀的诗人正相反对。”

有时，敌军的强大、异族人的凶猛，他也会承认，他看到了“虏塞兵气连云屯，战场白骨缠草根”；环境的严苛、气候的恶劣，他也会直面，他经历了“剑河风急雪片阔，沙口石冻马蹄脱”。但这样壮阔的笔法，让人想起那句“所有打不死我的，让我更坚强”。仿佛它们的存在，就只是为了证明将士们的无所畏惧。

盛唐乐观而势不可当。岑参写下的句子，让人为之振奋，让人怀念那个热血的大时代。

西北空旷而多风。岑参写下的句子，让人想在西北的大风中，一字一字地，将它们吼出来。

《送陈章甫》：一面是故乡，一面是远方

李颀站在陈章甫身后，看着他勇敢地打破桎梏，突破传统，在一片沉默中为他大声叫好，并暗暗问自己，有一天时机到了，能不能有这样的勇气。

送陈章甫

四月南风大麦黄，枣花未落桐阴长。
青山朝别暮还见，嘶马出门思旧乡。
陈侯立身何坦荡，虬须虎眉仍大颡。
腹中贮书一万卷，不肯低头在草莽。
东门酤酒饮我曹，心轻万事皆鸿毛。
醉卧不知白日暮，有时空望孤云高。
长河浪头连天黑，津口停舟渡不得。
郑国游人未及家，洛阳行子空叹息。
闻道故林相识多，罢官昨日今如何。

麦田与枣花

一切活过的人都可以相见，一切曾遇的画面都可以重逢，这就是文字的力量。

曾有一段时间，我在老家住，过着“闲依农圃邻，偶似山林客”的悠哉日子。时光流淌得那样缓慢，像西北冬日的晴空里，偶尔路过的云一样徐徐而去。一切都不着急，一切都不慌不忙。

这样慢节奏的日子，最适合读诗。

乡村的夜晚一片漆黑，城市的夜景照不到这里，真的是漆黑，伸手不见五指。并且是那样安静啊，我舍不得睡去。每个静夜里，奶奶已经睡熟了，世界已经睡熟了，我站在土炕炕头，捧着我的电子书，低头看一句，心里默念一句。屋子里只有电子书的微光，低头只看得到诗句，抬头什么也看不见。就这样，有一天晚上，我遇到了《送陈章甫》。心里念起第一句，“四月南风大麦黄，枣花未落桐阴长”，眼睛望进漆黑里。四月，南风，大麦黄，枣花未落，桐阴长，一个一个跳进我心里来，亲切而特别。城市只青睐女贞树香樟树，它们嫌弃桐树春天落满一地的粉色小喇叭，秋来又铺一地厚实的落叶。诗中更少有花瓣芬芳皆微渺的枣花，诗人总不记得赞美它。因此，当这句诗豁然传来新鲜的气息，我从中嗅出乡村的味道。

喃喃地念着这些温柔的字眼，漆黑寂静的冬夜，开始悄悄起了变化。像夏夜蔷薇馥郁的香气，像厨房妈妈的手艺，诗气扑鼻而来，让我欢悦起来，心中涌起开阔的、难以言说的豪情，漫出极遥远极遥远的恍如前世的回忆——那些我以为已忘却的事。我想起和麦苗一样高时在渥绿的原野上迎着风奔跑的日子，跑着跑着就飞起来了；我想起爬上房顶用长竹竿打枣儿的日子，大孩子小孩子都来了，站在房下等吃枣儿，簌簌如雨的小枣儿落成满地的嬉笑声；我想起大家忙着用铁锹挖土引水浇田的时候，我两只脚陷入泥地里，愈急愈拔不出，一使劲儿忽然趴进泥水里变成了一个泥娃娃，草帽下爷爷大笑起来，脸上的皱纹都在跃动。在城市生活多年再想起那些劳作的辛苦和收获的喜悦是多么珍贵啊。一时间我心里涌出许多的画卷，许多的图景，许多的往事。在这安静清冷的冬夜，上演起温暖的喧狂。

而李颀就站在当中，微笑着说，看，这是我画给你看的。

这就是唐诗啊，管它相不相关！当三两个字眼莫名其妙地打开了回忆的闸门，当那些排山倒海的琐碎齐齐奔来，且大笑着与它们一一相拥，管那开门的钥匙，与你那为美所迷、心绪万千的激情相不相关。

在那个冬夜，我开始强烈地眷恋当时所处的乡村，我的故乡。虽然正身处其中，但我还是特别想念它；我开始强烈地期待天亮，好让我能步出东门望野田，好好地看一看它；我开始强烈地期待初夏，农历四月的到来。

大麦、枣花、桐叶，都是故乡的符号，故乡的画面永远这样温柔恬淡，让人一提起便心绪万千。谁承想麦田和枣花放在一起，原来这么美，温柔又豪迈，细腻又渺远。后来我每次思乡，都会想到这句诗，这一刻。

但去莫复问，白云无尽时

欧阳修劝离别者淡然一些，“直须看尽洛城花，始共春风容易别”，不要哭哭啼啼地告别，可那阕词毕竟以“尊前拟把归期说，未语春容先惨咽”开始，总还是心绪幽沉，看起来并不怎么开心，只是强作欢颜。

怎样的离别才不会不开心，大概只有一种情况——我相信，离开这里的你，可以过得更好，更快乐。

李颀送别陈章甫便是如此。那美丽的麦田与枣花，是写给即将启程沿着朝别暮还见的青山回故乡去的陈章甫的。陈章甫是一个很像陶渊明的人。他长期隐居嵩山，有一天一时兴起突然想出山考个进士玩，就考中了。做官后发现自己还是一心爱丘山，无意官场之事，就辞官还乡了。尘世里洒脱来去，正如陶渊明“久在樊笼里，复得返自然”。李颀很敬重这样一个不贪恋功名利禄的朋友。这首诗，就写在从嵩山来的陈章甫，又要回到嵩山去的时候。

“四月南风大麦黄，枣花未落桐阴长。青山朝别暮还见，嘶马出门思旧乡。”看，归去一路尽是风景，一边是连绵不绝的青山，一边是金黄的起伏的麦浪，人就在这青山与麦浪间穿行。起笔就通过对前路的美好描绘一扫离别的阴霾，而换之以对前路的憧憬。听，你的马也在兴奋地嘶鸣，因为就要和你一起回到嵩山的故居了。这是回家的路，你应该开心点。“陈侯立身何坦荡，虬须虎眉仍大颡。”这是赞美陈章甫做人坦荡，仪表堂堂。我却猜想李颀有些调侃的意味——拿你的面貌开点赞美的玩笑，还是想让你开心点，能高高兴兴地，回家。在这样开心的氛围中，让我们一起来回头，看一看这几年。“腹中贮书一万卷，不肯低头在草莽。”这是回忆他当年一时兴起，突然不想闲居草野间了，突然想用腹中经纶济世兴邦时，出山的热情与勇气。“东门酤酒饮我曹，心轻万事皆鸿毛。醉卧不知白日暮，有时空望孤云高。”这是陈章甫出山后虽因满腹才学做了官但与官场的污浊不和，宴饮豪杰，醉卧避官，心寄孤云。这些画面娓娓梳理了他的青春，每一步都从心而来，每一步都有它的道理。

美好的前路探过了，如梦的往事回头看过了，还是要说这眼下的离别。“长河浪头连天黑，津口停舟渡不得。郑国游人未及家，洛阳行子空叹息。”渡口滞留了赶路人，又好像这险恶的仕途布满坎坷。如今你摆脱了，就要还乡，而我还在其中。“空叹息”，便有一些隐隐的对自由山林的向往，对洒脱辞官的友人的钦羡。嵩山在春秋时郑国境内，郑国游人即指陈章甫，李颀在洛阳附近任县尉，因此自称洛阳行子。“闻道故林相识多，罢官昨日今如何。”辞了官，大概许多因官位而与你结交的人会作鸟兽散了。两个豁达的人，交谈都可以直话直说，不必遮遮掩掩——昨日的趋之若鹜，今朝的形同陌路，世事就是如此。说到这里，两人或许便相视一笑，就此别过。

陈章甫回到了原点。当时年少不谙世事的他曾在“朝朝不见日，岁岁不知春”的山间隐居中，忽有所感，向往外面的世界。故乡还是远方？在这个问题上他摇摆过，但最终还是归去了。每个人都在生命的长河中，溯洄从之，寻觅自己，去了解自己究竟想要什么，究竟想过什么样的生活。陈章甫绕了一大圈，终于找到了。曾对一件事充满期待，于是放弃从前的生活想要试一试，但最终发现还是不适合自己，总会有些失落的吧。但李颀一句“心轻万事皆鸿毛”说得真好，能唤醒初心——不因外物，惊扰了内心那个安然的自己。大概陈章甫看过之后，心中那一点点小小的怅然，都悉数化解了。

这份熨帖于心的安慰，来自于李颀的理解与懂得，他懂得世界上有这样的人，或者，他自己本质上就是这样的人。李颀站在陈章甫身后，看着他勇敢地打破桎梏，突破传统，在一片沉默中为他大声叫好，并暗暗问自己，有一天时机到了，能不能有这样的勇气。陈章甫主动辞官还乡，李颀却完全没有挽留他、期待他以后再出仕的意思，甚至没有明显的分别的愁绪。我们只感到诗人由衷地为友人高兴，甚至很羡慕他。不论是开篇的“四月南风大麦黄”，还是“有时空望孤云高”，都让我们觉得，辞官还乡充满了一种“羁鸟恋旧林，池鱼思故渊”的释放感，一种重获自由的喜悦，一种“终于解脱了”的豪情。仍身陷官场的李颀，大大方方地支持了一个整日喝得醉醺醺来看落日的醉汉。这无疑是非常大胆的。正统一定会说陈章甫不务正业，而李颀说他是心轻万事皆鸿毛，是令人艳羡的洒脱与自由。李颀还嘱咐他别理那些辞官后就与他绝交的“故林相识”，那都是俗人。

诗人为有一位东门酤酒饮我曹的朋友而感到衷心的骄傲。这种大胆地从儒家传统脱离，追求自我、忠于内心的勇气与个性，与他描绘的枣花和桐叶一样特别，在浩如烟海的唐诗中，让人眼前一亮。人人都向往自由，都不喜欢被教育，看到教人该如何践行孔孟之道如何克制自我为社会所用，总会下意识有些抵触。因此这首诗读来非常爽，你隐隐约约感到，自己内心里那个不服管教我行我素的孩子，原来也是有人理解，有人欣赏的。

失意时，就该读《送陈章甫》，大声地念出来，就能从中获得走自己的路的勇气，获得“但去莫复问，白云无尽时”的希望与冲劲儿。

一个安静写诗的美男子

很多时候，我们通过“有”来了解一个人，但有时候，“没有”也可以。

李颀是一个诗红人不红的诗人。我常玩一个诗词手游，抢答“请回答‘白日依山尽’的作者是谁”这样的选择题，不知道为什么李颀的名字经常出现在选项里（大多作为干扰项），弹幕里便常有让人哭笑不得的“后现代风格”的评论——“李颀什么鬼”“李颀真爱粉你们够了！”可见李颀有多么不红。教科书里没有收录他的诗，许多人就不知道李颀。其实我们小时候就都见过他的诗，在小燕子将“公主琵琶幽怨多”戏改为“公主背诗幽怨多”的时候——那正是李颀的《古从军行》。很多人一定听过“年年战骨埋荒外，空见蒲桃入汉家”这脍炙人口的名句，只是不知背后的姓名。

三百年的大唐波澜壮阔，诗坛风起云涌，诗人们明里暗里总爱争个高下。彩楼之战，宋之问斗诗沈佺期；“大雁塔之战”，杜甫、岑参、高适，说是看胜景去，其实三人暗地里咬着牙要争一个诗中最好的慈恩寺呢；旗亭赌唱，王之涣、王昌龄、高适要比歌女最爱唱谁的歌；又比如生于同年的刘禹锡与白居易，动辄就将一百首诗打个包比，《琵琶行》胜了《泰娘歌》，《酬乐天扬州初逢席上见赠》又胜了《醉赠刘二十八使君》，于是比了一辈子也难分胜负——而这些“战场”之外，李颀站得很远，丝毫未染硝烟。

我们又有种种齐名，谁和谁一样好，同样的著作等身，我们便要把他们的名字放在一起。大李杜、小李杜、王孟、高岑、元白、刘白、刘柳、皮陆、沈宋，大大小小的诗人，厉害的不厉害的联名，不胜枚举。可是李颀的名字，从不曾在任何一个联名中出现过。

李颀似乎也不写应和诗，从不见诗题中有什么“赋得”“和韵”“酬”等字眼。他不为外因写诗，只为内因写诗，只当他在忽忽的岁月中有所感时写诗，只当他在最珍贵的情感濡湿的时刻写诗，只当他有掏心窝子的话想对朋友说时写诗。一首一支心曲，无关交际，无关形式，更无关套路。因此即使几千年过去了，世界变得如此不同了，但温情还是温情，那些最柔软最暖心的事还一模一样，从未褪色。于是才能唤起读诗人最深的感怀，让人能在冬夜里，看到四月的麦田，触到友情的温暖。

李颀留给我们的背影十分朦胧。字、号均不详，几乎没有在历史上留下什么传说、逸事，性格便也十分模糊，学者们甚至不能确定他究竟哪一年离开了人世。但从这“东门酤酒饮我曹，心轻万事皆鸿毛”来看，他大概也并未将这浮名放在心上，因此生前低调，身后也不是妇孺皆知的诗人。

他就只安安静静地写诗，安安静静地看云了。

李颀的风格，颇像现在时代崇尚的正面偶像所应有的“用作品说话”——在最脍炙人口的唐诗选集《唐诗三百首》中，有李颀的七首诗。要知道，大名鼎鼎的白居易和刘禹锡，被收录其中的诗分别只有六首和四首。

我很喜欢这个安安静静写诗的美男子，并且感激他，曾带给我一个平生难遇的梦境般的时刻。

心有猛虎，细嗅蔷薇

——我们的东坡

那些守护着湖水的长堤、处处的胜景、海南的东坡村、东坡井、东坡田、东坡路、东坡桥、东坡帽、『东坡话』记得我们的东坡。古往今来的日记本，记得我们的东坡。那些被滋润过而快意无限的心灵，记得我们的东坡。

西江月

顷在黄州，春夜行蕲水中，过酒家饮，酒醉，乘月至一溪桥上，解鞍，曲肱醉卧少休。及觉已晓。乱山攒拥，流水锵然，疑非尘世也。书此语桥柱上。

照野弥弥浅浪，横空隐隐层霄。障泥未解玉骢骄，我欲醉眠芳草。　　可惜一溪风月，莫教踏碎琼瑶。解鞍欹枕绿杨桥，杜宇一声春晓。

又是美好的一天

东坡又睡过去了。

这事儿他干过不只一次两次了。“夜饮东坡醒复醉，归来仿佛三更。家童鼻息已雷鸣。敲门都不应，倚杖听江声。”醉了就地而眠，醒来晕晕乎乎回去，家门都落了锁。“相与枕藉乎舟中，不知东方之既白。”就这样在一苇轻舟上浩浩乎如冯虚御风了一整夜，直到天亮。

山坡上醉了酒，是喝尽兴了；赤壁上醉了酒，是聊痛快了。这一次是为了什么呢？

是那溪水里的月亮太好看——你不禁要会心一笑，这是他，我们熟悉的那个“一蓑烟雨任平生”任性又浪漫的东坡。

春夜，笼盖四野的，是水一般的月光，醉眼蒙眬的东坡，觉得自己看到了光在暖意融融的空气里荡漾，人仿佛置于重重波纹之中。该如何形容呢？他想起儿时诵读的那句，“河水弥弥”。他抬头看天，在层层弥漫的云气之后，苍穹沉默而温柔。

此地甚好。

“我欲醉眠芳草。”于是即便马鞯还没解，马儿也跑得正欢劲头十足，东坡却跳下马不想走了。就睡在这儿吧！幕天席地，枕着胳膊就是不管不顾的一觉。

“乱山攒拥，流水锵然。”他醒时只见青山从四面环抱而来，似在俯身看他，耳边即是淙淙水声，似在轻轻唤他。带着未散尽的酒意，他又一次感到，“何似在人间”。

“杜宇一声春晓。”他来到黄州很久了。今天又是新的一天。

“正如天风海涛之曲，中多幽咽怨断之音。”一说到豪放派词人，我们会立刻想到东坡。东坡诗词，像山风，像海涛，当它呼啸而来时，确有奔放倾荡排山倒海之势，但细听起来，恢宏中总和着哀怨的低音，似有万不得已之苦——所以才会有歌词“听，海哭的声音”。即使是在应由关西大汉手拿铁绰板唱的“大江东去”中，那“乱石崩云，惊涛裂岸，卷起千堆雪。江山如画，一时多少豪杰。”的高咏之后，也有一声叹息，“故国神游，多情应笑我，早生华发”。他的词是这样，他的人也是这样：看得到“望湖楼下水如天”的大风景，也看得到空气中每一脉细腻的月光；有枕着胳膊卧倒就睡的游侠儿般的豪情，也会因为听到了杜鹃鸟儿的一声啼鸣而微笑起来。

这被他写在桥柱上的生活小片段，是心有猛虎的东坡，在细嗅蔷薇。

东坡教与的坚强

很多人知道他号东坡居士，却不知道，“东坡”原是黄州城东的一块坡地，是他谪居时因为没饭吃同家人开垦的。

很多人知道他喜欢陶渊明的诗，却不知道，那是他躬耕之际，忽觉与那先于他七百年的农夫是同道中人。

很多人知道，在宋朝，诗有“苏黄”，词有“苏辛”，散文有“欧苏”，书法有“苏黄米蔡”，绘画东坡又领衔了“湖州竹派”，却不知道，在取得这些成就之外，他是一个出奇的多磨难的人，更是一个出奇的总能克服磨难的人。

所以，在这样一个诗词读后感的小集里说东坡，还真是有点委屈他，因为在东坡浑身闪闪发光的优点里，诗词实在算不得最闪耀的。秦观说，东坡的才识中最高深的是他的人生观，其次是治国经世的担当与识见，最后，才是文学。

所以，今天，我不想说东坡有多大的学问，有多人见人爱，那是世人都知道的，我想说一说，东坡的磨难。

东坡的磨难从哪儿来呢？他这样一个高大的可爱胖子，爱吃爱玩，为人厚道又冰雪聪明，“上可以陪玉皇大帝，下可以陪卑田院乞儿”，怎么会有人忍心与他为难？

苏轼有一个爱妾懂得。有一天，我们的不老顽童吃饱了，拍着他胖胖的肚子，一时兴起询问左右：“你们说说看，此中所装何物？”一人说：“都是文章。”东坡不以为然。另一人说：“满腹智慧。”东坡也不满意。这时王朝云走来：“我看呀，是一肚皮不合时宜。”东坡大笑，从此将她引为知己。

怎么个不合时宜呢？北宋变法到后来变了味儿，成了官场冤冤相报的复仇记，但东坡从未让自己置身某一派中，他心里从没有政敌，没有仇恨——那都是个人的事啊，为官当以江山社稷为重，可是很多人斗着斗着，就将这个最简单的道理忘得一干二净。在新党的时代，他反对新政中操之过急的部分，得罪了新党，一朝天子一朝臣，待旧党上台，他觉得旧党将新法一概废除、将新党一概逐出实在过分，又得罪了旧党。这不能容于新党，又不能见谅于旧党的处境，让他几次好不容易被召返京都很快便待不下去，甚至曾在监狱里住过 103 天（几次濒临被砍头的境地，遗书写了一封又一封），主动的、被动的四处贬谪更是数不胜数。

恨他的人将他赶去黄州，想看他生不如死，可是没有看到，只见他欣欣然赏“江上之清风，与山间之明月”，又眉飞色舞地享用“火候足时他自美”的“黄州好猪肉”。

于是赶他去更偏远的惠州，谁知他照样吃得好：“日啖荔枝三百颗，不辞长作岭南人。”睡得好：“为报先生春睡足，道人轻打五更钟。”朋友来信了，担心老东坡熬不过这一关，他回信宽慰道：“你说南方有瘴疠，能让人生病，在北方待着就一定不生病？你说因瘴疠得的病容易死人，不是瘴疠引起的病就不致死了？你说这儿没有好医生，我看哪，那京城的国医御医，治死的人也不少呀。别担心我啦，‘罨糙米饭便吃，便过一生也得’。”

真是油盐不进。

他们只好拿出了撒手锏——赶他去宋朝时意味着野人和毒虫

的海南岛，不能更远了。他却笑了，“嘿嘿，你们都没有来过，我这是‘兹游奇绝冠平生’”。在这里他的眼睛开始花了，可是他说：“浮空眼缬散云霞，无数心花发桃李。”什么也看不清楚，眼前一片云霞，所以有无数桃李般绚烂的花在我心中开放。他终于又没饭吃还没地种而饿瘦了，可是他说：“身轻如此，以后可以骑在鸟背上飞回家了。”

“九死南荒吾不恨。”他像是一颗忘忧草，无常又无情的风吹他到哪里，就在哪里开满了无忧花。

因为这出奇的坚强与抗打击能力，他不需要总与情绪做斗争，为心灵留下了海阔天空，好让精神走到更高更远的地方。在六十六年的生命中，他留下二千七百多首诗，三百多首词，四千八百多篇文章，并始终坚定地走在当初选择的路上，做自己认为对的事。

他一生甘雨随车，杭州西湖、惠州西湖、颍州西湖筑堤，将文明播种至偏远的海南，打破了海南从未有人进士及第的空白。那些守护着湖水的长堤、处处的胜景、海南的东坡村、东坡井、东坡田、东坡路、东坡桥、东坡帽、“东坡话”记得我们的东坡。

这个幼年读《庄子》便觉得是说出了自己想说的话的他，这个无比宽广的生命，曾带给无数人一生受益无穷的座右铭，那些“博观而约取，厚积而薄发”“不识庐山真面目，只缘身在此山中”，浓缩了他的智慧，留给后人无尽的启示。古往今来的日记本，记得我们的东坡。

他用雄放气势、丰富联想和自然恣肆的行文风格，给我们留下了一个蓬勃的天才的世界，让后人徜徉不尽。那些被滋润过而快意无限的心灵，记得我们的东坡。

曾有歌女为东坡唱《蝶恋花·春景》，却唱到一半停了下来，东坡问何故，答说：“伤春之句，妾不能唱矣。”东坡大笑，“花褪残红”乃死亡，“青杏小”却又为新生；“柳绵吹又少”乃失去，“何处无芳草”却又为得到，有何唱不得？

“云散月明谁点缀，天容海色本澄清。”而东坡这一生，经历的所有坎坷，真的是磨难吗？又何尝不是馈赠？

诗心的 8/12 —— 长恨

杜牧：你顺手挽住火焰，化作漫天大雪

欢筵歌席之上，柳永大概真的会醉，但杜牧会用一张假装醉了实际内心无限清明的脸，带着一点点高冷，一点点不屑，垂下眼睑，瞥着那些其实并未真正走入他心中的红男绿女。

题安州浮云寺楼寄湖州张郎中

去夏疏雨馀，同倚朱栏语。
当时楼下水，今日到何处？
恨如春草多，事与孤鸿去。
楚岸柳何穷，别愁纷若絮。

去年夏天

他记得很清楚。

那天下的是疏雨，雨疏疏地落，并不大，两人坐在檐下静静看雨。寺里本就安静，衬得雨滴声清晰动听，于是谁也没有说话。后来没多久雨停了，便走出来，倚着朱栏远眺，才渐渐地，有一搭没一搭地，说两句闲话。泛着微黄的画面，温存而富有暖意。两人头挨着头，懒懒地倚栏杆歪着，看向雨后的山水迷蒙，说些可有可无的心事。这场景并没有什么特别，但细节让它显得特别，他细细刻画记忆，“疏雨”“同倚”，琐屑平常的事就有了“细雨湿衣看不见，闲花落地听无声”的细腻安静。这细腻让人感受到同倚朱栏的两人感情的真挚，能分享雨声，分享雨后身外与心内的安静。文字里细染的感情不动声色，疏雨般沾湿人心，让你没来由地就觉得，这个画面在他脑海里，定是不可磨灭的了。而为什么会刻进记忆深处呢？因为人间离别易多时啊，自那场疏雨后，再没有那样惬意的重聚，再没有那样知己相伴的闲暇了，“当时只道是寻常”，别后才觉珍贵。

纳兰感慨这一句，是在萧萧黄叶闭疏窗的深秋，闻风声而有所感，走出书房，想起往事，立于残阳之中。他则因为故地重游，而故人不再。他站在同一个地方，同一道朱栏前，抬头却不见友人笑语，原来恍然间仿佛昨天的事已经过去一年了，心里难免会生出聚少离多、时光易逝的念头。去年同听雨，同倚朱栏的往事了无痕迹，如同那天的雨如今不知流到了哪里。当时楼下的雨水不记得它，朱栏不记得它，屋檐不记得它，如果他也忘了，就等于从未发生。其实人生许多事都是这样，仿佛消失在天空的飞鸟，除去心里一点淡淡的印象，此外什么都没有留下——与孤鸿去。从栏杆旁向外眺望，该是一模一样的，可当时是美景，此时是哀景——这楚地的水边多柳，沿岸的绿意无穷无尽，柳絮纷纷扬扬，洒遍了天空。

题目很长很具体，诗却很短很概括。既然时间地点人物都交代了，他便能任性重温一个画面，一个他最眷恋的画面，用走心意识流的方式，而不是流水账日记的方式。在某地怀某人，这是谁都会经历的。可是他想得很长，想得很远。于是诗里虽写了件小事，可是读着读着，会觉出深意来。那些温暖的絮絮叨叨的琐碎里，是他小心翼翼、一点点慢慢释放出来的深情。从回忆开始，到远眺结束，若有若无的叹息，似浓似淡的离愁。

夏天很少出现在诗里，大约它没有春之生发和秋之凋残的变化那么容易让人心生感动。可是夏天以它独有的绚烂放肆——那些雷电狂风、那些大雨如注、那些绿树浓荫，让人感到宇宙的广阔，生命的浩瀚。而满眼的草木茂盛，有时候更让人觉出个人的那份儿单薄与凄凉。因此，若春秋适于愁绪与感伤，冬夏也许是属于哲思的，当天地呈现它原本的样子，奔腾不息，又一成不变。

他记得那天下雨，楼下雨水汇成一个个小水泊，后来流进了寺外的山溪，而山溪亦会流走，或变为水汽又落为雨，在天地间循环往复。不知当时的水现到何处，也许已经又回到了这里。生命的进程亦如诗中的雨，雨落地成水，继而汇流，东去归于大海；我们落地为人，然后长大，老死返于尘泥。一切都行进在一条亘古不息的道路上。

无论是“当时楼下水，今日到何处”“恨如春草多，事与孤鸿去”，还是“楚岸柳何穷，别愁纷若絮”，都从司空见惯的自然现象着笔，道出人困于其中不能释怀的人间多情。“何处”“何穷”的发问，在温存平凡的怀念之情里，有令人暗暗心惊的不平凡的对时间对生命的思索。像一个哲人，用淡淡的语气，懒洋洋地，在欲说还休中，说透了这一切。这种微醺、慵懒又充满智慧的语气，令人着迷。

而写这首诗的人，却是被我们以“青楼薄幸名”记住的杜牧。

一半是海水，一半是火焰

他在层林尽染的深秋，停车而望，陶然看山，“远上寒山石径斜，白云生处有人家”。

他在江南遍地生花的春天，到处闲逛，醉眼看花，“半醒半醉游三日，红白花开山雨中”。

他在全世界的匆忙里停下来，尝与鸳鸯为侣，看无人看的微雨，“尽日无人看微雨，鸳鸯相对浴红衣”。

他写信调笑朋友，“二十四桥明月夜，玉人何处教吹箫”。

有时也调笑自己，“清时有味是无能，闲爱孤云静爱僧”。

他看起来游手好闲，胸无大志，没本事，是个闲人。甚至陆游都说，“江南寺寺楼堪倚，安得身如杜牧闲”。

可你若只知他这一面，有时候便要认不出他来。

譬如这一句，“使六国各爱其人，则足以拒秦；使秦复爱六国之人，则递三世可至万世而为君，谁得而族灭也？”他站在高处俯瞰历史。

譬如这一句，“唯有凉州歌舞曲，流传天下乐闲人”。沦陷之地的乐曲，人们竟还浑浑噩噩地听赏，丝毫不为它从何处来而伤心。他为昏乱的朝廷悲愤，对衰微而无力收复失地的国势失望。

譬如“东风不与周郎便，铜雀春深锁二乔”。一反历来对赤壁之战巧胜的赞美，点出只是侥幸，颇有些“时无英雄，使竖子成名”的不屑。

譬如“历阳前事知何实，高位纷纷见陷人”。千年前的真相永远是罗生门。时光的车轮碾过后尘土飞扬，再看不清事实究竟如何，后人只能看到，很多闪着光的名字，一个个陨落。

譬如“江东子弟多才俊，卷土重来未可知”，又不顺着项羽为尊严慷慨赴死的说法，标新立异地提出真男儿应能包羞忍耻。又如《过华清宫》，专使疾奔而来，驿道上尘土飞扬，骊山顶上花团锦簇的宫殿层层门户因此而依着次序一重重被打开，却不是为迎接加急情报，而是加急荔枝。这一典型场景的描写见微知著，独辟蹊径。

“旧第开朱门，长安城中央。第中无一物，万卷书满堂。家集二百编，上下驰皇王。”生于史学世家的杜牧为自己的家世而自豪，他继承家学传统，少年时便博通经史。因此他在诗中借古讽今如鱼得水。

这时你会发现，原来他的人生不止青楼薄幸，那些放纵轻浮的诗酒扬州梦里，有他本该熊熊却总压抑着的火焰。这压抑让他似乎习惯了清冷。无论是颓废的他，还是“说正事”的他，都永远不会用咏叹调式的“天问”语气，似乎永不会有什么惊艳他的事，正如他从不会被评史的主旋律说服，常以逆向思维，独立于滚滚洪流中，用自己的眼光冷冷看它，淡定开口。

常有人将杜牧和柳永一起比。他们都曾“落魄江湖载酒行”，也都有“楚腰纤细掌中轻”，都是才高书生，也都是多情公子。诗与词体裁两异、志意不同，本不好比，但在我心里杜牧高于柳永。

杜牧有他的大格局。不必说那些烂熟于他胸中笔下数千年波澜壮阔的历史云烟，且看他随手写来的自然风景。“千里莺啼绿映红，水村山郭酒旗风。南朝四百八十寺，多少楼台烟雨中。”花红柳绿在绵延的大地上铺陈，山村酒家在千里的尺幅中招展，佛寺是南朝的佛寺，多少金碧辉煌，楼宇重重，都笼在如今的烟雨里。这样的广阔与深邃，来自他饱览历史后对时间、对生命的思索。

“镇相随，莫抛躲，针线闲拈伴伊坐。和我，免使年少，光阴虚过。”柳永写爱情，就真的是爱情。他用了十足的心思，成为女孩子们的知己，揣摩她们的心思，体谅她们的哀愁，因此他模仿起女儿家娇嗔的口吻来足以乱真。“春风十里扬州路，卷上珠帘总不如。”可杜牧写时始终有疏离感，笔调清新，轻描淡写，并无多少脂粉气，仿佛其实并没有沉浸其中，从未忘了身份，只是睡了一个十年的觉，做了一个梦而已。

“拟把疏狂图一醉，对酒当歌，强乐还无味。”两人都借酒浇愁。欢筵歌席之上，柳永大概真的会醉，但杜牧会用一张假装醉了实际内心无限清明的脸，带着一点点高冷，一点点不屑，垂下眼睑，瞥着那些其实并未真正走入他心中的红男绿女。

“欲把一麾江海去，乐游原上望昭陵。”对内忧外患的忧心如焚，于江河日下时力挽狂澜的渴望，已填满了那个最真实的他。

这样锦绣其外、薄凉其中的人生一团矛盾，使杜牧在诗人中显得很特别。大凡正经为官心怀天下的人，不会常说烟花巷陌的风流缱绻，而温存的多情公子，又不提历史，不念家国。是不是只有在一个王朝没落的最后几十年，才会有这样一个他，给我们以交织着忧国忧民的壮怀伟抱与伤春伤别的绮思柔情的凄美诗歌？正如政治腐败的魏晋，才会有放浪形骸的竹林七贤。

北岛写诗送一位汉学家，说：“你把词语垒进历史，让河道转弯……青灯掀开梦的一角，你顺手挽住火焰，化作漫天大雪。”这让我想起杜牧，像大多数诗人一样，他的词语并不能使河道转弯。他将心中被压抑的火一般滚烫的兵法、滚烫的政论、滚烫的抱负，顺手一抛，都化作了诗中漫天飞舞的雪花。

后来读到小众诗人倪湛舸的诗句，又让我想起他。“要是觉得累，就脱光了站着。”在繁华已去的时候，被湮没于茫茫人海之中，预感到结局却什么也做不了，他累了，才装作看破一切的旷达乃至颓废的样子。

传说杜牧病重时，心知大限将至，自撰墓志铭。墓志铭写就，他闭门在家，搜罗一生文章，对火焚之，仅吩咐留下十之二三。“浮生恰似冰底水，日夜东流人不知。”也许，他想烧掉的，是风流倜傥、把酒尽兴背后的强作欢颜，是不欲示人的悲凉。

所以我想他一生过得并不好。是以自己并不喜欢的方式，他活了一辈子。这样的人生恰如倪湛舸的诗句：

> 如果人世如常，我很快就要燃烧如火宅，火焰冷而安宁，如白刃的海。

李贺：融化在掌心的雪花

妒才的恶人们能捕风捉影阻挠他求仕，贫穷的生活、无情的病魔能带走他的妻子阻挠他乐享天伦，坎坷的命运、孱弱的肉身能阻挠他长寿，但谁也不能阻挠一个诗人写诗，谁也不能阻挠他。

南园十三首（其五）

男儿何不带吴钩，收取关山五十州。

请君暂上凌烟阁，若个书生万户侯。

不能挥洒的热血，呼啸成诗

所有的热血都来不及挥洒，所有的理想都来不及实现，所有的梦都是虚空。李贺的一生，是渐渐融化在掌心的雪花，在天空里还没有来得及飞舞，就消失了。掌握不住的一种美，也因为这样而美成了绝唱。

“男儿何不带吴钩，收取关山五十州。”这是一个兴奋地说着理想的年轻人，一个人生刚刚在眼前展开的青年诗人。快走啊！打仗去！上前线去！“收取”两字，最是轻狂，收回失地就像探囊取物一般容易。带上刀就出发，去了就打胜仗，一出手就要势如破竹，所有障碍都迎刃而解。“请君暂上凌烟阁，若个书生万户侯。”去凌烟阁看一看！开国元勋们，那些顶天立地的英雄，哪一个是摇笔杆子的书生？

浩浩然的尚武气概，简单纯粹。

诗里没有高尚如“居庙堂之高则忧其民，处江湖之远则忧其君”以天下为己任的担当，没有具体如“人君之大患也，莫大于详于小事而略于大道，察其近物而暗于远图”的经纶济世的才干，就是一种最朴素的本能，一种热血青年的冲动——男儿就应该上战场，将叛军一个个剿灭，这才是青春啊！有慷慨之气从纸面上袅袅升起。

同为壮志凌云的爱国主题，但你能感觉它与“此生谁料，心在天山，身老沧州”“布被秋宵梦觉，眼前万里江山”不同，它有勃勃朝气，有行动感和执行力，你简直要相信，他写完撂下笔就要挽起袖子跨马而去了！是的，我们常常在李贺的诗中看到他的抱负。“男儿屈穷心不穷，枯荣不等嗔天公”，男儿有才能不得施展但心中从不放弃。“少年心事当拏云，谁念幽寒坐呜呃”，少年正该壮志凌云，怎能一蹶不振？自己不努力，是不会有人来怜惜你的！“何当金络脑，快走踏清秋”，何时能赏我戴有黄金辔头的骏马，我要在秋天的沙场上驰骋，大步流星地杀敌立功。“报君黄金台上意，提携玉龙为君死”，士为知己者死，只要能得赏识，这条命也可以不要！

谁能想到，这些诗句背后是行将就木的病躯，是一波三折的坎坷。诗里似不知世事艰难，实则他最知世事艰难。这些最充满希望的诗歌，实际上是最绝望的诗歌。藏在美好的理想之后的残酷现实，让理想都像美丽的雪花一样，晶莹而脆弱。比如这首《南园十三首（其五）》，其实何来“轻取”？立功又谈何容易？

它写在大唐江河日下、叛乱越平越多、主战宰相武元衡被人当街取首级、“法令所不能制者，河南北五十余州”，这样一个泱泱大国祸起萧墙、暗潮汹涌的年代。

它写在有着惊世之才的青年诗人家道已败落，强支病躯而时时感到死亡阴影，已辞官还乡，无须再开展生涯规划的时候。

可这里，家国之痛，身世之悲，他却都跳过了，偏偏在诗里仍是一片不管不顾的热血，尤其让人心酸。

这是我心里最好的热血诗，却出自一个永远都没有机会洒热血的人。

这首诗并不是李贺的代表作，一来他很少写绝句律诗，《昌谷集》中多古体诗；二来他少用白描，或用新词，或用典故，酷爱塑造神秘莫测波谲云诡的氛围，仿佛不屑于写让人一眼就看懂的诗。所以，这样放下技法的时刻尤其珍贵，不吐不平，直抒胸臆，不用典，不拐弯抹角，说出了自己最想做的事，最想过的生活。也许艺术水平上这首诗不能排入前列，但每次我想起李贺，总是先想到这首诗。

一身才气的没落王孙

李贺的远祖是唐高祖李渊的叔父，他属于唐宗室的远支，可武则天执政时大量杀戮高祖子孙，到李贺父亲李晋肃时，早已家道中落。到他写诗时更是世远名微。所谓“皇室后裔”的身份，大概除了他自己，再没有旁人在意。他常常在诗里自称“唐诸王孙李长吉”，看起来煞有介事，带着点可爱的傻气。

他生于中唐，这时诗坛上早已有了高悬的几颗明星，诗仙李白，诗圣杜甫，诗佛王维，恬淡清新如孟浩然，豪迈高远如岑参、高适、王昌龄，同时代还有白居易、杜牧、韩愈、元稹等大诗人声名卓著。这样珠玉在前，人人都奉劝李贺，说好诗已经写尽了，以诗惊世这条路不好走啊。但这个生来孱弱的少年毫不畏惧，独辟蹊径，杀出了一条路来。前人诗里鲜见的鬼字、泣字、死字、血字，他偏就常用。甚至他自己用过的字，也一定要换一下，譬如四写银河，“天河夜转漂回星”“银浦流云学水声”“天江碎碎银沙路”“银湾晓转流天东”，便用了“天河”“银浦”“天江”“银湾”四个词，像个一定要秀本领的小孩。又譬如他的《十二月乐词》，元曲家孟昉评说：“其意新而不蹈袭，句丽而不慆淫，长短不一，音节各异。”余光评说：“二月送别，不言折柳，八月不赋明月，九月不咏登高，皆避俗法。”这样对常用意象的不屑，造就了李贺诗的耳目一新。

这位特别的诗人不仅怀有要“走自己的路”的倔强与笃定，也有傲人的才华与想象力，要求新求奇，更要精彩好看。比如他凭借天马行空的想象，曾带给我们与《琵琶行》齐名的《李凭箜篌引》。“江娥啼竹素女愁，李凭中国弹箜篌”。当李贺听到箜篌，那声音便是巍巍昆仑的玉石齐齐碎掉，是成千的凤凰一同鸣叫，听到时就像看到荷花带露像在哭泣，兰花盛放似开怀大笑，更能让补天的女娲听得入了迷于是天漏了下雨，神山天池中的老鱼和瘦蛟都腾跃起舞。每一个字都活灵活现，每一处都磅礴大气。他让你看到，音乐的力量可以让眼前浮现百花盛放的画面，可以让不再矫健的“老鱼”从水面跃起，让孱弱无力的“瘦蛟”也能欣然飞腾。他在鼓励着久病不愈的自己，也带给我们如临其境如闻其声的读诗的快乐。

我们常说唐朝三大诗人里，李白尚道，杜甫尚儒，王维尚佛，但我们似乎无法将李贺归为儒释道三家中的一个。他直面现实，不像佛家看淡它，不学道家讲究“道法自然”，也不追求儒家“不以物喜，不以己悲”。他就是赤裸裸揭露，血淋淋面对，直说“死既可悲，生亦无聊”这样一般人不敢说的话。到李贺时，“空山新雨后，天气晚来秋”这样淡的诗已经写尽了。他几乎不再用白描。“角声满天秋色里，塞上燕脂凝夜紫”“琉璃钟，琥珀浓，小槽酒滴真珠红”，他诗中这样色彩浓丽、凄美绝艳的画面不符合释道两派的淡然空寂。“吹龙笛，击鼍鼓。皓齿歌，细腰舞。况是青春日将暮，桃花乱落如红雨。劝君终日酩酊醉，酒不到刘伶坟上土。”一帧莺歌燕舞欢宴场景，一帧枝头花残泥中落红无数，再一帧，便是荒草凄凄寂寞坟头。他一定要将这强烈的对比画给你看，他一定要用这残忍的差异给你深刻的启示，恰如泼了一盆冷水，浇得你发愣、发冷。人生总难免面对差别，在差别面前，庄子喜欢否定它，以求心灵的宽慰和淡泊；李贺就一定要确认它，甚至放大它，来强化人对生命、生活的敏感和执着。他为此宁愿悲愤伤感，宁愿陷入感性的深渊而不愿自拔。也许他实在是太特别了，不符合主旋律，影响力最大的唐诗选本《唐诗三百首》竟然一首他的诗都没有收录，我为他感到不平，但同时也觉得，这更凸显了他的特别。

这个没落又孱弱的乱世王孙，就是可以在诗坛上已所剩无多的空白处大肆作画，特立独行，自成一家。他让“长吉体”风靡一时，人人奇之更争而效仿；让“李贺”这个在世只短短二十七年的名字，流芳百世而千古不朽。

以生命应之

“诗词是生命之事，当以生命应之。”在我心里最契合这句话的，便是李贺。

“呕心沥血”这个成语最早的出处，就是用命写诗的李贺。他在诗国开辟新天地时看似毫不费力，实则特别努力。他发奋写作的经历，堪称最早的《高效能人士的七个习惯》；他四处游走在开阔的视野中寻章觅句，又堪称最早的采风模板。每日晨起，少年李贺就骑一匹瘦马，带一个破书囊，出游觅句，将脑海中每一次灵光乍现记录在小纸片上，投入书囊中。白日觅句，夜晚整理成诗。他的母亲爱怜他，见他书囊里的草稿，总如雪片之多，又见他每夜焚膏继晷、不眠不休地将散句整理成诗，不禁叹道：“我的儿子写诗，真是要呕出心肝才罢休啊！”“呕心沥血”，就这样从一个心疼儿子过于勤奋的母亲而来。在生命的最后几年，李贺写过“寻章摘句老雕虫，晓月当帘挂玉弓”，其实倒有一些自传的意味。

这样的努力，成就了一个成功的诗人。但上天好像给了他过人的才气之后便再不肯赐给他任何福祉。李贺早年像王勃、骆宾王一样以诗才惊世。然而，到了踌躇满志要考取功名时，却不幸丧父并因守丧而不能参加科举，他在双重打击下一夜白头。三年后再出山，却又一次中途而返，并永远被拒之门外——妒才者放出流言，说李贺父亲名“晋肃”，与“进士”谐音，李贺考进士就犯了父讳。这样莫名其妙地乱扣帽子，竟然真的奏效了！满腹经纶，才华横溢，却连这最初的门槛都跨不过去，不曾提笔，就名落孙山。想象一下，若你从小学一路苦读到高中，十二年成绩优异，最终竟因为家长的名字起得不好而被拒于高考门外，这辈子都别想上大学了，这事儿能忍吗？即使有人可怜你，让你走后门进了一家大专，但你能读得下去吗？可那个时代就是这样。李贺再悲愤，最终也只能接受现实，并且接受了一个经人推荐而得的九品官职。可这个小官总让他感到屈辱，在玉碎与瓦全之间，他最终还是选了玉碎，辞官还乡，成全了自己的文人傲骨。人在事业落魄时，若还能有一个和睦温暖的家庭，倒也可聊作安慰，心灵可以稍事喘息。可还乡的李贺面对的是什么场景？姐姐远嫁，弟弟远行谋生，妻子竟先于他病故了，家里只剩下日薄西山的老母亲，光景凄凉。命运对待李贺，实在是过于严苛了。

他病得越来越重了。接连不断地咳嗽、高烧不退，直至常常出现幻觉，抵抗着他求生的意志，他不甘心死，但还是走了，走时仅二十七岁。他最后的时光，似乎都用来预感死亡，感受死亡，挣扎在死亡的阴影里。“身死千年恨溪水”，那些直面鬼魂状写死亡的诗句，是生命即将结束的预感，是对自己的祭奠，却也有对这个待他不公的人世的眷恋。

> 飞光飞光，劝尔一杯酒。吾不识青天高、黄地厚，唯见月寒日暖，来煎人寿。

敬重一个诗人，脑海里总不自禁要为他作画。想起李贺的时候，总想起他还是照着少年时养成的习惯，彻夜不眠地坐在一盏孤灯前，狂咳不止瘦骨嶙峋的背影。昏黄的光照着他的书案，案上他未完成的诗稿暗淡不明，他的身体被剧烈咳嗽折磨得不时颤抖，但他的心里却干净敞亮、安安稳稳，他的思绪飞在明澈蔚蓝的天空上，越飞越高，飞向女娲炼石补天处，俯瞰海尘新生石山下。

妒才的恶人们能捕风捉影阻挠他求仕，贫穷的生活、无情的病魔能带走他的妻子阻挠他乐享天伦，坎坷的命运、孱弱的肉身能阻挠他长寿，但谁也不能阻挠一个诗人写诗，谁也不能阻挠他。他用生命写诗，诗里有他眷恋的另一个世界，那里无限自由，那里完好无损，那里万年长青。

一生负气成今日：『非卧即行』王安石

草木染的蓝色在他心里晕染开来，浸湿了一些沉积心中风干已久的情愫，写着写着，今昔交错，恍如隔世。

渔家傲

平岸小桥千嶂抱。揉蓝一水萦花草。茅屋数间窗窈窕。尘不到。时时自有春风扫。　　午枕觉来闻语鸟。欹眠似听朝鸡早。忽忆故人今总老。贪梦好。茫然忘了邯郸道。

我喜欢“揉蓝”色

诗学范畴自有许多，意象、意境、神韵、禅语、赋形、体物，种种不一。体物似乎格调最低，不过是把存在于现实中的事物描摹清楚，与想象力无关。但这最最基础的诗学，也日渐式微，如同揉蓝色被遗失在了古诗词里。

“凡染大抵以草木而成，有以花叶，有以茎实，有以根皮，出有方土，采以时月。”取蓼蓝草的茎叶为染材，浸揉所得即为揉蓝，是带着草木生命的颜色。不是鸭跖草漂染成的浓而沉静的露草蓝，不是青金石中萃取的群青，不是亚铁氰化钾和三氯化铁反应而生用于青花瓷的普鲁士蓝。“织为云外秋雁行，染作江南春水色。”揉蓝，染布共江水一色。“泼黛揉蓝画不成，暝色仍含紫”，“山色揉蓝深染，波影青铜新铸”，“山色挼蓝小雨中”，它也近于黄昏时或阴雨天的山色。

“一江春水碧揉蓝，船趁归潮未上帆。渡口酒家赊不得，问人何处典春衫”，是江上人家院墙上的一首无名诗。《观林诗话》云，王安石路过时看到了它，怦然心动，“深味其首句，为踌躇久之而去”。这七绝里的人是个痴人，被不肯赊酒的掌柜呵斥出来，竟巴巴地问人哪里可以典当了他的春衫——原来春来好处颇多，天暖和了，衣裳不要也罢。王安石也是个痴人，因为这院墙上的无名诗动了诗兴。回到茅屋，午觉醒来，铺纸研墨，也以揉蓝起笔。但他毕竟不是那贪酒的凡人，心事并不简单。草木染的蓝色在他心里晕染开来，浸湿了一些沉积心中风干已久的情愫，写着写着，今昔交错，恍如隔世。

萦绕着繁花芳草的江畔，群山怀抱之中，他的茅屋安睡于竹林里，是“竹里编茅倚石根”。无人，纤尘不染。午觉转醒的刹那，林中的鸟啼婉转，清越动人，初醒的困顿随之荡涤一空，仿佛许多年许多年前，晨光熹微，骑在马背上上朝时，令人振奋的朝鸡打鸣声入耳入心。那么多个清晨，是听着这样的打鸣声，他向最高的官场走去，向皇帝的座下走去。林中语鸟，朝鸡鸣早，同时响起，倚在枕上的他，一时不知今夕何夕。

一切，果真如此宁静吗？

叶梦得《避暑录话》记载 ：“王荆公不爱静坐，非卧即行。晚卜居钟山谢公墩，畜一驴，每食罢，必日一至钟山，纵步山间，倦则即定林而睡，往往至日昃及归 。”

不能坐，不能坐。一坐下，旧时光纷至沓来，旧事翻腾不息。十年寒窗，进士及第，上变法万言书不被采纳，二十六年屈居下位，拒绝了一个又一个诸如掌管马匹等厚禄但不能施展变法的职位，终于等来时机，神宗继位，君臣风云际会，大业可待，却内外交困、阻碍重重。青苗法、募役法、保马法种种改革正一一展开，一手提拔的下属吕惠卿背信弃义。天大旱，反对派献《流民图》，称只要废除新法十天内必下雨。“王安石乱天下”之流言四起，一时间国家所有的祸事似乎都由他而起。于是，与皇帝看元宵花灯，被侍卫袭击，从马上摔下。平民也来当面顶撞他。儿子王雱为保护父亲，与谏官书信往来，碰触官场禁区，被他指责后竟一病不起在三十三岁死去…… 最后终于都落空了。等了一生的事情，竟等到了时机，陷入低谷，又东山再起，最终落败。巨大的起落与空无如何安慰？有机会实现时却发现实现不了，是不是还不如从来没有试过？王安石想不通，他不能坐下来想，他非卧即行。

他一直走，一直走，在月白风清的夜晚，在倦鸟归巢的黄昏，回忆总是不请自来，一千遍扪心自问后，终于，终于，忽忆故人今总老，茫然忘了邯郸道。新党，旧党，都老了；变法，守旧，都与他无关了。

一生负气成今日，岂是沧桑二字所能道得。外人皆道他此时，绚烂归于平淡，可这非卧即行的细节，泄露了在生命深处，心潮从未退却的秘密。

姜夔：
云里的他，雾里的他

他词里总透着疏离的清冷气质，常有的冷色调让他的世界看起来就是一片江国的夜雪初积，总让人觉得，他一个人待在那里，不可打扰。

点绛唇

丁未冬过吴松作

燕雁无心，太湖西畔随云去。数峰清苦。商略黄昏雨。

第四桥边，拟共天随住。今何许。凭栏怀古，残柳参差舞。

词仙

如果要将姜夔比作《红楼梦》中的一个人，我会选妙玉。一来姜夔从未做官，无案牍之劳形，像活在尘世之外；二来他一生钟爱一人，却不能在一起。何况他词里总透着疏离的清冷气质，从“冷香飞上诗句”“香冷入瑶席”，到“千树压，西湖寒碧”，常有的冷色调让他的世界看起来就是一片江国的夜雪初积，总让人觉得，他一个人待在那里，不可打扰。而江湖上流传着他的传说，“人品秀拔，体态清莹，气貌若不胜衣，望之若神仙中人”，亦是仙气飘飘。

仙人自己也调侃自己，“南山仙人何所食，夜夜山中煮白石。世人唤作白石仙，一生费齿不费钱”。

于是你觉得你是不能在人间为他觅得一份差事的，他就应该像词中清苦的群山一样，负责决定一个黄昏该是晴朗的，还是下点儿小雨，这样就好了。其他再无牵无挂。所以我很喜欢《点绛唇》这阕词，无意间流露出他的真性情。又有婉约词中难得的大格局，起笔开阔，从天空和太湖开始，在孤山与黄昏里寻觅，平淡却丰富，字少而意重。这样的词境，又有精通音律的他谱出的谐婉的韵，看过读过，能让人心生神往之意。

“燕雁无心，太湖西畔随云去。数峰清苦，商略黄昏雨。”北地里来的大雁，无所事事，漫无目的地飞，在太湖西畔，仿佛与浮云同归一般远去了。我们的词仙就立在太湖的东畔呆呆地看着，看着雁过后，天空又寂寥下来，于是太湖畔的几座山又显出孤零零的样子。它们百无聊赖地站着，低下头来喁喁私语。词人说，它们是在商量，要不要等黄昏来时，酝酿一阵小雨。这句“商略黄昏雨”历来为词评家们推崇，说它“诞妙”，荒诞奇妙。青山没有亲密的朋友，因此没有牵绊，所以姜夔说它们虽“苦”但“清”，它们能守住自由而任天然的性情，这是清冷的意境。可是商略黄昏雨，让山在清冷中有了亲近之意，像寒流里涌入了一小股脉脉温情。于是群山就好像聚在一起讨论游戏的小孩子，没那么高冷了。也许，若能得清，其实并不苦。

“第四桥边，拟共天随住。”“三生定是陆天随”，既没能找到官做，又不能与所爱长相厮守的姜夔，偶像叫作陆天随，即晚唐隐逸诗人陆龟蒙，号天随子。第四桥所在地是陆龟蒙的故乡。“置园顾渚山下，不与流俗交接，常乘船设蓬席，备束书、茶、笔、勺具，任游江湖间”，陆天随的传说亦是仙气飘飘，一生举进士不第，漂泊江湖，后来隐居松江。大凡人在现实中陷入困境，便会更加渴望从精神家园中寻求庇护。也许姜夔从陆天随的诗里找到了一条心的出路，于是他想在第四桥边寻觅这个人的影子，沿着陆天随的足迹将喧嚣与烦恼一起抛却。可是他做到了吗？所以他发问了，在寂静的太湖之畔，问天地，问自己。今何许？今何许？每一个不得志的人都会这样问自己，仿佛来自世界尽头的钟声，震得灵魂都激荡起来。一切都这样自由，大雁无心而飞，山峰想下雨就下雨，可是想随陆龟蒙一样归隐江湖间的我，还有多少不得已的事？没有人回答他，只有阑干外的残柳，在秋风中乱舞。

词里景致的开阔，让人初读时感到词人似乎极淡远，极洒落，像要绝尘而出，遗世而独立一般，可是细想来又觉得他孤旅中也有哀愁，也有不甘，不然山峰好好地站着，他也不会说它们清苦，还替它们想出排遣这寂寞的法子——聚在一起商量商量，酝酿一场黄昏雨，雨滴噼里啪啦地落，好打破这恼人的寂静。而“拟共天随住”，也像一句气话。这世间容不得我，所有我要的得不到，我爱的失去了，不如归隐山林。

但这些小情绪都若有若无，难以捕捉，他幽微的情思，隐藏在如冰雪美人般清冷的文采里了。顾随先生说：“西洋作品乃有意识的，想好步骤再写。中国乃无意识，不是意识了的，乃不自觉的，行乎其所不得不行，止乎其所不得不止，瓜熟蒂落、水到渠成地写出。”他看到太湖西畔的流云就写流云，他看到北地里来的归雁就写归雁，山峰清苦，残柳寂寞，在有意无意之间，他用词写出了也许他自己都没有意识到的“贤人君子幽约怨悱不能自言之情”。这是姜夔自然而不自觉地流露的真性情，也是深性情，是他深深埋藏在心底的秘密。

雾里看他

向往无牵无挂、无限自由的姜夔，其实最有牵挂。那个相遇相知却不能相守的人，留给他无穷心事。他的词中，为心中的她而写的占四分之一，足见其萦心不忘。夏承焘先生说："白石用情之专之深，在两宋文人中只有陆游差堪比拟。"也许正是因为用情太深，因为爱而不得的冰冷现实，一颗心无处倾诉，无处躲藏，才造就了这般清冷出世的词境。何况他后来又不得不娶了恩师的侄女，心上人最终也嫁作人妇，于是少年情事更不能说了，词意也便"如雾里看花，终隔一层"。

"予女须家沔之山阳，左白湖，右云梦，春水方生，浸数千里，冬寒沙露，衰草入云。丙午之秋，予与安甥或荡舟采菱，或举火罝兔，或观鱼簺下，山行野吟，自适其适，凭虚怅望，因赋是阕。"姜夔爱写长长的词序，这段话便是他一阕《浣溪沙》的序。和外甥在秋天的山野间，划着船儿采菱角，举起火把逮野兔，捉鱼，打猎，寻常人都要乐而忘忧。可是他不能，这样的快活也不能让他哪怕暂忘心事，"凭虚怅望"，只要看着那个方向时就怅然，于是那以秋猎之趣开头的《浣溪沙》在结尾时再做不到顾左右而言他——"恨入四弦人欲老，梦寻千驿意难通，当时何似莫匆匆"。青春逝去，人渐渐老去，悔意恨意跨越千山万水，永远围绕的，都是她怀中琵琶的四弦。梦魂走过一个又一个驿站，千驿之遥也不嫌远，可还是见不到她。最后一次分别，真不该那么匆匆。他不直说，写在与外甥秋猎的末尾，借欢乐掩相思。

可能他不便于也舍不得提起她，于是他们相遇之地——合肥，便替她频频入词。悲秋，"合肥巷陌皆种柳，秋风夕起骚骚然”；怀旧，“辛亥秋期，予寓合肥。小雨初霁，偃卧窗下，心事悠然”；咏柳，“客居合肥南城赤阑桥之西，巷陌凄凉，与江左异，惟柳色夹道，依依可怜”。好像在姜夔的地图上，就只有合肥这一所城市。他不直说，借怀城来怀人。

“淮南皓月冷千山，冥冥归去无人管。”他不直说不能陪伴的遗憾有多心痛，对她的愧疚与珍惜，也这样清冷委婉。爱该是炽热的烈火一样的啊，可是一生困顿，虽天性清高却不得不曳裾他人门下的他没有资格，只好，只能，将爱隐忍成了清明的星光。不知是不是这份隐忍成了习惯，后来我们认识的姜夔，都是这样的孤高冷寂，不直说。他总是炼字炼意，让一切都朦胧起来。

他怀古也朦胧。李白与姜夔都曾在苏台这个地方怀古，并作了七绝。“旧苑荒台杨柳新，菱歌清唱不胜春”，是太白诗风，起笔就开门见山说旧苑，直话直说，酣畅淋漓，有口语的明快清新，如随口吟来；而姜夔那句“夜暗归云绕柁牙，江涵星影鹭眠沙”，就有了略晦暗的诗味，首句和荒芜了的苏台毫无关联，有他幽微深隐的思索与安排。他细细地观察而后不动声色将意境铺陈到你心里来，让你觉得在这样的清冷的归云与星光里，在万物都睡了的寂静里，接下来的“行人怅望”真是自然而然无比和谐的事。

他状物也朦胧。“昭君不惯胡沙远，但暗忆、江南江北。想佩环、月夜归来，化作此花幽独。”如果不经过解释，大概很难看出这是在写梅花。词人眼里的梅花，就是昭君出塞时带出关外、种在沙漠里的那一株，魂魄归来化作眼前的这一树繁香。这一句的想象已足够惊艳瑰丽，而事实上，姜夔自谱曲填词的咏梅之作《疏影》，通篇都是联想，若不知典故，大概一句也看不懂。“犹记深宫旧事，那人正睡里，飞近蛾绿”，梅花开时，它是落在刘宋武帝的寿阳公主眉间的红妆；“还教一片随波去，又却怨、玉龙哀曲”，梅花落时，它是曾让太白感叹“黄鹤楼中吹玉笛，江城五月落梅花”的笛曲。自始至终，他从未直说一句梅花，而是在这些比花更美的故事里，为你浅浅绘出千年光阴里的梅影。

他批判战争也朦胧。“自胡马窥江去后，废池乔木，犹厌言兵”，他没有直接写“内库烧为锦绣灰，天街踏尽公卿骨”，而从废池乔木上，看战争的残忍。有人说这句太讲究太修饰，干净到没有感情。可我觉得不尽然，姜夔也有家国悲怀，犹厌言兵，不要说人，就是没有感情的“废池乔木”都不愿意再谈及，亦写出了一个书生心中的痛恨。而下一句，“渐黄昏，清角吹寒，都在空城”，是唯美的，但不妨碍其传达出，被践踏的扬州城，有多么颓废破败。

他赞颂一种艺术也朦胧。“只应不尽婆娑意，更向街心弄影看”，他没有直接写舞娘在台上舞服华美，舞姿精妙，却看到了她们在“灯已阑珊月色寒”的回家路上，就着月色舞起来，看清影。午夜空旷的街心，收工的舞娘在舞蹈，这意境有“姜式清丽”。那“观者如山色沮丧，天地为之久低昂”的热闹他不喜欢，只想将曲终人散后、独处时她对舞蹈的热忱与爱，那婆娑意的妩媚动人，在笔下还原。

就这样，他将委婉含蓄，剑走偏锋，“非从实际上写其形态，乃从空灵中摄其神理”，坚持成了一种特色。有人不喜欢，比如王国维，说他“格调虽高绝”，但“无一语道着”，看着太费劲；有人很喜欢，比如张炎，在《词源》中评姜夔“不惟清空，又且骚雅，读之使人神观飞越”。清空，是他词里不落凡俗的格调，是“人所易言，我寡言之”的词风，比如那从古至今的梅花故事；骚雅，骚，是他在写一事时内心深处不自觉对另一事真情的流露，比如那秋游记事中的怀人情绪，雅，是他语言的“动宕宏约”，厚积而薄发，比如那“江涵星影鹭眠沙”。而神观飞越，是他虽总想掩饰，却还是因为内里永不磨灭的深情，而带给我们的感发与触动。

“记当时，送君南浦。万里乾坤，百年身世，惟有此情苦。”总藏在云雾里的他，也曾奋不顾身地走出来过。在一个叫作范仲讷的朋友要动身前往合肥时，他终于鼓起勇气托他捎去一句话。

未老刘郎定重到，烦君说与故人知。

王维：漂洋过海，难抵其心

一切都笼在黑暗里模糊看不清，突然一阵风来，云开见月，月亮皎洁明亮，白亮亮的月光将身边的事物都照清楚了，于是身心也好像被这月光洗过一般通透清莹。

竹里馆

独坐幽篁里，弹琴复长啸。

深林人不知，明月来相照。

淡妆美人

有一次参加一个节目，大家一起玩诗词游戏，每人轮流说一句带“月”字的唐诗，直说到有一个人说不上来为止。转了几圈之后，轮到L君说了，她朗声说道：“明月来相照。”然后喜滋滋地等着过关音乐响起。可是主持人拦住了她，一脸警惕：“有这句诗吗？”当时我也很迷茫，只觉这句话真是简单，该不会是小姑娘一着急自己诌的吧。当然误会很快就解开了，因为真的有这句诗，并且出自大诗人王维，还是一首名篇。

后来我每次想起这个小花絮都忍不住要笑出来，觉得王维真是冤枉，怎么诗句单摘出来，大家竟就不认识了呢？可是也难怪，在一句句花式大菜“月照花林皆似霰”“忆君遥在潇湘月”“碧窗斜月蔼深晖”“白露垂珠滴秋月”中，乍然听到一句清汤挂面，“明月来相照”，人的确会有点蒙。

于是再读王维诗时，我开始留意起来，还有没有单句摘出来，便看起来不像诗的。结果发现他还真就爱写这样的诗。“君自故乡来，应知故乡事。来日绮窗前，寒梅著花未。”“下马饮君酒，问君何所之。君言不得意，归卧南山陲。”“红豆生南国，春来发几枝。劝君多采撷，此物最相思。”念起来真是一个比一个顺溜，一个比一个口语化啊，可是不影响人家个个是名篇。正如司空图在《二十四诗品 · 自然》中所说，“俯拾即是，不取诸邻。俱道适往，著手成春”。这真是王维的本事，仿佛没有炼字，仿佛信手拈来，可是他的诗意、诗境，比起许多“花式大菜”，往往不减反增。

“独坐幽篁里，弹琴复长啸。深林人不知，明月来相照。”不写季节地点，环境的交代不过一个幽、一个深字；不写心情心境，人物的交代也只有弹琴和长啸。独坐，幽篁，深夜的竹林，远离了人间灯火，他时而感到孤单凄清，时而又觉得有所慰藉。这真是一件莫名其妙的事，一个莫名其妙的人坐在竹林里弹琴呼啸。可是你隐隐又觉得很有道理，一切都笼在黑暗里模糊看不清，突然一阵风来，云开见月，月亮皎洁明亮，白亮亮的月光将身边的事物都照清楚了，于是身心也好像被这月光洗过一般通透清莹。这洗心之月，不正像一个温暖而智慧的、总给你点拨的老朋友吗？

但这些他都没有写出来。你能看到的，只是一个有点烦躁有点郁闷的人避开白天避开人群，待在竹林深处，纾解自己的不安。他正感到无人与共的悲哀，这时，月亮出来了。我们仿佛能看到文字背后诗人狡黠的微笑，他在考我们，能否透过这极简诗行，了解他的内心世界。

念念不忘，必有回响。王维的诗是不施脂粉的美人，从不依靠外在的色相，第一眼并不惊艳，但她举手投足间的气韵，她深邃悠远的目光，会让你常常想起她，再也忘不了她。

无瑕的痛苦

> 我看他《塞上》一首，那一联云：“大漠孤烟直，长河落日圆。”想来烟如何直？日自然是圆的，这“直”字似无理，“圆”字似太俗。合上书一想，倒像是见了这景的。若说再找两个字换这两个，竟再找不出两个字来。再还有“日落江湖白，潮来天地青”，这“白”“青”两字也似无理。想来，必得这两个字才形容得尽，念在嘴里倒像有几千斤重的一个橄榄。还有“渡头馀落日，墟里上孤烟”，这“馀”字和“上”字，难为他怎么想来！我们那年上京来，那日下晚便湾住船，岸上又没有人，只有几棵树，远远的几家人家作晚饭，那个烟竟是碧青，连云直上。谁知我昨日晚上读了这两句，倒像我又到了那个地方去了。

这是《红楼梦》里诗痴香菱的喟叹。我一直很喜欢这段话。王维风格多元，年轻时写过一手好边塞诗，后来为官，也写过“红色诗”，后来才渐渐地主要写山水田园诗了，以至于人们说起王维时，“属于山水田园诗人”这句话前面都要加上“通常”二字。所以，王维的诗风、他最具标志性的特色，或者说他的看家招牌，似乎很难概括。但曹雪芹这段话很有意思，他说出了我们读过却未曾想到过的王维——“倒像我又到了那个地方去了”。细细想来，何尝不是呢？人说王维“诗中有画”，我却觉得这四个字不如香菱这句话好。看一幅画，色彩固然艳丽，构图固然丰满，可哪儿能让你感到又回到了曾去过的一个地方呢？王维笔下，有比画更深广的世界，有比画更强大的感发力量，能让你陷入对微茫往事的回忆中。

一个未曾好好读过书的小丫鬟说出来的话，平实直白却说到了点子上，这说明，初学诗的香菱，也颇得王维诗的妙处。黛玉教香菱学诗，从摩诘五律一百首开始，而现在，我们也将“竹喧归浣女，莲动下渔舟”拿给两三岁的小孩子读，他笔下的恬淡安然，没有世故，没有复杂，美得空灵，美得纯净，最适合作为世界刚刚在眼前展开的样子。何况读“三吏”“三别”你得知道历史，读“庄生晓梦迷蝴蝶，望帝春心托杜鹃”你得知道典故传说，可是你可以什么都不知道，就能从王维诗中感到心被触动。

也许正是因为这份清澈，这份不依赖语言、音韵、历史的意境，王维诗竟能跨越国界，即使经过翻译也有不折损的美。所以从古至今，他的诗句漂洋过海，抵达异国人的心灵，并感动了无数人。

“他说道，用他模糊的语调。我的朋友啊！命运无情地对待我，使我欲归隐深山之中，为我疲惫孤寂的心寻找一个栖息的地方。我将回到我的故乡，我不愿再继续漂泊。”这是奥地利作曲家古斯塔夫·马勒代表作之一《大地之歌》结尾处用德语写的歌词，化用了王维《送别》中的“君言不得意，归卧南山陲”。马勒的一生就经历了种种“不得意”，亲人早逝，作品被拒演，妻子离他而去。蹉跎的岁月使他对名利、生死漠视，但他从未放弃对艺术的追求。而王维的诗穿过了光阴的距离，穿过了空间的距离，穿过了文化的距离，为他带来了安慰与救赎。

“一生中轻易的幸福，混合着痛苦与丧失。总在试图命名和追随我们胸中扬帆的进取心。现实不是我们所结合的那种感觉。而是走上泥泞的小路，穿过酷热和高远的天空以及无尽延伸的大海。”这是美国以“清澈、感情和知性”著称的当代诗人杰克·吉尔伯特用英语写的诗句，他很喜欢王维，诗里常有中国诗的影子。譬如这一句，我看着看着，就会想起“自顾无长策，空知返旧林”。“在林间，思想依随于感觉。乐队在树林上方，而心在树下”，又像是“松风吹解带，山月照弹琴”；“沿着塞纳河，我总是独自一人”，也许是他读“兴来每独往，胜事空自知”时的共鸣。吉尔伯特说：“我醉心于，那些中国诗人，和他们无瑕的痛苦。”我很喜欢“无瑕的痛苦”这个说法，道尽了王维诗里纯净空灵的美和若有若无的哀伤，它和香菱那句“倒像我又到了那个地方去了”，是我心里最好的王维注解。

从曹雪芹笔下贾府里的小丫鬟，到用英语、德语创作的欧美艺术家，王维用诗意打通了灵魂与灵魂的壁垒。不同时代不同文化背景的人，被《辋川诗集》中不动声色的淡然诗意所迷。于是在千年之后，万里之外，他笔下那些诗画的禅意，那些佛学的倒影，依然在被人领悟，被人懂得。

慢慢融化的诗句，慢慢融化的心

王维的诗漂洋过海，抵达很多人的心里。千百年来人们读王维给他们的意境，从那些“古木无人径，深山何处钟”，那些“涧户寂无人，纷纷开且落”中，获得或深或浅的触动、灵感和心灵救赎。可是写下这些诗句的王维本人，终其一生，却没能抵达自己心里，救出那个陷入深潭的自己。

他常常是冷冰冰的。31 岁时他不幸丧妻，而后终身未娶。他诗里的感情越来越含蓄了，你看不到他去直说什么，看不到他的愁苦与叹息，他似乎不愿再直接表露情感，清冷、虚无。“独坐幽篁里，弹琴复长啸”，他那些郁积的胸中块垒似乎只有在竹与月在场时才能融化消解。

王维的很多诗句，初读时你只觉清澈见底，等哪一天不小心撞见了注解，才恍然大悟，啊，原来还有这层意思！好像置于心中的一块冰，从初读的那一刻起慢慢消融，不知道要多久，才能露出它的内核来。

“随意春芳歇，王孙自可留。”几岁时记下的诗句，二十几岁时，我才发现原来它是反用了《楚辞 · 招隐士》中的一句话：“王孙兮归来，山中兮不可久留。”于是几岁时以为他在留恋春色，二十几岁时，才懂他是在留恋这份远离世事纷扰的安然。

“雨中山果落，灯下草虫鸣。”这个深夜不睡、空堂独坐的人，听着窗外的寂静和喧闹，野果儿被山雨打落，砸出簌簌的声响，桌上灯光吸引来的秋虫又在桌下不眠不休地叫，心里在想些什么呢？

“君问穷通理，渔歌入浦深。”这……还是不懂穷通理是什么呀（一头雾水），我问你穷通理，怎么让我去听渔歌呢？

“薄暮空潭曲，安禅制毒龙。”这个常常忧郁的人，心里会有什么毒龙呢？

是诗佛的诗，便要和佛经一样难懂吗？

是他心里，本来就有解不开、剪不断的心结，化不了、融不掉的寒冰。

曾经，当我第一次知道王维在叛军中任伪官，也对他有了些反感，会不自觉地将贪生怕死、贪图富贵这些词与他联系起来。在那样闪着光的历史长河里啊，那曾存在过那么多“命随年欲尽，身与世俱忘”的闪着光的烈士忠魂的几千年光阴里，这样一个苟活还出仕的姿态，该如何开脱？

一场大唐的浩劫，卷去了永不再来的繁华，也卷去了他永不再来的快乐。从此他的人生陷入了死结里，再难解开。那个污点像最顽固而令人绝望的染料，永生永世也洗不掉了。他怎么能想到跟随玄宗西逃时稍有差池的掉队，便是万劫不复的深渊呢？被捕后，他服过令喉咙嘶哑的毒药，写过“万户伤心生野烟，百僚何日更朝天”的诗句，他被软禁，他被逼迫。所以后来包括宪宗在内，人们都原谅了他，或怜惜他的才华，或因为他虽被捕并活了下来但心未曾改变。但他始终不能原谅自己。甚至也许他人的宽恕愈彻底，他的自我救赎反而愈遥远。

后来，渐渐大了，经历的事多了。我开始试着去理解他，理解他为什么没有选择死亡。

也许，他只是本性平和，没那么有血性，生来的近佛，让他更懂忍耐。

也许，他也只是想等一等，大唐的安稳繁华，能缓缓归来。

曾经在机场的一家唐卡店里，我见到了一幅四臂观音的画像。四臂观音是雪域西藏的守护神，代表大悲。藏人由老至幼、家家户户，皆吟诵其六字大明咒：“唵嘛呢叭咪吽。”画像下有一行小字，说四臂观音以菩萨慧眼凝视众生，凡被其观者尽得解脱。于是不由得想起王维。在他那些于净室中焚香坐禅诵经、与佛像默然相对的每日每夜里，不知可曾获得过哪怕一刹那的解脱？

但愿他的英灵，能卸去那一场劫难的重负，如被佛眼所观一般，回到年少时，那个意气风发的自己。

《题僧壁》：

幻梦李商隐

于是唐王朝鼎盛在李白的诗里，缩影在杜甫的诗里，却在李商隐的诗里留下了凄美的背影。一支生花妙笔伴着仕途坎坷的一生，为这个朝代悠悠地，上了晚妆。

题僧壁

舍生求道有前踪，乞脑剜身结愿重。
大去便应欺粟颗，小来兼可隐针锋。
蚌胎未满思新桂，琥珀初成忆旧松。
若信贝多真实语，三生同听一楼钟。

听钟

台湾散文家张晓风曾这样说：“想起‘一辈子’，心里不免怆然惊，但惊的是什么，也说不上来，一辈子到底是什么意思，半生又是什么意思？七十年是什么？多于七十或者少于七十又是什么？”

这段话让我想起李商隐那些无题诗。那些恍惚，那些迷思，也许便是他思量“一辈子”时的“怆然惊”。惊的是什么，他说不上来，于是才命之为无题。诗既无题，写法又隐晦，令观者十分难解，常读完了也不明白他究竟想说什么。这首诗倒是得了个名字，只因它写在僧壁上，却并没有比那些无题诗好懂多少，仍恨无人作郑笺。

是在川西的深山禅院里，不知是正听着恢宏的梵音佛唱，还是只闻一片空寂的万籁俱静，大半生漂泊坎坷历尽挫折的李商隐动了心。他竟然提起笔来，一反“嗟余听鼓应官去，走马兰台类转蓬”的性子，殷殷地要在寺庙墙壁题诗，想说一说佛理。可是从何说起呢？他慢慢想起如前尘往事般曾在经书里看到的故事。如山重的事被他用平淡的语气讲来（似乎没看到他什么时候激动过），冷峻沉静，反而有惊心动魄的力量，又显其真诚与坚定。该是怎样一颗心，才能当有人要我项上人头，便“如弃涕唾”一般给他？又用肉身剜出伤口灌注灯油做灯炷呢？是菩萨之心，是佛心。他们在求道之路曾结愿重重，一次又一次祈求，甘愿受苦受难，以求圆满，求得阿耨多罗三藐三菩提。

这样坚定虔诚地去追寻的无上智慧究竟是什么？当心中有了佛性，便不会纠缠于佛的外表，不以声色行为见佛。佛可存于粟粒之中，亦可隐于针尖之上。原本一花一世界，一叶一菩提，以宏观去看，一切都无限渺小，以微观去看，万物都无比博大——这是空间里的佛。

古人相信满月时，大海上蚌胎里的珍珠便能与月亮一同圆满；传说松脂从树上坠落，沉埋于深不见底的土地，千年之后便化为琥珀。于是月圆之前的蚌胎便是珍珠的前世，剔透玲珑的琥珀是已消逝千年的松脂的今生。时间让它们变了模样，但珍珠永远带着蚌壳的光彩，琥珀燃烧时有浓浓松香，它们彼此期盼、牵绊、纠缠，渴望自己更美好的样子，又怀念最初诞生的地方。在这一切流转之中，生命的本质没有变过——这是时间里的佛。

钟声响了。前音未了而新声又起，回音袅袅不绝，与后来的声音融为一体，再难分得清。“若信贝多真实语，三生同听一楼钟。”为何要将今生和来世分开来看，当生生世世相续延绵。也许，一座钟所传出的极简却能直达人心的声音，在心弦上引起的激荡，像极了顿悟的时刻。

梁启超曾说：“义山的《锦瑟》《望城》《圣女祠》等，讲的什么事，我理会不着，拆开一句句叫我理释，我连文义也解不出，但我觉得他美，读起来让我精神上得一种新鲜愉快，须知美是多方面的，美是含有神秘性的。”梁先生真是善良，让我们心里多少得了些安慰——原来大家都看不懂。李商隐总不予以起承转合，不予以前因后果，常常怎么看也看不出流畅通透的文意来。一联诗与一联诗之间，像一声又一声的钟磬之音，低沉，醇厚，似毫无关联却又声声相续，于是你除了如闻钟般心甘情愿地沉浸在这种美丽中，也别无他法。

这样的美丽缘何而来？我想起他曾这样写暮春，“今日东风自不胜，化作幽光入西海”。暮春时点染万物的东风已渐渐没了力量，春天要走了，就在今天，他感到东风无力了。风从东方来，一路向西吹去，吹过广袤的陆地，来到西边的海，没了力量，化作幽微渺茫的光影消逝在海中。这一联诗分开来看，“今日东风自不胜”“化作幽光入西海”，每一句完全合乎文法，是理性的，我们都可以理解，但当它们合起来，便是不理性的，是感性的、不可思议的想象——风如何会化作幽光？又如何会沉入海中？于是你看懂了东风无力，看懂了光沉入海，依然想不透其关联。也许诗的魅力就在于此。你知道它在说一件事，但你并不是很明白中间的络脉和最后的结论，反而留下了很多想象和思考的空间。

理性与感性的结合，带来这种读得通却想不通的神秘诗意。而春天的消逝是风化作幽光沉入海，这样特别的“立象以尽意”

的方式，则让李商隐的诗有无法抗拒的美丽。正如他以鲛人泣泪成珠说悲哀，以阳光下玉石生烟写温暖，借悲鸣不已的寒蝉倾诉境遇的凄苦，借吐丝至死的春蚕、燃烧成灰的蜡烛让你理解相思，画灵犀角上贯通两端的白色纹理让你会意心灵相通，奏荷花塘外的轻雷让你想起春天的萌动，在这里，他用粟粒针尖让你参悟禅机。佛学渊深海阔，许多高深的哲理是年轻的心所无法参透的，可是李商隐在想办法，将他心中特别的诗意传达给你，希望你看过这 56 个字后能感到世界瞬间安静下来。我们感动于这神秘宁谧的美丽。大海上的蚌胎，日日抬头仰望着月亮，渴盼着月亮快一点日臻圆满，好让它怀里的珍珠也丰润起来；琥珀被人发掘，被像宝贝一样珍藏起来，它身处铺着绒缎的锦盒之中，却想念在极遥远的过去，它曾经在山林里松枝间的清新自由。这些渴盼与追忆是多么美丽啊，让人不禁要想，生命究竟是什么。

柔软的他

作家祝勇看着博物馆中陈列的文物曾感慨道：“当一个人孤独地沉浸在一种美丽中时，幸福和感伤就会同时到来。”李商隐的美，就是一种孤独的沉溺。

“曾逐东风拂舞筵，乐游春苑断肠天”，春日最盛、最容易让人流连忘返的时候该如何形容？他说是“断肠天”；“醉起微阳若初曙，映帘梦断闻残语”，酒醉醒来，耳畔仿佛又响起了梦中那些叮咛细语。有时，让人不知该为了他更能看到世界的美而为他高兴，还是因为他的敏感多思而为他忧愁，真是不知该拿他如何是好。

李商隐极深情，因为这样的深情他总是忧郁。他去问莲花为何开落，“浮世本来多聚散，红蕖何事亦离披”；他像蜜蜂一样遍寻芳草，去重遇那些光彩的、美丽的枝条，茂盛的、披拂的生命，“蜜房羽客类芳心，冶叶倡条遍相识”。

有时候他觉得自己是嫦娥。传说中这个逃离人间奔月的美丽女子该是个果决勇敢的人，可是李商隐觉得她也会黯然后悔。“嫦娥应悔偷灵药，碧海青天夜夜心。”也许，官场就像月宫，李商隐后悔踏入这里。宦官当权的大唐的黄昏，前途与才华再无关联。不肯低头的他，总是孤独的。

即使是那样孤高的嫦娥，也有迷惘。在她长生不老没有尽头的生命里，她“姮娥捣药无时已”。她也在想拼命抓住些什么，想要获得些什么，想填补空虚的时间。可是人间事常常“欲就麻姑买沧海，一杯春露冷如冰”。当你渴望一个海洋，往往最终只能得到一杯朝阳下转瞬即逝的春露。一生坎坷的李商隐洞悉这种失落。诗家评说：“情深于言，义山所独。”

“且放白鹿青崖间，须行即骑访名山。”李白的诗里有飞腾的气象，在悲苦之中也有不受约束的狂想，能向外跳跃。李白选择放逐，他不去想。

“五更鼓角声悲壮，三峡星河影动摇。”杜甫则有面对现实的勇敢，他有力量把山一样重的悲哀都担荷起来，不躲，不逃，正面相对。

于是这两个人也许会让人感觉很硬，而李商隐是柔软的。他不去改变什么，他只是想啊，叹啊，沉溺其中。这样的心绪化作文字，才“一唱三叹，余音袅袅”。于是唐王朝鼎盛在李白的诗里，缩影在杜甫的诗里，却在李商隐的诗里留下了凄美的背影。

一支生花妙笔伴着仕途坎坷的一生，为这个朝代悠悠地，上了晚妆。

后来，学李商隐写诗蔚然成风，竟形成了西昆一派，可再没有人学出这份儿神韵了。他们只看到了他的文字无比华丽，却没有看到他写的是心事，而不是风景。过往的瞬间里那些起伏无边的思绪，在李商隐的诗里得到永恒。

浮世本来多聚散，红蕖何事亦离披。悠扬归梦惟灯见，濩落生涯独酒知。

飘忽无定的人生啊，本来就多悲欢聚散；但那池上的红荷花，为什么也零落纷披？我杳远难凭的归梦，只有孤灯才能见证；我空虚落寞的生涯，唯有清酒方可得知。

诗心的典雅 10/12

《听董大弹胡笳声兼寄语弄房给事》：来，听琴

你感到乐谱里简直包容了一整个宇宙。你感到这哪里是人在弹琴啊，倒像是琴里藏了数百飞鸟，千里浮云，万种生命！是他们在呐喊，是他们在悲鸣！

听董大弹胡笳声兼寄语弄房给事

蔡女昔造胡笳声，一弹一十有八拍。胡人落泪沾边草，汉使断肠对归客。古戍苍苍烽火寒，大荒沉沉飞雪白。先拂商弦后角羽，四郊秋叶惊摵摵。董夫子，通神明，深山窃听来妖精。言迟更速皆应手，将往复旋如有情。空山百鸟散还合，万里浮云阴且晴。嘶酸雏雁失群夜，断绝胡儿恋母声。川为净其波，鸟亦罢其鸣。乌孙部落家乡远，逻娑沙尘哀怨生。幽音变调忽飘洒，长风吹林雨堕瓦。迸泉飒飒飞木末，野鹿呦呦走堂下。长安城连东掖垣，凤凰池对青琐门。高才脱略名与利，日夕望君抱琴至。

还好，我们有音乐诗

曾听蒋勋老师讲，宋词不是用来看的，是用来听的。我们今天已经不知道旋律的所有宋词，在当时都是一定要唱的。柳永的词就是十几岁的女孩子，手拿红牙板唱“今宵酒醒何处，杨柳岸，晓风残月”；苏轼的词就是关西大汉执铁板吼“大江东去”。（我想象着，那也许颇像今天黄土高原的信天游。）心驰神往之余，我不由得觉得可惜。那些美丽的“蝶恋花”“青玉案”“满江红”们，当时都是配着些什么样的曲调呢？

美国舞蹈家摩斯·肯宁汉说：“舞蹈没有留下的手稿，没有挂在墙上的画作，没有出版的诗集，什么都没有，除了那让你感觉到生命的转瞬即逝的刹那。”其实，音乐也如此，吴侬软语的吟唱是刹那，鼓面琴弦的震颤是刹那，在没有录音机的年代，便再难复制，无从重温。

但还好，我们还有音乐诗。

从白居易的《琵琶行》到李贺的《李凭箜篌引》，从东坡的《江城子》到小晏的《菩萨蛮》，音乐常唤起诗人的诗意。每一首音乐诗，不仅仅描摹了音乐，更是一种相得益彰的再创作，它让每一个音符，都有了相衬的画面。而音乐又最便于“无中生有”，你的脑海里除了音符什么都没有，却因为“什么都没有”反而能“什么都可以有”。音符为诗人的想象插上了双翅，他们经过的未经过的所有神奇与美好，都在音乐中重现。他们把这些记了下来，在诗里与我们分享他们心弦上共鸣的“旋律”、激荡的“声音”。

音乐让他们如置山林，“为我一挥手，如听万壑松”。

音乐让他们换了时空，“七盘岭上走鸾铃，十二峰头弄云雨”。

音乐让他们滤尽忧愁，“客心洗流水，馀响入霜钟”。

音乐让他们忘了时间，“不觉碧山暮，秋云暗几重”。

音乐让他们想起故乡，“今为羌笛出塞声，使我三军泪如雨”。

音乐让他们感慨身世，“黄鹤楼中吹玉笛，江城五月落梅花”。

音乐让他们觉得万物都忽有所感，万物都闻声而动。“往往从空入户来，瞥瞥随风落春草。草头只觉风吹入，风来草即随风立。草亦不知风到来，风亦不知声缓急。”

诗人因而赞美，因而感叹！“今夜闻君琵琶语，如听仙乐耳暂明。”“琵琶一曲肠堪断，风萧萧兮夜漫漫。”他们仿佛知道这些声音的珍贵与易逝，才在心潮起伏时急急记了下来，好让我们这些无福旁听的人，至少知道曾有这些庄严与伟大存在过。

在为我们记录音乐的人当中，李颀是颇有心得的一个倾听者。李颀有七首诗收录于《唐诗三百首》，其中三首是音乐诗，即《琴歌》、《听安万善吹觱篥歌》和这首《听董大弹胡笳声兼寄语弄房给事》，春兰秋菊，各具特色。当年伯牙弹琴时心里想着高山，子期听罢能叹峨峨兮若泰山，伯牙弹琴时心里想着流水，子期听罢便说洋洋兮若江河！伯牙遇到了子期，从此我们便称懂自己的人为知音。李颀便是乐师的知音，每一种音色的差别他能分辨，“枯桑老柏寒飕飗”，风吹过枯桑和柏树，声音不同；乐师的寥落寂寞他能了解，“世人解听不解赏，长飙风中自来往”。他有一双妙耳能听懂乐师的心声，又有一支妙笔，将这份懂得，化作了诗行。

自然之声

今天，让我们来听琴。

“蔡女昔造胡笳声，一弹一十有八拍。胡人落泪沾边草，汉使断肠对归客。古戍苍苍烽火寒，大荒沉沉飞雪白。”耳畔激荡的是蔡文姬当年所作琴曲《胡笳十八拍》，而蔡文姬是一个有故事的人。九岁能听出是第几根琴弦断了的她，贵族门第，天资过人，却命运坎坷。她被匈奴掳到北方十二年，背井离乡又举目无亲，如同囚犯一般困于异族人之间。我们不知道她受了多少苦，只知道她作的这支琴曲，委婉哀伤，撕裂肝肠。所以李颀想象着，烽火正起、飞雪皑皑时，那个独对苍苍古戍、沉沉大荒的姑娘，一旦操琴，就能让守着边草的胡儿落泪，让看他人还乡的汉使断肠。

这三句话让胡笳曲厚重起来，有了历史感，我们从诗中听到这古老的节拍从一千多年前的唐朝传来，而李颀坐在董庭兰面前，也听到它从五百年前的东汉末年传来。这是李颀的匠心，他让我们看到了一种传承。

“先拂商弦后角羽，四郊秋叶惊摵摵。董夫子，通神明，深山窃听来妖精。”像是突然从历史中惊醒似的，诗人意识到了这漫想来自琴弦上舞动的指尖。古音宫商角徵羽，音调依次由低至高。先拂商弦后角羽，便是曲调由舒缓低沉开始而渐渐高昂起来，恰如由远及近的涨潮声。而窗外正是簌簌秋叶，怎能不让人觉得是落叶也被这琴音震撼，才迫不及待地要离开枝头，在风中完成短暂而华美的最后一舞呢！他真是神明啊，他的音乐就是魔法，可以召唤天地间所有生灵！

“言迟更速皆应手，将往复旋如有情。”他的手灵活自如，忽快忽慢，即使封闭了听觉只是看着，也能觉出这动作本身就含情，一收一放间，自有他的魅力，吸引着所有目光。“空山百鸟散还合”，空山里，只有声势浩大的鸟群，如同在天地间举行着庄严的仪式般，呼啦啦飞上去聚在一起，一霎间又散开来，再飞上去，它们飞得不知疲倦，观者看得忘了时间——这是旋律的忽纵忽收起伏跌宕。“万里浮云阴且晴”，万里长空，云海浩荡，飘来时大地阴沉昏暗，散去后地上一片阳光而欣欣向荣——正如曲调的忧郁与快乐。

“嘶酸雏雁失群夜，断绝胡儿恋母声。川为净其波，鸟亦罢其鸣。乌孙部落家乡远，逻娑沙尘哀怨生。”琴音行到哀伤时，尤为动人。有时嘶哑艰涩，像声带还未长好的雏雁离群时稚嫩又辛酸的呼喊；有时嘤嘤如泣，像在它起源的地方，吹奏着胡笳的胡人身旁，那些因离开了母亲而哭泣的孩子。这样的悲伤，天地间谁能不为之动容！河流更澄净了，鸟群都安静了。这是蔡文姬去国怀乡的悲愤啊！而在历史的长河里，又有多少弱女子被嫁到千里之外，被嫁到异族他乡，她们思念故土的悲泣，又有谁听过呢？这一曲胡笳，奏出了千古远嫁塞外的伤心。

“幽音变调忽飘洒，长风吹林雨堕瓦。迸泉飒飒飞木末，野鹿呦呦走堂下。长安城连东掖垣，凤凰池对青琐门。高才脱略名与利，日夕望君抱琴至。”风吹过长林丰草，雨洒落江南青瓦，山泉从溪畔的灌木丛边掠过，不知哪儿传来了野鹿鸣声，呦呦从堂前穿过。琴声渐渐轻下来了，轻下来了，幽幽地落在心底，如雨丝洒落。一曲终了，诗人由衷赞叹，这样的琴师，理应生活在凤凰池、青琐门这大唐的中心。董庭兰能得到房琯的赏识，李颀为他高兴。

我们是没有听到音乐的，我们是在静寂中读这首诗的。但是“空山百鸟散还合，万里浮云阴且晴”，群鸟在山巅往来翱翔，云翳在空中翻滚奔腾，你便知道那琴音跌宕间的气势了；“嘶酸雏雁失群夜，断绝胡儿恋母声”，离群的孤雁有多哀伤，失去母亲的孩子有多悲痛，你便知道那曲调中的悲绝了；“川为净其波，鸟亦罢其鸣”，你便知道那声音是多么震撼；“乌孙部落家乡远，逻娑沙尘哀怨生”，你便知道那旋律是多么深沉，多么具有感发的力量。它仿佛是从时间的尽头传来，深深地扎根在时间的长河里，带着古人今人生命里最深切的悲伤，永不会逝去。你感到这琴曲是如此的丰富，你感到乐谱里简直包容了一整个宇宙。你感到这哪里是人在弹琴啊，倒像是琴里藏了数百飞鸟，千里浮云，万种生命！是他们在呐喊，是他们在悲鸣！

李颀或许恨不能有一个录音机，但是他又何必有，我想，即使我们听原音，怕也不能有这么多这么清晰而强烈的感受。更何况那音乐后的故事，那悠远厚重的来历，那指尖张弛有度的飞舞，李颀简直像布置了一个四面八方都有摄像头的直播间，为我们呈现了这一场直达灵魂的直播秀。

其实李颀就是一个录音机，或者说转换机，他知道你没有听这琴音，但你听过风掠过树梢、鸟啼于月夜、泉声笑在阳光里、雨滴落在屋檐上啊，于是他便想方设法地要描述给你听，让你也能和他一起体会。他用这诗行告诉我们，任何琴音，实际上都是自然拟合而来（就好像任何信号都是由无限个高斯分布拟合而成），那梧桐木的琴身蚕丝的琴弦把自然之声拟合为了琴音，看我给你再拟合回去。因为一切音乐都来自自然，一切诗歌都来自自然，所以，他总有办法让你用你听过的声音，了解你没有听过的乐曲的每一秒。

从一支乐曲中能听出多少内容？大概再没有比这里更多的了。我想，李颀不仅让我们看到了文字的魅力，他也能让你感到，原来艺术的美，是互通的。

《菩萨蛮》：山水美人

秋水，春山，的确是落到了细处，在小格局里描美人眉目。但这比拟却毫不拘谨，不让观者感觉意境囿于弹筝者本身，反而像看到了开阔的长镜头，大画面。

菩萨蛮

哀筝一弄湘江曲，声声写尽湘波绿。纤指十三弦，细将幽恨传。

当筵秋水慢，玉柱斜飞雁。弹到断肠时，春山眉黛低。

小晏是宋词里的言情高手。他是大词人晏殊的第七子，老来得子自然娇生惯养。说什么要语意蕴藉，志旨深远，小晏下笔从不管这些道理，随心所欲。他用篇幅短小的各色词牌讲爱情故事。一见钟情，“记得小蘋初见，两重心字罗衣”；约会传书，“云鸿相约处，烟雾九重城”；赌气斗嘴，“此后锦书休寄，画楼云雨无凭”；拉拉扯扯，“留人不住，醉解兰舟去”；透骨相思，“从别后，忆相逢，几回魂梦与君同”。一部《小山词》，绘出千百种小儿女情态，让痴男怨女们如获知音。

在这样的主旋律里，这首《菩萨蛮》就显得很特别。他丢掉写过亲昵情话如“相逢欲话相思苦”的红笺，弃了画过艳容如“靓妆眉沁绿，羞脸粉生红”的彩笔，倒拿起了水墨，小心翼翼，淡淡着笔。

像是曾穿花过柳的公子，终于遇到了想付出真心的事，于是改头换面，重新开始。

所以这阕小令是我的心头好。中国诗词渊深海阔，要问最喜欢哪一阕，一定很难回答。但很长一段时间里，若被人问起，我心头便会浮现出小晏的这阕小令。

让我们闭上眼睛想象正在聆听《春江花月夜》，音乐响起的那一刹那，筝音立刻如一波一波的浪潮奔袭而来，莫说耳里，心里，眼里，整个世界都是音乐了。所以词人起笔也利落，要让你想起被第一声震撼的瞬间。这首句念起来的节奏，正如拨出去的第一根琴弦。“哀筝一弄湘江曲，声声写尽湘波绿。”一弄，只要弹起！平白的用字就是在感叹：你听！响起来了！这一声声！这一声声！这一声声如何呢？写尽了湘波。乐音在空气中激荡，描摹出滔滔碧波！于是你不知道究竟是听筝人真的就在江畔，还是从那张琴上奔腾出了碧波。这已经不重要了，只知道这词句，这筝音，这湘水，已经融为一体，看词如听筝，听筝如赏湘江。

起笔这么高，接下来如何写呢？再难高上去了。他却笔锋一转，开始细细描摹弹筝者，一个女子。纤指是她的玉手，她拨动着琴弦，水一般的幽愁就从那指尖汩汩漫延开来了。秋水是她的眼睛，筵席上热闹非凡，她的眼波却缓缓流转，不看那喧闹，不理那笑谈，她只融入了音乐里，筝音淡然，人亦沉静。春山是她的眉峰，眉眼慢慢低了下去，低了下去，而音乐就到最哀伤的时候了。于是你知道了，这音乐不从筝上来，从她心里来。滔滔碧波，细细幽恨，都从她心里来。

电影《赤壁》里，梁朝伟饰演周瑜，他听到了牧童的笛声，清亮悠远穿云透雾而来。他在这笛声中闭上了眼睛，眼前便浮现出烟波微茫的大江，云霞明灭的群峦。电影画面，便一帧是梁朝伟沉静忧郁的面容，一帧是雾罩云山。而这阕词也实在是妙，秋水，春山，的确是落到了细处，在小格局里描美人眉目。但这比拟却毫不拘谨，不让观者感觉意境囿于弹筝者本身，反而像看到了开阔的长镜头，大画面。当筵秋水慢，是眼波沉静，却似乎也可以是身外碧水亦被这音乐所感所吸引，要驻足凝听；春山眉黛低，是低眉敛目，却似乎也在说江畔青山亦听得断肠，垂下头来想伤心事。

譬如杜甫眼中的老柏，不过也就是一棵树而已，可那是杜甫最崇敬的孔明先生祠堂前的树，这树就是极为特别的，就带了精神和情感。所以他小心翼翼地、满怀深情地，要将树放在辽阔天地间、茫茫宇宙中，心里便自然流出，云来气接巫峡长，月出寒通雪山白。

这筝音，和弹筝者奏曲时人琴合一而又淡然从容的神态震撼了原本见惯了风月场的小晏，于是她的一颦一笑、一拢一捻也都是极为特别的，她面容的每一个细节，流转的眸光、低敛的眉黛，也就都带了精神和情感。所以，小晏也小心翼翼地、满怀深情地，将这个女子，连同那张古筝，一同放入了水墨山水里，放入了他心里最美的世界。

《入直召对选德殿赐茶而退》：茶香里的喜悦

相比于抓住你的心，隐喻选择放开我们，给予自由广阔的大境界。诗人们深谙这一道理，又最是温柔，总舍不得让我们心痛。他们的肉身上、心灵中受了再大的苦楚，也一定要化作极致的美留给我们。

入直召对选德殿赐茶而退

绿槐夹道集昏鸦，敕使传宣坐赐茶。

归到玉堂清不寐，月钩初上紫薇花。

提醒幸福

我第一次读到这首诗，是在实验室的纸杯上——四列小楷让简陋的纸杯再不显寒酸。捧起纸杯给客人沏茶的我觉得很欢喜，感觉它在把几千年前喝茶的清意，传递给用它喝茶的人。

而从杯壁上读诗，让它初见时便自带光环，仿佛以1:0的比分开始比赛的足球队。你知道一定曾有一个蕙质兰心的人从浩瀚诗海中细细挑过，而它甩开了一大帮竞争者，才这样骄傲地硬气地独个儿印在这里。总之，肯定会比从白纸黑字的诗册里看淹没在诗海茫茫里的它，要有意思得多。

诗是很美的诗，做纸杯的人殷殷把它印在喝茶用的杯壁上。只是，诗里虽有茶字，却并不是说喝茶这件事的。皇帝赐茶，绝不是为叫你品茶，领赐的人，也绝不是为茶而去的。

像一篇不正面叙事的微小说，短短二十八字里处处象征处处隐喻，高兴又羞怯地记下一个读书人的重要时刻。贾岛说，十年磨一剑。皇帝召见臣子，一问一答，便是这个人试霜刃的时候。

“绿槐夹道集昏鸦。”每天黄昏的时候，路边两排高大的国槐都有成群的乌鸦聚集。起笔描绘出这个并不美的景象，在我看来别有用意。它让人想起平庸、压抑、聒噪、琐碎的日复一日单曲循环般的生活，想起那些漫长岁月里的埋头苦干与焦灼的等待。人生恰如一个湖泊，日日张着虔诚渴盼的瞳孔朝向天空般莫测的命运，也许会永远这么平静下去，也许某一天天空就会落下一枚五彩的石子，让湖面泛起美丽的波澜。

“敕使传宣坐赐茶。”对周必大来说，皇帝的召见就是那枚石子。他一定是在幸福的眩晕里接见了敕使，走出了翰林院，走过长长的甬道，走进了皇宫一道门、二道门、三道门……而后努力镇定下来，与座上龙袍加身的天子侃侃对谈，论国势民生，谈藩镇边境，讲税收，说平乱。他也许是忐忑的，也许是胸有成竹的，他只知道要豁出去了，要把十年寒窗积攒的心中热血胸中意气挥洒殆尽。所有的志气与闯，所有的青春与梦，都在此一举。

“归到玉堂清不寐。”挥洒结束了。他回到住处，身体里的潮汐还不能平静，夜已深了，却毫无睡意。

“月钩初上紫薇花。”他走到窗前卷帷而望，小院里是月下花林。这是他眼前的景象，也是他心中花好月圆的美好未来。

周必大是幸运的，他遇到了南宋第一明君宋孝宗，并参与创造了乾淳之治。孝宗从不吝惜对臣子的肯定与褒奖。史书记载，孝宗倚重周必大多年，曾大方地对周必大说：“每次看见宰相不能处理的事情，你用几句话就解决了，三省根本不能少了你。”想来，在赐茶的这个明君贤臣初见的黄昏，他们便相谈甚欢。他回去后还在喜滋滋地回味。茶的清意里，是知遇之恩，是才能得以发挥之喜。

无论什么时代，诗词里最常见的总是悲愁，谁让人生不如意之事十有八九呢？难得看到这样提醒幸福的时刻。毕淑敏说："享受幸福是需要学习的，当幸福即将来临的时刻需要提醒。人可以自然而然地学会感官的享乐，却无法天生地掌握幸福的韵律。灵魂的快意同器官的舒适像一对孪生兄弟，时而相傍相依，时而南辕北辙。"茶的清意是器官的享乐，得与天子畅谈古今是灵魂的快意，这是周必大的幸福时刻，二者正相傍相依。喜悦透纸而来，浸润人心。让我们不禁开始期待自己也能有好事发生。你发现原来不仅悲伤能感同身受，喜悦也能感同身受。

模特杜鹃常在电影里诠释无可取代的初恋，是一个有禁欲气质的高冷女神，影评人便说她有茶道一样的平和淡然之美。茶带着中庸的味道，让狂躁安静，让飞扬沉淀。这里的喜悦之所以不招人嫌，不显得得意，不显得炫耀，便是因为周必大巧妙地将他的快意包裹在了茶香里。他用婉约派的方式，发豪放派的感情。因此比起"春风得意马蹄疾，一日看尽长安花"，这里的喜悦很特别，沉静内敛，不喧狂。只月下静静看花，让心潮的风起云涌在茶味与月光的双重清意中，归顺为脉脉暖流，于心田缓缓流过。那声音像在对曾因漫长枯等而不安而疲惫的灵魂说："看啊，我们等到了！"然后开启新的生命年轮——听起来像一种修行。

隐喻的美丽

隐喻之所以美丽，大概在于它的唤醒。春水唤醒春来时眼中的欢悦欣然，秋水唤醒秋至时心里的安宁澄净。烽火唤醒壮志，归雁唤醒乡愁。柳絮儿唤醒闺思，可怜春半未还家；子规啼唤醒漂泊无根的怅惋，不如归去。如春风化雨，如冬日的暖阳烘烤，轻柔地慢慢地唤醒我们心中那些沉睡的、尘封于日常琐碎中的感觉。这样的感情，无论它的生发来源之处是多么地动山摇、惊心动魄，当它传达出来时，都一定是温存的，总带着一种懂得，一种慈悲。你也许会因此喜悦或是哀愁，可是你会感到舒缓而不是紧张，体会共鸣而不是压力。相比于抓住你的心，隐喻选择放开我们，给予自由广阔的大境界。诗人们深谙这一道理，又最是温柔，总舍不得让我们心痛。他们的肉身上、心灵中受了再大的苦楚，也一定要化作极致的美留给我们。所以总细腻地浅绘形态，深描意象，轻轻呼唤着，轻轻感召着，对纸面那一端的另一颗心。

诗人不说："你要走了，我也没什么送你，祝你路上好心情。"诗人说："此去与师谁共到，一船明月一帆风。"

诗人不说："唉！想我一世英名，今日竟沦落为阶下囚，受尽摧残！"诗人说："何意百炼钢，化为绕指柔。"

诗人不说："气死我了！不跟你们玩儿了！"诗人说："千山鸟飞绝，万径人踪灭。孤舟蓑笠翁，独钓寒江雪。"

诗人不说："我已流浪了这样远。"诗人说："何处是归程，长亭连短亭。"

诗人不说："下过雪后大地这样静穆。"诗人说："海底就是这个样子。”

诗人不说：“悔恨既痛苦又美丽。”诗人说：“只要想起一生中后悔的事，梅花便落了下来。”

诗人不说：“世界这么大，错过了便再找不到你，我好心痛。”诗人说：“江南一夜的春雨，乌桕千万树。你家是对着秦淮第几座长桥？”

就像这里，诗人不说：“终于有机会施展抱负了！激动得睡不着啊！”诗人说：“归到玉堂清不寐，月钩初上紫薇花。”清意从茶香中来，但茶里寄予了他对未来的期盼，对即将到来的光明前途的兴奋之意，他说茶香挥之不去，其实是君王的赞许目光在他心中挥之不去。

我们文艺青年，说话就是这么含蓄，给这份小得意蒙上了一层轻纱。其实这不就是诗吗？给也许庸俗偶尔枯燥的生活，蒙上朦胧柔美的轻纱。

诗心的

11/12

——天真

《孟珠》：平静的欢喜与不卑不亢的爱

那孤独地沉浸在一种极致美丽中的感觉，那心尖微微一颤的刹那，那猝不及防的想要勇敢爱又无欲无求的冲动，当我回忆起时，当你问起我时，我却只能淡淡回一声，哦，言是欢气息。

孟珠（其二）

阳春二三月，草与水同色。

攀条摘香花，言是欢气息。

一颗心的沾沾自喜

我最爱的诗，有时候并不来自诗集，而是一些生活的边边角角，譬如语文试卷的题目，纸杯上的文案，点心盒上的广告，或者小说杂志。它们像美丽的珠子，由光阴的线穿起来，年复一年，串成了与诗词的缘分。

女孩子都喜欢看言情小说。我第一次遇见这首诗，就在辛夷坞的爱情小说《原来你还在这里》中。女主角苏韵锦正在图书馆整理书，一摞书须放到书架最高的地方，她踮起脚也够不着，这时有人在旁默默拿过书放好了。她转头，看到了一张沉静的侧脸，脑海里便浮现出一句话："攀条摘香花，言是欢气息。"

这首五言乐府诗，来自遥远的魏晋南北朝，出自何人之手已不可考。也许，最初的它简简单单，就是一个人出游踏青之时，未经雕琢的一篇游记，与爱情并无关联。

谁能想到，一千多年过去，它在一篇小说里，被用来描摹了一个重要爱情时刻，女主角心动的时刻。

我们读过很多爱情诗。为何不用“愿得一心人，白首不相离”，或者更直接的“妾拟将身嫁与，一生休。纵被无情弃，不能羞”？文字如山路，有时单刀直入开门见山，给人豁然开朗之感，有时又百转千回曲径通幽，深邃而耐人寻味。这首乐府诗，显然属于后者。于是，小说读到这里，我不禁思量起这首诗。

初看毫不起眼，字字清淡，平易白话，字面的意思第一眼就能看懂。阳春二三月，草与水同色。春天刚刚开始，春风刚刚吹走冬恹，万物从沉寂中苏醒。春水初生，春林初盛，田野是一片萌萌的绿，放眼望去感到天地间一片柔情。这柔情感染了谁呢？我们的主人公出场了。她从罗袖中羞怯地伸出纤纤素手，想要摘取开在这柔情中的藤条上的一朵春花。她摘得了，心里满是喜悦，又平静，又欢喜。

而小说里的女主角苏韵锦，在穷困的生活中一直努力，也在匆忙赶路中忘了陌上花开可缓缓归矣。她的心就像冬天的荒原一片沉寂。而那个帮助了她的男孩子，如润物无声的春雨，让她的心里原本贫瘠的土壤慢慢丰满，种子渐渐萌芽，然后开出花来。她在怦然心动的那个时刻，又平静，又欢喜。

于是，在诗行的平平仄仄里，我听到了，心动的声音。

我的爱，勇敢而无欲无求

后来，我常常回想起小说里这个片段，回想起这首诗。随着年龄、阅历的增长，我渐渐读出了诗里心动如春大般美好之外的另一层意味。我们在那个时刻，通过这十个字，读到的不仅仅是欢喜，还有苏韵锦那一颗丰富又单纯的内心。也许真的是小说作者的良苦用心，也许只是我自己的过度解读。但是，我愿意在这里分享它。

我发现，这句话，娓娓道出了我所崇尚的那种爱情观。

在生命的春天里，攀条摘香花，是一个怎样的过程？它是容易的，我知道我很快就能将小小的、美美的、香香的一朵捧在手心。这件事单纯至极，因此我是淡定的，虽兴奋喜悦但胸有成竹——我平静而欢喜。而打开心门，决定去付出爱的一刻，也应该如此。你决定要抛掉自己的狭隘、偏执，去接纳另一个生命的光芒。你觉得你的生命要有重大的改变了，但你又觉得它是那样的自然而顺理成章，就好像季节的更迭，瓜熟蒂落，水到渠成，就好像在春天里，攀条摘香花。

花就在那里，只要伸手，我就能得到它——你爱或不爱，我的爱就在那里，不增不减。花不会抗拒我来得到它——爱也不会拒绝你，因为我爱你，本来就与你无关。

花是会凋零的，花会离开我，但无妨我遇到它时的喜悦，那一刻我是满足的。而花在最美丽的时刻遇到了珍惜和欣赏它的人，花若有心，也必是开心的。爱的对象或许不一定能付出同等的爱，但我爱一个人，用真心和智慧让他过得更快乐，就足够幸福。所以，在爱降临时，就大大方方地去欢喜，去感恩，用一颗平静的心迎接它，不忐忑，不患得患失。

因为，爱本身，就足够美好。

正如爱尔兰诗人罗伊·克里夫特所说：“我爱你，不光因为你的样子，还因为，和你在一起时，我的样子。我爱你，不光因为你为我而做的事，还因为，为了你，我能做成的事。”

字里行间，却有无穷心事

我们将“花开堪折直须折，莫待无花空折枝”口耳相传，是因为我们推崇其中积极勇敢的生活态度。在这首乐府诗里，也没有丝毫笔墨用于形容花的娇美。花本身已经不再重要，在这里，它只是一个象征，一个符号。因为爱香花，因为还有香花可以去追寻去爱，才有言是欢气息。作者在纸页的另一端，将他写诗时心中的幸福感传递给你。像暖热而不灼人的冬日之日，让阴湿的角落渐渐泛暖，让你不由得也想起自己温柔的回忆。这是一种淡淡的克制的情感，它传递温柔的方式，与它本身一样，有如“细雨湿衣看不见，闲花落地听无声”。于是你明白了，文学与艺术，有时候描述一个事物，有时候讲一个故事，但都是为了传递情感，都是为了表达爱。

爱多么微妙，人的心理多么微妙，世界多么微妙，然而诗句可以描摹它们，让它们可触碰，让它们有了生命。我们的生活也因此而变得更多元，更宽广。我们在对诗句的品读中，获得很多没有机会经历的体验，而因此让生命的延续更深更长。日常生活里，在与周围人的交流中，我们也常常要做比喻，将难以描摹的复杂的感受用更简单的事物去类比，好让他人理解我们，来获得珍贵的共鸣。诗中赋比兴的手法，是最美丽的比喻——比如爱降临的时刻，与摘得一朵花。它给了我们转换自己的身份，体验不同生命形式的机会。读“渺万里层云，千山暮雪，只影向谁去”，能化身候鸟；读“春路雨添花，花动一山春色”，又化作山花；

在“苦心岂免容蝼蚁，香叶终经宿鸾凤”里，体会一棵树的难处；自“荷叶生时春恨生，荷叶枯时秋恨成”中，从荷叶的荣枯懂得人生有青春也有凋零；看“扪参历井仰胁息，以手抚膺坐长叹”，顷刻身处悬崖栈道；听“牵衣顿足拦道哭，哭声直上干云霄”，又旁观了人间炼狱；念一回“别来沧海事，语罢暮天钟”，知道了原来人世沧桑亦有声，是“当……当……当……”的晚钟……

“心事竟谁知，月明花满枝。”你问我为何愁眉紧锁，叫我如何回答你呢？你看，这月光正皎洁清亮，如烟似雾地笼罩着朦胧中盛放的花，也许你就明白了。

是啊，“问我何所有，山中唯白云。只堪自愉悦，不堪持赠君”。那孤独地沉浸在一种极致美丽中的感觉，那心尖微微一颤的刹那，那猝不及防的想要勇敢爱又无欲无求的冲动，当我回忆起时，当你问起我时，我却只能淡淡回一声：哦，言是欢气息。

《长干曲》：

我想问一问，你的故乡

我问你故乡，用最纯粹最愿闻其详的心情，想了解一个，最本真最悠长的你。

长干曲四首（其一）

君家何处住，妾住在横塘。

停船暂借问，或恐是同乡。

这是一个爱情故事。

只一错肩而过，她动心了。

也不知是什么打动了她，是温柔的山色，是汩汩的水声，是转瞬淹没于水波的那一两字似真似幻的乡音，还是青衫飘过那一抹隐隐衣香。总之，怦然一下子，她动心了。她在溪上漂着，撑一支长篙踌躇。

也许是一只白鸥忽然飞过，清亮的啼鸣破空而来，她从中莫名其妙地就获得了勇气，便开口说话了。

“哦，这位公子，不知你家住哪里？啊！我家在横塘！我为什么来问你呢？因为我听你口音，觉得咱俩说不定是同乡哎！”

她连珠炮式一鼓作气说完了这一段，也不等对方答话——她中间不敢停下来。

这是数千年前的一段搭讪，可爱，羞赧。她没有说一个爱字啊，但是什么让她鼓起勇气的？还不就是爱。

“夜雨剪春韭，新炊间黄粱。”朋友，我没说我爱你，你来了，我就想拿出家里最好的粮食蔬菜，赶紧招待你吃顿饭。

“临行密密缝，意恐迟迟归。”孩子，我没说我爱你，我只知道把你的外衣缝得像鞋底子一样厚，穿来可能不那么舒服了，可是挡风啊，为你挡外面的风霜，为你挡时间的风霜。

她的爱情也这样啊。她的双唇张了又张，想要珍惜这份悸动，想说一点什么让它不这么从指缝溜走。从哪里开始呢？索性问问他的故乡吧。

故乡，是中国人在素昧平生的最初最爱问的，这一问中也有自己那份思乡。聊起故乡来，绝不会冷场，绝不会尴尬，不涉及隐私，不触碰难堪，无尊卑之异、高下之分、贫富之差，是一颗赤子之心对另一颗赤子之心的触碰——那是一个人初之为人的地方啊，生于斯，长于斯。儿时的歌谣，童年的游戏，一粥一饭，世界刚刚在眼前打开的画卷，岁月里的栉风沐雨，都在这一问中。我问你故乡，用最纯粹最愿闻其详的心情，想了解一个，最本真最悠长的你。你是一个什么样的人呢？你爱吃什么，爱做什么呢？叫我怎么问得出口，不如问一问，你在哪里出生，在哪里长大。

想问你的故乡，还不是因为想了解你。

说到这里，你应该明白了，我所说的，也不过是“含蓄”二字。

西方艺术往往直接、强烈地表达情感，莎士比亚的戏剧，普希金、雪莱的诗篇，给你情感的震撼；墙上的涂鸦，耳机里的摇滚，给你感官的冲击。但我偏爱东方艺术的内敛、凝练。早上打开电脑，我看到“辰时：君子勿劳，朝食饱”。过一会儿工作累了，又看到“巳时：鸡栖于莳，河清定”。我拿起茶杯，看到“归到玉堂清不寐，月钩初上紫薇花”。过清明节，特别节目里只八个字，“慎终追远，不忘先人”。这些生活中的小惊喜给了我含蓄的文化氛围。咄咄逼人的文化，容易让人下意识提防起来，美得有侵略性，而淡淡的关怀情绪，则予以极大的自由。

如冬日之日，那是光明的，却毫不刺眼；是暖热的，却不致灼人。纯朴，温柔，敦厚，深沉。不是独步中天，造成气焰和光芒。

拜噶法，拜噶法，你手帕儿上绣着什么花？

小哥哥，我绣着，鸳鸯蝴蝶花。

——昌耀《边城》

你看啊，少年跋山涉水来见到了心爱的姑娘，见着了却也只要问问她，手帕上绣了什么花。心动了的船女又要问什么呢？却也不是你有没有女朋友，你喜不喜欢我，而只是，我们是不是同乡。

所以，什么是中国文化啊，这个问题如何才能讲清楚？不妨打开薄薄的诗册，看一句句三言五言。那一个个古人的生活片段，恰恰就像我们身体里的基因片段，打破时间的桎梏，把美好的东西代代相传下来。其中的爱与温度、生活方式、审美能力，足以让你洞悉，这个屹立数千年不倒的民族，是什么样子。

我想问一问，你的故乡。

李白：疲惫生活的英雄梦想

诗里似乎有沧桑，却又比沧桑更永恒更辽远。明月哪有沧桑，亘古不就如此？长风不知沧桑，无穷无尽地吹。只有人事有沧桑。可是李白不困于人事之中，他站在云海上，吹着几万里外而来的长风，悲悯地看着这一切。

关山月

明月出天山，苍茫云海间。
长风几万里，吹度玉门关。
汉下白登道，胡窥青海湾。
由来征战地，不见有人还。
戍客望边色，思归多苦颜。
高楼当此夜，叹息未应闲。

诗仙之心

很难为李白挑一首代表作，他风格多元，粗犷豪放细腻婉约均擅长；很难挑一首李白最精彩的诗，他古体近体七绝五律都拿手。不是说了吗？他是诗仙。

所以，我只好选了一首在我心里最有仙气的诗。

“明月出天山，苍茫云海间。长风几万里，吹度玉门关。”看了首句就知道这是李白的诗了，再没有人有这样的气魄。一轮明月从广袤荒原的尽头升起，荒原尽头是连绵不绝的天山，天山之上是奔腾汹涌的云海，云海之外有浩荡不息的长风，诗人就站在这里，云中风中月光中。这样的极致开阔浪漫的荒漠图景，古往今来，只有李白手里那支天马行空的画笔能画得出来。

他极爱画这样的图景惊艳我们，像个调皮的小孩，一定要闹出些大动静，好让人笑着认出——啊，这一定是他！“我欲因之梦吴越，一夜飞度镜湖月”“大鹏一日同风起，扶摇直上九万里”“黄云万里动风色，白波九道流雪山”，这飞来飞去能看千里云听万里风的浩荡，这为所欲为无所不能的自由，成就了唯一的诗仙。

“汉下白登道，胡窥青海湾。由来征战地，不见有人还。”空间万里辽阔，时间亦纵横无边。诗人开始思索这里曾经发生过什么。汉高祖刘邦御驾亲征被匈奴围困于白登山，度过了生命中最窘迫的时光。青海湖一带水草丰茂，千百年来总有吐蕃人虎视眈眈，频频侵扰。一将功成万骨枯。兵家必争之地，是是非非之后，是一个又一个有来无回的热血男儿。

“戍客望边色，思归多苦颜。高楼当此夜，叹息未应闲。”征人们在天山之西，看着月亮从东边的天山升起，想家，个个神色凝重；他们的家人在高楼之上，望向边关的方向，也在想念他们，叹息不绝。

由来咏叹战争诉说人民疾苦的诗句很多。凄楚如陈陶，述其残忍，“可怜无定河边骨，犹是春闺梦里人”；沉郁如老杜，怒其不该，“边庭流血成海水，武皇开边意未已”。但这首《关山月》是特别的，这起于“明月出天山”，落到“叹息未应闲”的跨度，会让人不由得一愣，你觉得它似乎是有某种关联的，却又说不出来这关联究竟是什么。诗人没有具体的结论，也没有明确地表达自己的态度，因此没有传达给读者强烈的囿于一处的情绪，只是描绘了这样纵越数千年横跨数千里的一幅图景，究竟战争是不是错的？戍兵是不是应该？这样的夫妻分离的人间悲剧该不该阻止？为什么千百年来这样的悲剧一直在继续？留给读者去思考。

诗里似乎有沧桑，却又比沧桑更永恒更辽远。明月哪有沧桑，亘古不就如此？长风不知沧桑，无穷无尽地吹。只有人事有沧桑。可是李白不困于人事之中，他站在云海上，吹着几万里外而来的长风，悲悯地看着这一切。

诗里似乎有悲苦，但又没有，只剩下一声轻轻的喟叹。它像是“笔底春风殊未老，蟠桃积核已如山”一样，在说一些永远不会变的永恒；又好像“江畔何人初见月，江月何年初照人”的千古一问，人们这样争来争去，又这样受苦，究竟是为了什么呢？

这里，李白从开阔中沉淀，落到了对人事的关注。在这样的时间空间面前，人事是渺小的，它与空间感、历史感的广大深厚之间的贯通，是诗的中庸之道。只有诗仙之心，才能在与明月长风对话之中，在体会宇宙深远的同时，将自身的生命深深扎根于大地或传统，看到这空旷之中，人世的悲欢离合。

来，吾道夫先路

小时候背诗，最喜欢背李白。“小时不识月，呼作白玉盘。又疑瑶台镜，飞在青云端。”“暮从碧山下，山月随人归。却顾所来径，苍苍横翠微。”“君不见黄河之水天上来，奔流到海不复回。君不见高堂明镜悲白发，朝如青丝暮成雪。”多么酣畅淋漓，就好像是溜出来的一串珠子，蹦出了上句自然就有了下句。你觉得他写时一定毫不费力，绝不会“两句三年得，一吟双泪流”，也不用发誓一定要“语不惊人死不休”。他就是脱口而出，挥毫而就，他写得痛快，观者也看着开心。

后来长大了，才渐渐明白，这样的轻松背后，是一个又有天分又努力的语言发明家。他在《蜀道难》里第一次将“一夫当关，万夫莫开”八个字放在一起，用以形容山路险峻，我们便有了一个形容易守难攻之天险的成语；他在《长干行》里描写小男孩来找小女孩玩的场景，说他们绕着井栏奔跑，捡起树上坠落的青梅你扔向我，我扔向你，那语言是如此动人，以至于人们把这个场景凝固起来，凝成了一个形容情人从小开始相恋的成语——甚至不提这个成语我都不知道该如何描述这样一双人；他描述侠客“事了拂衣去，深藏身与名”，我们便在网络上这样调侃干了“坏事儿”就跑的人；他说“清水出芙蓉”，我们就这样夸赞素颜的姑娘；他失意时安慰自己“长风破浪会有时，直挂云帆济沧海”，千百年来我们便用这句诗来激励朋友；他在《春夜宴从弟桃李园序》里将“浮”和“生”放在一起，叹“浮生若梦，为欢几何”，那起伏的飘忽的人生，再不能更生动了，大家一下子就喜欢上了，后来便有了“世事漫随流水，算来一梦浮生”“殷勤昨夜三更雨，又得浮生一日凉”，以及被选入中学语文课本而尽人皆知的《浮生六记》。甚至，你知道“词家三李”是谁吗？是李清照、李煜和李白。是的，生于词之兴盛数百年前的李白。他传世的词作不多，但那“西风残照，汉家陵阙”，那“平林漠漠烟如织，寒山一带伤心碧”，已开婉约派之先锋。于是南宋人黄升称其为“百代词曲之祖”。更不必说“举头望明月，低头思故乡”——那是每个中国人生命中第一首唐诗，是每个漂泊的游子最爱反复念叨的一句话。牛顿说自己有成果是站在巨人的肩膀上，我们常提起的成语、诗句，甚至派别，有不少都站在李白这个文学巨人的肩膀上。于是倒要感谢那个磨铁杵的老婆婆，曾点化了那位没找到打开方式的误入凡尘的文曲星。

蒋勋先生说，文字在唐朝以前，一直在被琢磨，从《诗经》的四字一句，到《古诗十九首》的五字一句，最美的诗句在慢慢地酝酿。而到了唐朝，它终于琢磨好了。就好像蚌孕育一颗最美丽的珍珠，语言的这颗珍珠到了唐朝终于大放异彩。绝句律诗一下子都诞生了，诗的形式达到了极致，人们发现了最美的平仄，最好的韵脚，最常流连于唇齿之间的声韵。于是那些之前几千年都没能产生的顶尖的诗人与诗一下子全都涌现出来了。但即使在这样的大背景下，李白依然从未被淹没，绝世而独立。他毫不费力地，就站在了唐诗之巅。“赵客缦胡缨，吴钩霜雪明。银鞍照白马，飒沓如流星。”那些断金切玉势不可当的诗句，奔袭而来，带着大唐的气势风貌一起，永垂不朽。

所以余光中先生这样评李白：“酒入豪肠，七分酿成月光，余下的三分啸成剑气，绣口一吐，就是半个盛唐。”

李白就是梦想

诗词大会上，主持人董卿和蒙曼老师之间，曾有这样一段对话。

董卿：一直很想问蒙老师一个问题，如果可以让您做一个选择的话，您想成为哪一位诗人呢？

蒙曼：就选李白，没得说。李白这个人呢没有烟火气，所以也不知道世故艰难。他年轻的时候，号称“天生我材必有用，千金散尽还复来”，也罢了。一直到老年了，安史之乱都爆发了，他连派系都搞不清楚，还敢说“为君谈笑静胡沙”——一旦任用我了，那一切都可以平定了！有一种非常天真的自信，乃至自恋。就像孩子一样吧，大呼小叫地，痛痛快快地，过了一生。所以，谁不愿意过这样的日子呢？

我为蒙老师的描述着迷，并第一次意识到了，其实，李白是不需要梦想的，他已经把自己活成了梦想。

再不会有人，大大咧咧叫嚷“但使主人能醉客，不知何处是他乡”，能“天子呼来不上船，自称臣是酒中仙”。

再不会有人说“五花马，千金裘，呼儿将出换美酒”，你也不会觉得他疯狂，而只会微笑着羡慕他了。

再不会有人这样游一座山，倏地一下飞过去，月亮亲自送过去，“我欲因之梦吴越，一夜飞度镜湖月。湖月照我影，送我至剡溪”。

再不会有人看看湖就要“且就洞庭赊月色，将船买酒白云边”，爬爬高就想“危楼高百尺，手可摘星辰”，一条瀑布也是“疑是银河落九天”了。

他想要什么，就有什么；想要多少，就有多少。他随意想象，任性落笔。“仰天大笑出门去，我辈岂是蓬蒿人。”我高兴，我就高兴，我管你什么“怀璧慎显，博识谨言”，我管你什么“君子喜怒不形于色”。“安能摧眉折腰事权贵，使我不得开心颜。”我不管领导们开不开心，反正我开心了就行。那些大的高的长的久的，又量不出来究竟多长，又不知道究竟过了多久，就干脆都用万代替。山高万丈，“天台四万八千丈，对此欲倒东南倾”；饭值万钱，“金樽清酒斗十千，玉盘珍羞直万钱”；行路万里，“月出峨眉照沧海，与人万里长相随”；闭关万年，“尔来四万八千岁，不与秦塞通人烟”；秋雁万里之外而来，“长风万里送秋雁，对此可以酣高楼”。

我们羡慕这样的任性与自由，每个人都渴望它。

就好像《卧虎藏龙》里，章子怡足尖在湖面一点就腾空而起，竹叶上借力能翩翩玉立。这样轻灵到天真、打破了传统武打片一定要力从平地起的规则以至于让武术指导都大为不满的画面背后，是李安坚持不放的飞翔的梦想，是对地心引力的反抗。因此我们看电影时会觉得痛快，感到短暂的解脱，感到觅得了一个压抑中的心灵出口。

就好像每天黄昏时跳广场舞的阿姨。她们也许都曾经是怀着舞蹈梦想的女孩，在一群抱着小孙儿、摇着蒲扇纳凉的大爷大妈们中，在林立的高楼缝隙间只有几十平米的绿化带旁，在三十几度的高温里，一步一韵，一心一意地踩着音乐的节拍。我从那些流转的眼波、轻扬的嘴角、跟着指尖的眼神、绷直的脚背、最后只维持零点几秒的结尾造型也要摆到位的动作细节里，捕捉到了很多人并不只是为了锻炼身体，她们热爱这份在音乐中忘我的自由，寻到了对柴米油盐的逃离，对家长里短的不屑。她们抬起手臂旋转，认真得就好像真的在舞动着水袖；她们弯腰低头踩着碎步，那氛围就真的传达出了音乐里的忧伤。我总觉得这是最美的舞者，比聚光灯下舞台之上舞服华美妆容精致面对着千万观众的演出更美，因为她们在为自己而舞，因为她们跳出了很多人一生都没有的两个字——情怀。

读李白的诗也是如此。我们宠爱李白，仿佛觉得他就是应该纵情肆意，疯狂任性，我们在他身上，释放了那个炽烈地渴望自由的自己。我们都活在生活的禁锢里，不能“且放白鹿青崖间，须行即骑访名山”；我们天子呼来必上船，有时候不得不摧眉折腰事权贵——现实世界是无奈的，每个人都有不得不低下头的时候，但你读诗的心足够自由，足够高贵，纤尘不染，为所欲为。这绝不是与现实的妥协，更不是自欺欺人。张爱玲说，爱是卑微到尘埃里，然后再开出花来。干净高贵的精神世界，就能让人在浊世中行走而“出淤泥而不染”，让你偶尔辛苦时，能有一份纯粹的快乐作莫大的慰藉；即使心结薄茧，内里也永远热血沸腾，永远在蓬勃新鲜地跳动。

明月出天山，苍茫云海间。疲惫生活的英雄梦想，实现起来其实也没那么难。有时候，它就是再忙着赶路，也偶尔抬起头看看云海里若隐若现的月亮；有时候，便是沮丧时选择去读李白，并读出仰天大笑的气势来。

《归雁》：钱起给你童话世界

李白那样爱月亮，都没打听出月亮半点心事。而钱起搭讪大雁，相信它们有听到音乐的耳朵和敏感多情的心灵，就成功攀谈了起来，留给我们这样一首充满奇思妙想的童话般的诗。

归雁

潇湘何事等闲回，水碧沙明两岸苔。
二十五弦弹夜月，不胜清怨却归来。

我爱极了这段对话，它真是既空灵清丽得如同来自极高的云端，又诙谐亲切得像就发生在我身边的街坊邻居中。

传说当秋天来临，大雁到南方去过冬，一路向南至湖南衡山，便不再向前。春天它们飞回来了，遇到了钱先生。他知道，这场春天的重逢，另一头，牵着山清水秀的潇湘一带。

“潇湘住得好好的，怎么跑回来了哇？那里湘水碧波千里，两岸地暖沙净，更何况青苔鲜嫩，翠色诱人，不正是你们最爱吃的吗？”

“哎呀，你是不知道啊！”大雁愁眉苦脸地说，“湘江女神天天晚上不睡觉就要弹她那个瑟啊，弹啊弹地不停歇。那声音听得我们羽毛都要竖起来了，眼泪都要掉下来了，根本没法睡啊！所以再好也住不下去了，实在是住不下去了！”

钱先生大概万万没想到会是这样的回答，还以为是北方有大雁们牵挂的爱物。乍一听到，他一定会扑哧一笑，想着这群聒噪的大雁竟也有嫌吵的时候。当它们飞远了，他低头一想这对话，该反应过来了。啊！是那个湘灵，那住在潇湘水边夜夜鼓瑟的湘水之神。

她该是什么样子呢？清怨，清怨，又是多么美丽的哀愁才能得一“清”字形容？

在这首诗写出来后的一千两百多年里，它有了许多沾染了人间复杂的解读，譬如怀才不遇、仕途坎坷、宦游他乡的羁旅之思等。可是我总想把它看作毫无象征、毫无指代地与春天北归大雁的对话。而简单的对话之后，又有一个深情的传说。就好像是电影《泰坦尼克号》里，故事在老人缓缓的叙述里展开，那是一个年老的她，在追忆一个年轻时的她。而这里，是大雁在讲述湘灵的思念，于是余音婉转语气悠扬之外，你不禁又要怀想起那南巡时故于苍梧之野的贤德的舜帝，那追至潇湘洒泪成斑竹的娥皇女英。很多意境深远的诗来自含而不露、欲说还休，而话说得明明白白、是从大雁口中听来了故事而蕴藉无穷让人浮想联翩的，大概钱起给了我们独一份。

诗写得朴实，却不失美丽，“水碧沙明”鲜亮清新。明代董其昌曾说：“长沙两岸皆山，余以牙樯游行其中，望之，地皆作金色，因忆‘水碧沙明’之语。”能得一画家肯定、在泛舟湘水时想起，真是对诗语的最高褒奖，可见这描摹是多么贴切，又多么过目难忘。又有“何事”“等闲”“却”等平白明快的口语，于天然中见优美，繁华落尽见真淳。

李白天子呼来都不上船，却一片痴心地“举杯邀明月，对影成三人”，还与月亮约定要“永结无情游，相期邈云汉”，他这样爱月亮，都没打听出月亮半点心事。而钱起搭讪大雁，相信它们有听到音乐的耳朵和敏感多情的心灵，就成功攀谈了起来，让大雁把烦恼忧愁都告诉他了，留给我们这样一首充满奇思妙想的童话般的诗。

我想象着，他闲着没事儿的时候，大概总会仰起头看向古时候那蔚蓝澄明的天，若正碰见似曾相识的鸟儿，便笑问一句："嘿！老伙计，你怎么又飞回来啦？"

我想，所谓诗境，不过如此——与万物相通，感天地含情，而让人心中，常存温情。读了钱起的诗，下一次你看到大雁的时候，会不会也想唤住它们，问几句话呢？

诗心的守梦

12/12

可爱的胡令能

居于乡野之间、村民之中，钱财皆拒，茶酒欣受，而笔耕不辍，不失高雅志趣与生活情趣，又能为周围一方百姓带来学问、教导，方得生活真意。

喜韩少府见访

忽闻梅福来相访，笑著荷衣出草堂。

儿童不惯见车马，走入芦花深处藏。

唐时写儿童的诗很少，那可是“九天阊阖开宫殿，万国衣冠拜冕旒”的大时代，盛唐气度，或如“今夜不知何处宿，平沙万里绝人烟”追寻世界广度，或如“行到水穷处，坐看云起时”追寻自身高度，谁顾得上写逗小孩儿的诗。

不知道这胡令能是怎么想的，四首得以留存的诗作里，一半都在写孩童。他一贫如洗，靠修补锅碗盆缸养活一家人，是在修补之余，锤子钉子停一停，吟一两句，是故人称“胡钉铰”。正史里是没有他的，倒是一位号“五云溪”的唐人在小说集《云溪友议》里，以“里有胡生者，性落拓，家贫……或有遗赂，必见拒也；或持茶酒而来，则忻然接奉……”等三百余字记载了他的一个传说，末尾还提了提他的三首诗作，将这个小人物留在了时间里。但实在太略，胡令能哪一年出生，活到多少岁，都只能冠以“不详”。

这样的小人物，你一定会以为你不认识，但其实你早就遇见他了，他就是“蓬头稚子学垂纶，侧坐莓苔草映身。路人借问遥招手，怕得鱼惊不应人”的作者。妙趣横生的名篇，即出自这个闲人之手。

但在他的四首诗里，我最喜欢的，却是这首《喜韩少府见访》，记录了隐士胡令能一个小小的生活瞬间。可有时候，瞬间即是一生的缩影。韩梅福喜欢他这个人，爱读他的诗，来看他了。胡令能也喜欢韩梅福，特意在诗题里写了个“喜”字，杜甫“闻官军收河南河北”的标题中也没有这个喜字。他穿着荷衣光着脚板大声笑着走出来相迎。家里的孩子本在门前玩耍，没见过这大车大马的阵仗，胆小腼腆，纷纷从家门口跑得远远的，躲进芦花丛后面，透过晃动的芦苇杆，好奇地看着衣衫简陋的爸爸，与遍身罗绮的韩县尉亲密地说着话。

胡令能一辈子没有走出过这片芦花。万物静观皆自得，四时佳兴与人同，才学满腹而一生未出仕，胡令能是真正的隐士。隐于朝者不能称为隐士，那些以隐居为终南捷径、邀取功名利禄的人和自蜕于尘世、孑然独立的人也都算不得隐士。居于乡野之间、村民之中，钱财皆拒，茶酒欣受，而笔耕不辍，不失高雅志趣与生活情趣，又能为周围一方百姓带来学问、教导，方得生活真意。只是可惜，他不注意作品的成集出版，也不知散佚了多少妙句。唐朝的少府指县尉，是县长的左膀右臂。胡令能既得县尉赏识，县尉更常来探望，在县衙谋个职位应该不难，可他没有。他明白，一旦走出芦花丛，这一生就不自由了。当有一天世风变坏，韩县尉要你向已经吃不上饭的百姓催缴官粮怎么办，难道要继续追随他？辛弃疾说“岁晚还知，君子之交淡如水”，实在是有道理的。

我爱住农村，读书好读乡土文学，喜欢会用“我女子从小就善”“贵巴巴的，送给谁，你敢送？”“不收秋不打夏的，你戴这么个大草帽子干啥？”“我出嫁时我娘给了我一对银镯子，轻得跟麦秸编的一样”“我没养好儿子，儿子走到了我前边儿，白发人送黑发人，老败兴。他不在了，我还在。儿子死了，当娘的还到人跟前举头竖脸，我没那心劲儿”这样的口吻说话的乡村里的人。人以务农为生，心更容易保持纯善。安安心心守着自家的一亩三分田，付出一些劳动，收获一些粮食。自己劳动换来的收成，吃着多么心安。而最关键的是，种地，毫不有损他人的利益，村里分给你的地，你种了，你不种，都与他人的收成无关，没有竞争，没有损人。在城市里这就很难，一份利，一个位置，一个客户，如果我得了，必有他人失去一点，损失一点。你努力，你用力，这力气很有可能或直接或七绕八绕地打在他人身上。可是你种地，再下力气，与他人无碍。也因此，心机都无用，你只好好种地就好。这样的生存，不靠任何人，只靠自己，我喜欢这种安然。

我想，也许胡令能就是这样想的吧。

沙三伴哥来嗏！两腿青泥，只为捞虾。太公庄上，杨柳阴中，磕破西瓜。小二哥昔涎剌塔，碌轴上渰着个琵琶。看荞麦开花，绿豆生芽。无是无非，快活煞庄家。

我本不对当今的世道怀有什么不满，只一些亲身经历难以忘怀。江西南昌的出租车，我两次乘坐时竟然都遇到了“打车票编程器”，也不知道是不是每辆车都有，每公里数多少钱，等候时间多少，走了多少公里，几日几时几分乘的车，所有细节，无一不可由司机决定。手指在编程器上按几下，一张打车票立刻就打印了出来，如同“拍立得”相机。两次该 120 元左右的路程，我都面对着写有诸如“3.75 元 / 公里，62.8 公里，215 元”的打车票瞠目结舌。“我查过，从昌北机场打车到南昌西站，打车费只要 120 块左右，多的一分也不会给，我已经拍下了你的车牌号，你要是坚持多收，我就举报你！”这样的话在心里盘算了好几遍，究竟说不出口，最后都默默交了钱赶快下车。何况赶路时，在人生地不熟的环境里，一边担忧能不能赶上飞机一边还要提防着出租车司机，也太累了。只能忿忿感叹人心不古。

要是人人都多读一读胡令能的诗就好了。

要是人人都像胡令能一样可爱就好了。

所以我怀念胡令能这样的人，怀念隐士之风。

快意恩仇陆放翁

读王维、李商隐是品茶，余味悠长。而陆游常给你一碗热辣的羊肉汤，喝下去，五脏六腑都热腾腾的，整个人都兴奋起来，精神起来，追求的就是那股子热劲儿。

十一月四日风雨大作二首（其二）

僵卧孤村不自哀，尚思为国戍轮台。
夜阑卧听风吹雨，铁马冰河入梦来。

梦觉犹可待，赤子心不死

我的爷爷生活极其俭朴，吃穿都极其简单，整日忙着在乡亲中推行他自创的乡村特色环保主义——能烧的，比如布头废纸，就在灶间炕头当柴烧；不能烧的，比如果皮菜叶，就埋在地里当肥料。“尽量不要给国家制造垃圾”，是他常挂在嘴边的一句话。他住在大西北的农村，却知道国际货币基金组织总裁的模样，能在习主席讲话时的观众席里认出她，然后告诉我，第一排的白发老太太，是在世界上管钱的。他每晚八点回房看书雷打不动，可是 G20 峰会直播他会守在电视机前看到深夜。那几天新闻总说要直播文艺晚会，他搞不清楚是哪一天，于是就每天晚上都守到深夜。他会在看着各国领导人一个个抵达机场时高兴又骄傲，像个考了第一名的孩子，不住口地说：“哎呀，我当年去杭州，杭州还没有这么多高楼呢！”他会在习主席演讲时全神贯注地听，这时候全家鸦雀无声，没有人敢说话。

我的爷爷 77 岁了。大半辈子的辛劳留给他一身的病痛，他眼睛花了，耳朵聋了，头发快要掉光了，可是他关心时事、希望能做出贡献的热情，不亚于任何一个血气方刚的青年。是不是在国家面前，不管多大的人，都只会是个满心孺慕之情的孩子？

这样一个老人，常常让我想起陆游。一个一生受尽诽谤，浮浮沉沉，如涛头冲浪的人。但无论他身处何时何地，是在福州管茶盐，在江西看粮仓，在大散关巡逻，在大理寺负责司法，在京城主管修缮兵器，还是以 79 岁高龄修撰国史，或被罢官数年躬耕蜀中，都在使尽浑身力气打听消息。偶有好消息就欣喜若狂，“白发将军亦壮哉，西京昨夜捷书来”；北伐没动静便悲愤不已，“诸公尚守和亲策，志士虚捐少壮年”。朴素、执拗，怀着赤子之心。否则，既知“死去元知万事空”，又怎么会说出“王师北定中原日，家祭无忘告乃翁”这么孩子气的话呢？

可是他力说用兵、进言献策，写《南唐书》以通鉴，作《平戎策》以期收复中原，忙碌一生终是付诸东流。朝廷偏安一隅的懦弱、异族势不可当的崛起他改变不了，时代的洪流不由分说地吞没了他所有努力，只有“却将万字平戎策，换得东家种树书”。所以，他最有底气的气势、最痛快的抵抗，只在梦中，就像他六十七岁这一年的十一月四日这一天。

他感到他所有的力气都回来了，手臂不再拿不起重物，腿不再疲乏无力打着哆嗦，眼睛不再昏花看不清楚，梦里他不是六十七岁。他骑着披着铁甲的战马，握着长枪，跨过冰河，奔驰在北方辽阔的疆域——那心心念念的中原。所有的阻碍都没有了，没有人主和，没有人弹劾他“喜论恢复”，没有人按兵不动图谋割据，没有人叛变投金，大家心都往一处使，拧成了一股绳儿，大声为战马上的他喝彩、叫好！

多好的一个梦啊，心事了却了，夙愿实现了，遗憾圆满了。可是没等跑出去多远，风雨声就惊醒了他。意识里渐渐清晰的，仍是那个僵卧在床衰老无力的自己。梦醒后他心里有多冰凉我们不得而知，只觉得那“为国戍轮台”，那“铁马冰河”是滚烫的。陆游常常是这样啊，即使是“镜中衰鬓”，也要对“塞上长城”；即使已“身老沧州”，也一定“心在天山”。

他有时候也会自嘲：“骏马宝刀俱一梦，夕阳闲和饭牛歌。”但即使闲居故里，也从未放下过。

一掴一掌血，一鞭一道痕

黛玉不喜欢陆游的诗。当初香菱把初读诗的欢喜说与她听：“我只爱陆放翁的诗‘重帘不卷留香久，古砚微凹聚墨多’，说的真有趣。”黛玉一听却急了，“断不可看这样的诗。你们因不知诗，所以见了这浅近的就爱，一入了这个格局，再学不出来的”。黛玉是风雅之人，喜欢“留得残荷听雨声”，简直不食人间烟火，而陆游又太接地气，只怕要“破开残荷好过船”。黛玉见了陆游，大概眼神里全是一个字——“俗”。

黛玉喜欢深隐曲折的王维，因此教香菱先读摩诘五律一百首，还嘱咐“断不可看陆游的诗”。我却觉得，完全禁止陆游诗大可不必。顾随先生曾这样将陆游诗和王维诗放在一起品评：“放翁、右丞二人之诗，可代表中国诗之两面，若论品高、韵长，放翁诗是真，而韵不长。如花红是红，而止于此红；白是白，而止于此白。既有限，韵便非长。右丞诗：红，不仅是红；白，不仅是白，在红、白之外另有东西，韵长，其诗格、境界高，而高与好恐怕并非是一个东西，这是另一问题。古书中所谓‘高人’，未必是好人，也未必于人有益。高是可以的，高尽管高，而不可以即认此为好，不可止于高，中国诗最高境界莫过这一种。放翁写巢、由应是‘高’，而其诗不高。放翁所表现不是高、不是韵长，而是情真、意足，一掴一掌血，一鞭一道痕。”

王维常常绕着弯子反问你，李商隐爱打哑谜，但陆游一定会跟你掏心窝子。读王维、李商隐是品茶，余味悠长，即“在红、白之外另有东西”。而陆游常给你一碗热辣的羊肉汤，汤面上的羊肉瘦的红，肥的白，即“红是红，而止于此红；白是白，而止于此白”。但喝下去，五脏六腑都热腾腾的，整个人都兴奋起来，精神起来，追求的就是那股子热劲儿。好，你说那是高境界，这是低境界，姑且凭你去说。但你怎么能说，这里面有好坏之分。人固然应学会品味淡雅轻茶，可是你能少了热乎喷香的羊肉汤？“早岁那知世事艰，中原北望气如山”，能激起你年少时的热血，谁没有登高一望气如山过？“纸上得来终觉浅，绝知此事要躬行”，看了直让人拍案而起要挽起袖子大干一场！更何况那几声“错！错！错！”“莫！莫！莫！”直是很直，没有诗性是没有诗性，可是真是意足，说透了，说尽了，毫无保留！这是我的真情啊，我的心里话！为什么总要遮遮掩掩？为什么总要顾虑这个顾虑那个不能说呢？

我要写“重帘不卷留香久，古砚微凹聚墨多”，即使呆板浅近，可是我爱那静物里的生活趣味，那日常琐碎里的可爱发现；我要写“矮纸斜行闲作草，晴窗细乳戏分茶”，即使慵懒小资，可是我想记住这份难得的闲适惬意，记得漂泊里难得的温存；我要写“箫鼓追随春社近，衣冠简朴古风存”，即使乡土味儿真重，可是我眷恋那几千年没变的厚重，那朴素里的传统。陆游常被批评家们说没诗味少美感，“舒服的事常不好看，好看的事又未必舒服”，他的事事入诗常不被认同。我却觉得他那天真与忠实，能通过诗的形式流传下来，亦弥足珍贵。

我们需要能一起静坐悟禅的朋友，我们也需要能一起痛快海侃的哥们儿。陆游的真实生活，真诚写作，能帮我们找到真实的自己，让我们找到说真话诉衷情的幸福。

何方可化身千亿，一树梅花一放翁

陆游的耿直不仅在笔下，在诗里，他的为人为官，更是刚正不阿，把锋芒竖了一辈子，把棱角留了一辈子。陆游能活到八十五岁，不得不说是一个奇迹，毕竟他的字典里，从没有明哲保身这个词。

37 岁，他是枢密院编修官，上疏宋孝宗，说该整治军队啦，好守住江淮，为收复中原慢慢做打算。但皇帝就知道玩，完全不重视。陆游生气了，告诉了张焘，张焘也耿直，听了也生气，入宫质问皇帝。结果是，陆游被贬官。

39 岁，他是镇江府通判。皇帝的宠臣在朝廷拉帮结派，好一说话就有人应和，企图一手遮天，陆游看不下去，可是他人微言轻，连跟皇帝说话的资格都没有，于是又告诉了张焘。张焘闻言奏报朝廷。结果是，陆游被贬官。

40 岁，他是隆兴府通判，有人在皇帝面前打小报告，说他

"结交谏官、鼓唱是非，力说张浚用兵"。这一次，他没有被贬官，直接被罢官了。

50岁，他是蜀州参议官，投降派诋毁陆游"不拘礼法""燕饮颓放"。说他狂放？好，索性自号"放翁"。陆游又被罢官，以种田为生。

55岁，他是江西常平提举，江西水灾，在征求南宋政府同意前，他先开仓放粮，救济灾民，于是被以"擅权"罪名弹劾，罢官还乡。

65岁，朝廷日月更新，光宗继位，陆游东山再起，升为礼部郎中兼实录院检讨官。终于又能上书了，他立刻释放了洪荒之力，常进言光宗广开言路、慎独多思，劝皇帝要带头节俭，以尚风化。他心念中原，总想恢复，被弹劾"不合时宜"，投降派群起攻之。最终朝廷找了个"嘲咏风月"的由头将陆游罢官。他离开京城回到故乡，自题住宅为"风月轩"。

一般人若是偶尔"任性"非要碰钉子吃苦头，两三回还罢了，次数多了恐怕就要学乖，再不碰了，可是陆游不会学乖。于是他一路跌跌撞撞地，从"年少轻狂"，走到了"年老轻狂"，用最狂奔突撞最有话直说的方式活在官场里。皇帝换了四代，但陆游没有遇到他的唐太宗。他那样宁折不弯的倔脾气，却活在向金人俯首称臣的南宋，怎么可能不和投降派斗争一辈子？穷困时他"食且不继"，因为没钱停了药，因为没灯油不能读书，并眼睁睁看着身边的百姓在水深火热中挣扎。而朝廷每年都要向金国献银二十五万两、绢二十五万匹。在这样的矛盾里，一颗忧国忧民的心每日每夜煎熬。我总不禁要想，那么漫长的人生，他都是怎么过来的呢？

是，他没带过兵，唯一在前线做文官一次也才八个月，你可以说他是一辈子“窝囊”的一介书生。但他被召回再贬官，被召回再贬官，来来回回颠扑不破的血性与良知，那一身铮铮铁骨，堪比任何一个百战不死的战士，不逊于任何一个永不言弃的将军。他留给我们无穷无尽的精神力量，在我看来胜过打几场胜仗，赢几座城池。

“闻道梅花坼晓风，雪堆遍满四山中。何方可化身千亿，一树梅花一放翁。”陆游极爱梅花。天刚亮梅花就开了，开在酷寒的晓风里，即使雪堆遍满四山，也兀自开得灿烂，正像身处投降派中的他。可梅花开遍了大地，在每一处山谷水边，他在人群里却找不到同类。但我想，在八百年后的今天，他反而实现了化身千亿的愿望。他生前四处奔走，笔耕不辍，身后留下为朝廷能借古鉴今而编撰的《南唐书》，以及 9300 多首诗，字里行间的热血与真情，千百年来感染了无数人。正是他千亿的化身，如梅花般开在一代又一代人心里。

我的爷爷常常让我想起陆游，那个把生命燃烧到最后一刻的老人。

想做星星的他
——不一样的范成大

蚕茧化作丝绸不值得入诗，蜡烛照亮了黑暗也不值得入诗。入诗的都是不功利的事，是春蚕的受苦，蜡烛的燃烧。

车遥遥篇

车遥遥，马憧憧。

君游东山东复东，安得奋飞逐西风。

愿我如星君如月，夜夜流光相皎洁。

月暂晦，星常明。

留明待月复，三五共盈盈。

她说，她会等

不知道你有没有惊喜，原来“愿我如星君如月，夜夜流光相皎洁”从这里来。句红诗不红，我为诗觉得可惜，因为诗气如星光流转，让整首诗都熠熠生辉。

提起范成大，大概每个人脑海里都会浮现出一个白胡子老头儿坐在夏日的田边，乐呵呵地看别人忙活。毕竟，小时候我们都念过“昼出耘田夜绩麻，村庄儿女各当家。童孙未解供耕织，也傍桑阴学种瓜”。范成大这个名字，在我们心里与《四时田园杂兴》几乎可以画等号。却不知道，后来解甲归田的他，笔下也曾有这样执着的情深。

这首诗是很特别的闺怨诗，没有“冰簟银床梦不成，碧天如水夜云轻”的冷寂，或“银筝夜久殷勤弄，心怯空房不忍归”的心酸。不仅没有伤感，甚至读得出一点欣欣然的意味来。就像梁静茹的一首歌：“无条件为你放弃单独的旅程，为你坚强就不怕牺牲，我的灵魂如此沸腾，为我爱的人。”原来深情款款的情歌，也可以很欢快。

“愿我如星君如月。”这首诗像在以第一人称的口吻讲故事。她的眼睛里仿佛住着星星，目光像星光一样清亮，她娓娓说着心事，嘴角还带着一抹浅笑。“车遥遥，马憧憧。”她用慢悠悠的语气开始了。又像是在回忆爱人临行时车马渐行渐远的画面，又像是在想象，赶路中的人，风尘仆仆，鞍马劳顿。叠字的使用，使诗念起来有如朗朗上口的儿歌，像“摇啊摇，摇到外婆桥”一样让人放松下来，又像有催眠的魔力，让空气里都有了思念的味道，于是你也飞入了她的思念里，和她一起遥想——车轮滚滚，马儿晃晃。车马一直前行，他去了哪里呢？“君游东山东复东。”有时“平芜尽处是春山，行人更在春山外”，但这里比春山外更让人绝望，因为他还在继续远行，一路向东，一路向东。想到这儿她有一点儿急了。哎呀，越走越远了，归程越来越长了，这可怎么好？我要追上去，我得追上去！她听到窗外呼呼的风声，秋天来了，起了西风。这时她的思念喷薄而出。如果之前她还是在坐着温柔地说话，这时她一定站起来了！她快步走到窗前，看着秋风吹着落叶向东飞，奋不顾身的思念让她异想天开。“安得奋飞逐西风！”她也想让风吹起她，一路向东，一路向东，送到爱人的身边。

终究是不可能啊。夜色渐浓，月白风清，她也坐了下来，她有一点怅然，但这一点儿情绪很快又被她自己消解了。“愿我如星君如月，夜夜流光相皎洁。”你看，天上的月亮和星星，它们各自的光彩在夜空中交相辉映，虽不在一处，却并不孤单。“月暂晦，星常明”，即使是高高在上的月亮和星星，也有看不到彼此的时候。月亏了，被秋云遮了，隐没在黑暗里，星星怎么办呢？“留明待月复，三五共盈盈。”星星知道月亮也会想念自己，星星知道月亮会回来，它选择留明，为月亮照亮回家的路。

她笑了。她说，她会等。

一个王朝的等待

在灿若繁星的唐宋诗人中，范成大并不起眼，也许都不能跻身太阳系。但是他有一件事，应该被历史铭记。

公元1170年，范成大代表南宋使金，同行的官员畏惧了，临行却步，只有他慨然而行。面对金国君臣他不畏强暴，宁折不弯，几乎被杀。

若你知道那个站在大道上“南望朱雀门，北望宣德楼”，感叹“皆旧御路也”，并写下“州桥南北是天街，父老年年等驾回。忍泪失声询使者，几时真有六军来？”的使者正是范成大，你便不会惊讶一个以田园诗闻名的老头儿哪里来的勇气。爱国诗人的名单里，我们漏了他。就像《车遥遥篇》，虽然创作的具体年代已不可考，但我相信这首诗里的精神也曾在他宁死不屈保全气节的种种关口给过他力量。所以，诗里的等待，才这样特别。

人生总有等待。“松生数寸时，遂为草所没”，等待逆袭；“何日功成名遂了，还乡，醉笑陪公三万场”，等待重逢；“冯唐易老，李广难封”，等待晋升。在风雨飘摇的南宋，等待一定是一种常态。“王师北定中原日，家祭无忘告乃翁。”陆游等了一辈子，临终了，也要再去另一个世界接着等。“安得奋飞逐西风”，范成大在呐喊；“留明待月复，三五共盈盈”，他也在等待——在偏安一隅时等待能踏上故土；在中原沦陷之时等待能为朝廷做点事；在身陷囹圄命悬一线时，等待能回朝面圣不辱使命。

等待是磨人的，不仅可能久候不至，还无法预计结果。就像这首诗里想做星星的她，并不一定能等来团圆。而站在南宋结局后一千多年的我们，也知道所有仁人志士的等待，最终都成了空等。

可是，为什么有那么多人仍用了一辈子去等？

李商隐说：“春蚕到死丝方尽，蜡炬成灰泪始干。”蚕茧化作丝绸不值得入诗，蜡烛照亮了黑暗也不值得入诗。入诗的都是不功利的事，是春蚕的受苦，蜡烛的燃烧。

生活不只是眼前的苟且，还有诗和远方；人心里不只有功利和现实，还有光荣与尊严。我们选择受苦，我们选择燃烧自己，或许不一定能等来期待的结果。但这受苦的过程，燃烧的疼痛，是那样充实而饱满，你感到踏实，你感到活着，你感到存在的意义。岳飞、陆游、辛弃疾、谢枋得和这里的范成大，和其他许许多多我们熟知的姓名，他们之所以没有放弃，在我看来，不仅是不想背叛国家，更是不想背叛自己。在卑微的舒适和高尚的艰难之间，他们选择了后者，也成就了自己的光荣与尊严。

我最怜君中宵舞，道男儿到死心如铁。看试手，补天裂。

这份倔强的骄傲，沿袭千年不灭，留在了我们的骨血里。

等待，玉汝于成

上中学的时候，我在台湾散文家陈幸蕙老师的散文《蔬圃丽日》里，读到过这样两段话。

> 当然，生活中的种种苦涩，也曾使人失望流泪，漫漫岁月里的辛苦挣扎，曾催人衰老，但由于忍耐，由于奋斗，也由于不断地向上望，坚韧的生命终能超越所有的忧患和磨难，从而从生活自身获得智慧。
>
> ……
>
> 苦涩之所以可回甘，苦涩之中、苦涩之后所以不乏甜美的感觉，那是因为我们曾尽心生活，那是因为我们对生活俯仰无愧的缘故。

我在实验室做科研，有时候会走弯路，弯路一走，就是大半年的时间。每天起早贪黑，满怀期冀地做了很多事，但后来回头看，会发现最开始的一件事就错了，这大半年就都白干了。也会很沮丧，想着若是一开始就知道它错了就好了。

但谁能避免出错呢？我还是会感激总算发现了它是错的，然后继续起早贪黑地努力。虽然对研究成果要有更长的等待，但我感激自己在发现错误之前没有虚度光阴，在发现错误之后还能继续努力。于是懂了，什么是对生活俯仰无愧。

“月暂晦，星常明。”在面对如此多的未知的生活里摸索，许多事都会暂晦，但对未来的信心，对付出的光阴总会以某种方式回报的信心不灭，那就是星常明啊。

更何况，在这样的弯路里，在这样的醒悟里，我获得了坚忍的性格，我能更从容地面对任何际遇，这就是从等待本身获得了智慧。犹记得孟子的安慰，“行拂乱其所为，所以动心忍性，曾益其所不能”。

范成大也用他的方式告诉你，一切都会好起来的。只要肯等，总有回报。

留明待月复，三五共盈盈。

辛弃疾，从未老去

只是孤身一人的秋宵风雨夜，却也能有万水千山的张力，和半世红尘的厚度，也是因为那个梦。

清平乐

独宿博山王氏庵

绕床饥鼠，蝙蝠翻灯舞。屋上松风吹急雨，破纸窗间自语。　　平生塞北江南，归来华发苍颜。布被秋宵梦觉，眼前万里江山。

一生里的某一刻

当我念起辛弃疾的伤心失意，总会想起这一刻。

有些故事他讲得太长，有些感情他说得太隐晦，有些时刻他悲愤难自已，声声呐喊振聋发聩，又仿佛不易靠近。所以我想，不如从这个时刻，这个秋天的独宿之夜，用一颗带温度的心，去走近辛弃疾。他刚刚从梦中惊醒，有点恍惚，有点脆弱。

一个满腔抱负的将领又一次被贬官了，一个笔力千斤的大文豪又一次成了庶民，在深秋的博山脚下，投宿一户王姓人家。夜半的山林中万籁有声，种种生灵、种种物象叫嚣着，闹腾着，来到年老之人身畔，闯入他耳边，闯入他心中。“绕床饥鼠，蝙蝠翻灯舞。屋上松风吹急雨，破纸窗间自语。”多么古怪的景象，一派诡异的鲜活热闹，又透出无限的破败凄凉。他躺在床上，听见田鼠绕着床扑腾个不停，叫声就在耳畔，蝙蝠呼扇着翅膀，不知疲倦地绕着昏灯上下翻飞，在墙上投下黑色的阴影。而屋顶正雨急风骤，呼啸着组成自然的交响。窗棂上残破的窗纸急了，呼啦啦地在风中响起来，急切地要加入演奏的队伍。

在这破败的小屋里，田鼠，蝙蝠，松风，甚至窗户上的破纸，都活得如此肆意自由，它们虽然一无所有，一无所知，但却在这宇宙天地间，叫出了自己的声音，发挥了生命的极致。而他竟从未这样肆意地活一回，这一刻，竟像是被这些卑微之物比下去了！他生来就是属于沙场的啊！却一辈子都像一把压抑在铁箱中的火苗，烧得再炽烈，终被铁壁所挡，不能燎原。

在这样的自由与不自由之间，回忆的洪水决堤而泻。“平生塞北江南，归来华发苍颜。”他年少时居塞北，祖父叮嘱要好好记下地形，他日带兵杀贼，方能得心应手。他就这样带着这个嘱咐长大了，来到南方为官，却始终没能领兵杀回去。小时候用心记下的地形记了大半辈子，算来是白记了，并没有派上用场。这一刻又成了庶民，头发已经白了，独宿在这风雨呼啸的荒山，与鼠蝠为伴。千万种声音，在肆意呐喊。他从睡梦中醒来，却沉默着，什么也不想说。

因为，刚刚的梦境里，他踏马千里，又走了一遍塞北江南，看了一遍大好河山。

梦里的他，从不服老，辛弃疾，从未老去。

晚日寒鸦一片愁，柳塘新绿却温柔

刘克庄说辛弃疾的词“大声鞺鞳，小声铿鍧”；叶嘉莹评辛弃疾词品，选辛词中的一句概括“峡束苍江对起，过危楼，欲飞还敛。”小声铿鍧，欲飞还敛，是因为人皆言豪放的辛弃疾，温婉含蓄起来，却也不在小晏秦观之下。

他的眼睛是温柔的，往细处发现春天，“陌上柔桑破嫩芽，东邻蚕种已生些”；他的笔墨是关切的，诉说黎民愁苦，“若教眼底无离恨，不信人间有白头”；他告慰后生的言语调皮又充满哲思，“莫避春阴上马迟，春来未有不阴时”；他偶尔也有童心，“西风梨枣山园，儿童偷把长竿。莫遣旁人惊去，老夫静处闲看”；他来到田间地头，和农人们话起今年的收成，眼角眉梢，一定也盈满了笑意，“父老争言雨水匀，眉头不似去年颦”。

这样在词里尽情剥开心上茧，诉说平生真性情的辛弃疾多么动人。他的词中，有生活的本来面目，有人世的千姿百态，让我不管何时何地，都常常很自然地就想起他。

在乡下老家，夕阳下的麦场上，大人们挥动着铁锹想在天黑前收好麦子，而孩子们不管不顾地嬉笑打闹，我会想起，“大儿锄豆溪东，中儿正织鸡笼。最喜小儿无赖，溪头卧剥莲蓬”。

午夜梦回，没来由地想起那些生命中不能释怀的憾事，譬如因为学业繁忙而没能学成二胡，譬如精心喂养了一个春天的蚕，一大窝白白胖胖，却因为一场意外而在差一点儿就要结茧时集体死去，我会想到“醉里挑灯看剑，梦回吹角连营”。最魂牵梦绕的事，不过是醉后、梦中都还心心念念的啊！那种强烈的遗憾之痛，从这画面里蒸腾而来，像灼热的蒸汽，能让人湿了眼眶。

我能从他的笔端看出他是爱词的，他是一个认真而用心的文艺男青年，即便他可能满脸胡楂，即便他常常舞刀弄枪，即便他可能五大三粗人高马大。他是最擅长在词中用典故的词人，用典天衣无缝，毫无斧凿痕迹。“马上琵琶关塞黑，更长门、翠辇辞金阙。看燕燕，送归妾。将军百战身名裂。向河梁、回头万里，故人长绝。易水萧萧西风冷，满座衣冠似雪。”一句一段历史，在数千年的维度里，来去自如。叶嘉莹先生曾感叹，“辛弃疾用典，不是他拼凑出来的，也不是他为了要做什么题目查找出来的，而是他‘读书破万卷’，自然‘下笔如有神’，他把大量的历史故事烂熟于心，与他的生命、感情融为一体，随时用，随时出来，而且都带着作者生命的深情和感发的力量。”一个能杀入几万人的敌营擒拿叛徒的武将，如何能放下刀枪而拈起纤细的笔杆子又作得锦绣文章呢？如何能上一秒还理性地思索战略地形沙场点兵，下一秒又感性地同情起抱着琵琶远离故国的昭君呢？实在是很不可思议。故宫里还藏有辛弃疾的真迹，人说：“中锋用笔，点画规矩，书写流畅自如，于圆润爽丽中不失挺拔方正之气象。”

我想象着，在那些放好刀枪、收起地图的无数个夜晚，他翻开一页页古书，虔诚重温感动过他的故事。他铺开宣纸，拿起笔墨，梳理近来的思绪，再默想一遍，无日忘记的梦想，距实现还有多远。他写词一定不止于为壮志难酬的压抑找一个突破口，他对文字有热忱，有深情。而因为他的力量，他的抗争，他生命的硬度，这热忱和深情，就多了一份动人，就更有直击人心的震撼力。而他对身边人的关怀，也就更让人感到踏实可依赖，就好像水的温柔浮于表面路人皆知，而山的温柔，藏在深处，只有相知的人看得到，是在雄伟威严之外的一份敦厚，如同一片凄清的晚日寒鸦景象里，一片柳塘的新绿，给人以惊喜的感动。

这样的辛弃疾无疑是特别的。说他是钢铁硬汉，觉得委屈了他的柔情、他的满腹诗书与绝世华章；说他是妙笔词人，又辜负了他在沙场上惊人的勇敢果断、傲人的军事才干和近乎侠义的报国雪耻的执着。

当然，辛弃疾记挂最多的还是那个年少时的梦啊，他水一般的柔情所环绕着的，永远是耸入云霄的高山。

就像这阕《清平乐 · 独宿博山王氏庵》里，只是孤身一人的秋宵风雨夜，却也能有万水千山的张力，和半世红尘的厚度，也是因为那个梦。

毫端的他，执拗地坚持着对文字的热忱，是永远年轻、永远热泪盈眶的文艺男青年，从未老去。

道男儿，到死心如铁

一个人要有多炽热的渴望，才会在漫长的一生中，将一件事翻来覆去地说。

我常常涌起各种各样奇奇怪怪的梦想，譬如好想在后海做一名驻唱歌手，譬如好想承包一个鱼塘。朋友很无语，说你哪儿来这些念头。我却大言不惭，梦想，本就是影影绰绰、若有若无的呀，谁知道自己究竟最想怎样过一生呢？

李商隐的梦想埋在灵魂深处。茫茫海上，月色迷离，蚌正在孕育着珍珠，痛而快乐，它流泪了吗？没有人知道。莽莽深山，烈日照耀下，粗石慢慢变成美玉，这神奇的变幻之中，有袅袅青烟升起吗？没有人知道。李商隐的梦想，藏在沧海月明珠有泪，蓝田日暖玉生烟里。他究竟在梦想什么，像庄生梦蝶，扑朔迷离。

但辛弃疾不是的。他一生始终有一个梦想，他的梦想从不隐藏，他的梦想沸腾在生命里，从每一个字里蒸腾而出，年轻的、滚烫的、沸腾的热情，向你心底最深处直逼而来，像已燃烧了几千几万年的地火。

烧得每一个人都心痛。

“遗民泪尽胡尘里，南望王师又一年。”江山一分为二，失了的那一半，百姓都成了遗民。辛弃疾就出生在遗民中间，在沦陷之地成长。少年清澈的双眸目睹了人们在金人的铁蹄下过着怎样的生活，切身体会了“忍泪失声询使者，几时真有六军来”的泣血期盼。从那时候起，这个梦，就深深植入了他骨血里。

公元1161年，金主完颜亮大举南侵，沦陷区的汉族人民不堪压榨奋起反抗，辛弃疾便是其中的一个。他从起义军中脱颖而出，得以回到南宋，并开始了仕宦生涯。但是朝廷的怯懦畏缩和他生于金国的身份，压抑了他的抱负，甚至使他难以立足。他在柴米油盐的官职上尽职尽责，却不能纾解心中的压抑和痛苦。他在《汉宫春·立春日》中写道，“却笑东风从此，便薰梅染柳，再没些闲。闲时又来镜里，转变朱颜。清愁不断，问何人、会解连环？”岁月流驰、人生短暂而壮志难酬，他心中的死结如秦昭王的玉连环，无人能解，无法可解。

这个不能解的死结，却一直在燃烧，时而压抑，时而喷薄，在他生命里每一个角落。

咏春。他说，“年时燕子，料今宵、梦到西园”。不直说，顾左右而言他，长安还未收复，人不能回去，燕子也只能梦回西园。

秋思。他说，“休说鲈鱼堪脍，尽西风，季鹰归未”。不要说鲈鱼正肥，正是回家乡的时候。大业未成，休言还乡，我不想还乡，我不愿还乡。

怀古。他说，“千古江山，英雄无觅孙仲谋处”。为什么是孙仲谋呢？因为孙仲谋曾北上攻打曹操啊！

登高。他说，“把吴钩看了，阑干拍遍，无人会，登临意”。一个在落日楼头唏嘘哀叹的狂夫，拿着吴钩恨不能杀敌，只能一遍遍细细端详，怒到极处把阑干拍了又拍，有谁能够理解呢？而除了这些，还能做些什么呢？

看山。他说，“青山欲共高人语，联翩万马来无数。烟雨却低回，望来终不来”。渴望疆场之人，能将静态的青山也看作联翩万马；深陷困厄的战士，能将迷蒙的烟雨看作阻挡自由的网罗。无数青山便化作万马在烟雨中低徊不前，望来终不来，望来终不来。盼望之切，失望之深。

他就这样寸步不离地带着这个梦沸腾了大半生，终于在独宿的风雨之夜，恍然惊醒。自己庶民之身竟已是华发苍颜，依然无一兵一卒，依然只能僵卧孤村。可沸腾过的梦想不曾甘心，此刻虽稍沉静，却像涨起来的秋水，又从心头漫起，漫过心胸，漫过灵魂，浮现在眼前。

布被秋宵梦觉，眼前万里江山。

1207 年秋，辛弃疾身染重病，朝廷再次起用他，任他为枢密都承旨，令他速到临安（杭州）赴任。诏令到铅山，辛弃疾却已病重卧床不起，只得上奏请辞。农历九月初十，辛弃疾带着忧愤的心情离开人世，享年 68 岁。

传说，临终时，他仍在大呼：“杀贼！杀贼！”这是地火最后一次喷发。

所以，直到生命的最后一刻，辛弃疾，从未老去。

外十三篇

幼时走过的村路
——诗词对我的意义

问君何所之，问君何所之，每个人都只是在找何所之而已。诗可能并没有给我答案，但它让我在寻觅的路上走得更稳。

我小时候在陕西关中的乡下长大，那里有一眼望不到边的麦田，和夏日晴朗的黄昏，天边若隐若现的秦岭山脉。

长大后，四处求学，但几乎所有的假期我都会回到这里，在村子里过。“闲依农圃邻，偶似山林客。”那里的时光流淌得缓慢，像西北冬日的晴空里，偶尔路过的云一样徐徐而去。一切都不着急，一切都不慌不忙。这样慢节奏的日子，最适合读诗。所以，这本诗词读后感中提到的诗篇，我与它们的初遇，大多发生在这里。

“四月南风大麦黄，枣花未落桐阴长。青山朝别暮还见，嘶马出门思旧乡。”是在漆黑寂静的冬夜，老屋里只有电子书的微光，抬眼该是什么也看不见的，可因为这句话，似乎明亮了起来，空气有了微微暖意，我仿佛看到了开阔广袤的图景。

“昔岁逢太平，山林二十年。泉源在庭户，洞壑当门前。”是在初夏黄昏，院门前的街道上，我踱着步子默念它，一转身看见爷爷和村里另一个老爷爷坐在路口的石碾上说着话，而他们身后洋槐花正好，香气馥郁。我不禁扑哧笑了，这不正是太平时的山林日子。

“汲井漱寒齿，清心拂尘服。闲持贝叶书，步出东斋读。”是在隆冬清晨的被窝里，本来贪恋那暖和惬意想多赖会儿，一看这句诗，立刻觉得该按时起床好好梳洗，过一个清爽而精神的早晨。

我是个重度回忆爱好者，极爱沉溺于往事中，一陷入心中便是满满的柔情，也会不自觉微笑起来。我有许多旧物无用但留在身边，最匪夷所思的恐怕是高二时看见自己家种的小麦晒在阳光下，一颗颗饱满可爱，一时欢喜用透明的圆珠笔管装了一管放进笔袋里，竟一直带到现在，一晃十年。王安忆谈起写小说时说：“生活中，端起作家的姿态，皱紧眉头，瞪大眼睛，牢牢地盯着生活，一心想看出什么奥秘、什么真谛，恰在此时，生活从身边湍湍地流了过去。生活好像是汪洋大海，要去捞它，用碗、用瓢、用盆，终能得水几多？应该变成一条鱼，游入水中，自由自在，整个大海便都获得了。”其实读诗何尝不是如此。诗心从哪里来？诗意从何捕捉？在我看来即是代入自己的生活体验，从这些当时的悠然心会，和后来对它们的一遍遍重温中来。似乎想家的时候，就顺带着想念了在家读的诗。于是诗就读成了日子，日子也过成了诗。

我并不觉得我自己的成长过程或者爱上读诗的过程有什么特别，能给人什么特别的启示，它一定和千千万万个你一样。我最怀念的，是幼时走过的村路，村路上蹒跚学步，村路上牙牙学语，在村路上奶奶教我“锄禾日当午”，在村路上我念起“下马饮君酒，问君何所之”。问君何所之，问君何所之，每个人都只是在找何所之而已。诗可能并没有给我答案，但它让我在寻觅的路上走得更稳。

诗词大会播出以来，许多从前忙于英语、奥数的孩子被激发了学诗背诗的兴致，许多“情怀已逝”的大人想起了还有梦想的时候，重新打开年轻时捧过的诗集。这时候面对浩如烟海的诗词世界，就会产生一个问题，要从何学起，要如何学好。黛玉教香菱学诗，指导她要这样入门：“我这里有《王摩诘全集》，你且把他的五言律读一百首，细心揣摩透熟了，然后再读一二百首老杜的七言律，次再李青莲的七言绝句读一二百首。肚子里先有了这三个人作了底子，然后再把陶渊明、应玚，谢、阮、庾、鲍等人的一看。”我想，我们的目的也不是学写诗，因此不必像香菱一样埋头苦读。我很喜欢诺贝尔文学奖获得者多丽丝·莱辛给青年人的建议：“阅读的有效方法只有一种，那就是在图书馆和书店里浏览，选择你喜欢的书，只读你喜欢的书，厌倦时就丢开，拖宕的章节就跳过去。千万千万别因你觉得必要才去读，或者将阅读当作一种时尚或潮流。记住：你二十岁或三十岁时感到厌倦的某本书，到了四十岁或五十岁时，会向你敞开知识的大门，反之亦然。不合适你阅读的时候就别读。”

她其实就是在说，要读你喜欢的。不管学什么，热情真的很重要，如果诗词大会已经激发了你对诗词的爱与兴趣，那接下来要做的就是想办法留住它。这就是古人说的以道驭术，能不能做好一件事，能做到多好，取决于你有多渴望做好它。首先你要找到你最喜欢的那一句，人都会有倦怠的时候，你要喜欢一件事，你一定要让它能给你力量，找到那一句永远能让你沉浸其中的诗词，累了的时候就去念一念它。比如我近日来的“静心经”是秦观的一句七绝，“月团新碾瀹花瓷，饮罢呼儿课楚词”，安恬宁谧的生活气息，总是能感染我。我想说的就是赤子之心。如果你想要学好诗词，我希望你不是带着提高语文成绩、提升个人气质、提高口语表达这样的目的，当然当你读的诗词多了，它会给你这些，但是你不可以抱着这样的心来面对诗词，你最珍惜的，你最重视的，还应该是你在读诗中获得的感动，或者澎湃于胸腔之中的热情，或者一种流连于唇齿之间的美感，或者一种心灵的平静、一种忘我，或者与古人跨越几千年的长度而心灵相通、相知相惜的感觉，如果你始终能获得这些，能感受到这些，能留住这些，你就能学好诗词。我就是想说，你不应该把它当作一门学问，你应该被吸引，去享受它。

要学好诗词，还应该去尽情生活，用心生活，把自己投入生活之中，把自己投入亲情、友情、爱情里，多去和人交流，多去爱人，多去付出，不怕受伤，不怕吃亏，要痛痛快快奋不顾身地生活，做一个性情中人。我觉得心里没有爱，对生活没有激情的人是学不好诗词的，而诗词又可以让人更有爱、更有激情地去生活。我总觉得，文学最重要的价值，就是抵抗疲倦，抵抗对生活的倦怠，让你有理由冲动，让你愿意做一只扑火的飞蛾。就好像李清照之所以能写得一手好词，是因为她在尽情生活，她有过“沉醉不知归路”的尽情玩的日子，她有过“赌书消得泼茶香”的尽情消磨的爱情。所以能学好诗词的人，一定是有情怀的人，就好像跳广场舞的阿姨们，如果她们中间，有人跳得特别认真，动作表情永远很到位，脚尖是绷直的，眼神跟着手指尖走，那不是因为跳舞能给她带来收入，不是因为她要得什么奖。她非常非常投入，是因为她由衷地热爱舞蹈，所以她很快乐。她不是跳给什么人看的，她是跳给自己看的。我们读诗也不是为了什么别的，不是读给别人听的，是读给自己听的。

我大体上是个好静的人，虽然也有不少闹腾的时候，但我深深眷恋安宁的地方，眷恋内心平静温和的时候。诗的意义，甚至它对于我的意义，我自己也不全然了解。但我可以确定的是，它曾给我，并将永远给我平静与安宁，所以，读诗是一辈子的事。

你从远处赶来

——回想《中国诗词大会》

突然觉得自己就像一个跑到海边玩耍的小孩，贪心地捡拾了许多美丽的贝壳，没想到玩得尽兴之余，欢笑声竟然传得这么远，传到别人的心里，使人对这海洋也有了神往。

前几天收到一封《中国诗词大会》观众的来信，也是只写了学校和专业，然而邮差尽心，竟也收到了。

信中说道："认识你是在监狱，那是个人间最底层、最复杂、最能看见人性的地方，少了虚伪，多了直接，少了理解，多了冷血。人有的时候，特别需要温暖。节目不是直播的，每天下午五点守在电视机前，成了习惯，也成了精神支柱，更被诗词的魅力所折服。多少春秋远离了书桌、笔墨，我渴望自由，更渴望心里的救赎，这就是拿笔的初衷。远方的朋友，您能理解，并接受我这个陌生人、甚至被世人称为坏人的人的信吗？……而今迈步从头越。新生的我又一次站在了命运的十字路口。我能感觉到自己的那份自卑感。知耻而后勇成了唯一选择，我不会独自躲在黑暗里悲天悯人，更不屑于在人群中感慨自己的心酸史，特想回到最初的自己，单纯、向上的自己，为什么不呢？像白茹云大姐那样，有颗坚毅向上的心，这个世界依然那么美好。"

最后，他说："交你这个笔友，不是因为你的美丽、学历，或者身在名校，而是因为你的出现，就像黑暗中的一盏灯。"

这封信很长，满满的好几大张纸，他反复说，不管我能不能看到这封信，即使是自言自语，也要感谢诗词大会，感谢一群笑着念诗的人，给了他重新开始的勇气。

我对诗词大会自然非常熟悉，对它的各种赞美和批评也听得多了，然而看到这封信时，心中的震撼依然难以形容。给我写信的这位朋友，年少时一时意气，为给朋友报仇触犯法律，如今出狱，已是而立之年。但字里行间的真诚让人感到，他依然保有少年的纯粹，他怀念书桌和笔墨，渴望勇敢地重生。而人在转折点难免会怯懦，诗词大会，就在这个当口，适时地、温柔地，推了他一把，让他心中溢满了柔情，打开心扉，欣悦地拥抱世界。

将打开的纸页再折好，小心翼翼地放回信封里，我一时有些发怔，突然觉得自己就像一个跑到海边玩耍的小孩，贪心地捡拾了许多美丽的贝壳，没想到玩得尽兴之余，欢笑声竟然传得这么远，传到别人的心里，使人对这海洋也有了神往。

南朝吴均自富阳至桐庐漂流，见“奇山异水，天下独绝”，心下欢喜，一定要将这一切说与好友朱元思听，他在信中细细描绘景致，怕友人不能领会那里有多美，结尾时特意说：“鸢飞戾天者，望峰息心；经纶世务者，窥谷忘反。”有多美？就是有这么美。

我回想诗词大会的时候，常常想起吴均的这两句话。其实诗词大会之于我们，正像富春江两岸风光之于吴均，它们的本意，也许只是自然而然地展现美，却在无意间潜移默化地，在人们心中，埋下了一颗又一颗火种。志气被磨平而日渐懈怠的人，看到在工地上每天干活到筋疲力尽却天天凌晨五点从工友的大通铺上起床读书一读七年的刘泽宇老师，发奋的决心会活过来，擦亮蒙灰的梦想；因为身体残缺而失落伤心的人，听到董卿老师说“世上有各种各样的不完整，有看得见的残缺和看不见的残缺，但最应该保持完整的，是自己的心灵”，自信心会活过来，勇敢地追求另一种圆满；考试落榜而心灰意冷的人，看到即使人生被一次次归零、自己也要给自己写上一百分的苏轼，能重振旗鼓；在外漂泊的游子，听到“露从今夜白，月是故乡明”，会想起故居屋檐而心头一暖；身心疲惫的都市人，听到“结庐在人境，而无车马喧”，会获得片刻宁静。

我们在念诗，也在讲故事，于是诗词中蕴藏的巨大精神能量穿越千年而来，在一个个爱诗的人的讲述中一点点释放，缓慢，悠然，娓娓道来。这个过程是迷人的，你会着迷于诗词——那些断金切玉的锦篇绣帙，你更会着迷于一个个鲜活的故事——几千年前曾发生在我们脚下的土地上的诗人的故事，和几千年后读诗人的故事。这就是传承啊。我想，那个而立之年的“少年”信中所写的，黑暗中点亮的灯，光芒即从这传承而来。

诗从几千年前赶来，赶来温暖我们；而你从千里之外赶来，共襄盛举，如康震老师所说，共享这场春夜喜雨。

“你看《春夜喜雨》，这雨为什么是喜的，因为它来的是时候，而且来的方式，是一种温柔的方式，随风潜入夜。晚上大家都安睡了，它悄悄地进入了这个村庄，润物细无声。细细的春雨，细腻地润物。这样的雨，在晚上，在春夜，在我们最需要它的时候来到，就好像最需要一个人引导的时候，我们听到的很多温润的话语一样……”

在纪录片《与北大同行》开机仪式上的演讲

这棵雌树将水分养分都给了果实。她没有多余的力气美丽了，也许她已经不想要美丽。最后，所有金黄的树叶都会被扫走，而不金黄的白果会被妇人带回家，成为她小孩的营养。这棵树正是北大的写照。

尊敬的老师们、同学们、朋友们：

大家上午好！

我是北京大学工学院工业工程管理系一般力学与力学基础专业 2013 级博士生陈更。今天，我发言的主题是：聚焦平凡。对我来说，比起其他舞台，能站到这里让我尤为惶恐，我会将它视为一种鞭策。

让我来说说北大，一开始还真不知从何说起。倒是让我说一说鲁棒控制器，或者让我谈谈杜甫，我可能还能扯上几句，但关于北大的主题还真不容易，就像艾青所说：“为什么我的眼里常含泪水？因为我对这土地爱得深沉。”所以，我就将自己放进回忆里，去寻觅最初的北大印象。

我首先想到了一棵树。图书馆南门口的银杏（又名白果树）是北大一景，东北角有一棵很特别，年年秋天它总是第一个掉光了叶子，在一片华灿里显得很灰暗。当你走近才会发现，它的枝丫上密密匝匝结满了白果。银杏树分雄雌，这棵雌树将水分养分都给了果实。它没有多余的力气美丽了，也许它已经不想要美丽。最后，所有金黄的树叶都会被扫走，而不金黄的白果会被妇人带回家，成为她小孩的营养。这棵树正是北大的写照。

我经常在东门门口被人询问北大怎么走，因为大家不会想到堂堂北大的门竟然这么不起眼。我的实验室坐落在北大的燕东园，门前的空地一到夏天就草木丛生，看起来也是那么不起眼，行走其中会让我恍惚以为正要去老家田里下活儿。但这些，都不影响北大校门内正书写着的锦绣华章，不影响我们实验室正争分夺秒地与世界最优秀的机器人团队进行着实力的赛跑。

谈起北大，我还会想到身边平凡的北大人。记得研一时，我曾加入轮滑社。第一次训练是在晚上，就在英杰中心外面的空地上，一个瘦弱的女生为了让我理解怎样摔跤最安全，穿着轮滑鞋一遍遍摔在水泥地上示范给我看。我和她素不相识，其实也只有那一个训练的夜晚有交集，此后便毫无瓜葛。但那个多次摔在地上的我的小教练，成为我心中北大人的最初缩影。原来在北大，少说话、多干活、不遗余力、全力以赴是一种习惯。而这种努力常来自本真的热爱、赤诚的纯粹，与功利无关。

后来我越来越多地发现，比起怎样把自己打扮得漂亮，北大的姑娘们会更重视，我有什么本事，我能给其他人带来什么。你一定会被这种上进的氛围所感染。在北大，我会为获得 CUBA、UCBS 篮球联赛双冠王的同学摇旗呐喊，会为北大成为拥有全球前 1% 学科最多的中国高校暗暗叫好，会为一位又一位北大学者站上国际最高领奖台而兴奋不已。在北大，我也自然地在一个个周末的夜晚拒绝五道口的灯红酒绿而坚守在实验室，也会本能地拒绝娱乐八卦偶像剧，而选择再挑灯火看文章。

对我来说，在人生的前 21 年，北大是一种梦想，而在后 79 年，它成为了一种鞭策，在我懈怠的时候，一想起自己是一个北大人，就会不由得振奋起来。

不积小流无以成江海。是小事上的认真，成就了北大人大事上的出众。而将来，当我们带着这种北大情怀走进社会，融入人群之中，也许不会成为领导者，但一定会成为“高尚的”普通人，成为一个个外表朴实而内心华丽的闪光点。所以，我就更加期待这部人文纪录片，聚焦平凡，聚焦我们身边的北大人，将最内在最迷人的北大展示给世界。

我在此将陶弘景《诏问山中何所有赋诗以答》一诗略改几字，作为结语：

问我何所有，山中唯白云。岂止自怡悦，亦可持赠君。

燕园居一二三事

燕南园的房子，荒烟蔓草，缓踱的猫咪，脚步悠然而永恒。一入园，心底就起了地老天荒的念头。

“我还有这里”

每次我情绪低落的时候，若是发生了一个从外界回到学校的过程，就会神奇地感觉好多了。心中安定之余，生发出一种“我还有这里”的庆幸与欣然。

从校园走进图书馆，这种感受又深了一层。

我最喜欢图书馆长长的走廊，一侧是很大的窗，一侧是列满书架的阅览室，阳光斜照，有用各种语言在轻轻读着什么的女孩子。我最常去的四楼，还有一个喜欢坐在走廊一角专注看一本旧书的保洁大叔，消瘦沉静的侧影，总让我想起那些曾在这里工作的民国先贤。他穿着陈旧暗淡的工作服，像是从那时穿越而来，或者时间从来都没有移动过。

记得一次在机场登机口旁的书店，随手翻起刘震云老师的新作，被女主人公风风火火的性子吸引。登机广播催了好几遍，我才意识到自己该登机了，赶忙放下书拖着行李箱跑过去。回到学校之后念念不忘，想立刻知道接下来发生的事，便不怎么抱希望地在图书馆的主页上搜了搜——是刚刚付梓的书，简直油墨未干——可竟然就有，骑车过去就能捧读起来，接续千里之外的缘分，还伴着图书馆大大的落地窗与温柔的落日余晖。所以，燕园在我心里近乎一个神祇的所在，可以满足我的每个愿望。

有一段时间，一打开图书馆首页，就会看到一幅古画，荒寒色调的临水台榭，左下角题有几行小字：“勺園圖，又名《米氏勺園圖》，是明代著名畫家吳彬應其好友勺園主人米萬鐘所邀，為其勺園所繪制的圖卷。該圖與北京大學舊藏米萬鐘的《勺園修禊圖》相映成趣，作為校園歷史研究和人文珍藏的一個亮點，照耀著古老而又年輕的北大校園。”让人看了不禁有点恍惚，有庄周梦蝶之感。勺园，现在是园子西南角一带建筑的名字：勺海，勺园食堂，勺园西餐厅，勺园宾馆，勺园一号楼、二号楼……原来园子最早即名为“勺园”，不知道主人米万钟当年命名此园时，有无“一勺水也作了海，我们看荷花”之意。

食堂阿姨的言简意赅

年岁渐长，食量愈减，以至于点一人食的麻辣烫或麻辣香锅，都会小心翼翼地问食堂阿姨，有最低消费吗？她们总善意地一笑说：“没有。”言简意赅。但为那几片平菇、青笋，就劳烦大厨师傅们颠勺，心里觉得很不好意思。可燕园就是这么暖，连食堂师傅都如此包容，吃着专为我炒出来的小灶，几欲潸然。

东坡肉窗口的那位大姐，抬起头来打量了我一眼，便低头抄起一把大勺在盛肉的盆里翻啊翻，拣出一块最瘦的舀起来，大勺一伸，问：“行吗？”还是言简意赅。她一定想我就是那种买一块肉吃要下好大决心的年轻女孩子，瘦骨伶仃的还一天上七八次秤，可我其实爱吃肥的。这么多年了，我也没有攒起勇气说一句：“大姐，其实我想要肥一点的。”只有像董小姐那样带着从没忘记的微笑，作出很感激的样子说：“可以可以！”然后端着一方皮下脂肪略薄的肉，失望地离开。

那边风景好

从东门外成府路的过街天桥正中眺望北大，会看到它对称的歇山顶建筑结构和作为背景的群山，最高的是图书馆的屋脊，再高处是山脊，同一色系，美得很有层次，能发现整个园子处在庇佑中。那山的线条与弧度恰到好处，在冷峻与温柔之间、工笔与水墨之间。

背景是一圈山，尤觉安心。每天早上去实验室的路上经过天桥，回过头能不能看清楚西山，是我了解那天有没有雾霾的方式。看不看得到柏树毛刺刺的感觉，看不看得到深绿底色里白色的山径，是我了解雾霾有多严重的方式。晴朗时是工笔画，雾霾天是水墨画。为了看那一圈山，跑了好几次宿管中心，打听楼里西侧的寝室有没有人要毕业，可不可以搬过去。被问起原因，如实答曰："那边风景好。"结果总是被取笑，说你是来读书的还是来看风景的。

山对我是很重要的，我因此更眷恋这里。

燕园的夜晚不会特别明亮，小小的暖黄色路灯很温存，但多的是大片寂静的幽黑。勺园对面的长椅，夜里十点静静地去坐一会儿，在被蚊子发现之前离开。每一棵树的形状都恰到好处，草茵在脚下铺开，我感觉自己已经融入其中，被接纳了。

近几年未名湖去得少了，多因为那里总是游人如织。未名湖最好的观赏时间是中宵，这时候湖心岛的树影朦胧难辨，湖岸隐在暗处，你便可以想象它是你的玉鉴琼田三万顷。水面光滑如镜，月中山色镜中看。

一年初夏，未名湖里来了两只黑天鹅。常用镜头记录校园的一位同学在摄影日志里记道："是五月十日左右来的，只有一只，徘徊在未名湖东北区域，不知道怎么来的，从哪里来的，反正突然就出现了。刚开始大家都特别兴奋，天天有许多人围观。不久后又来了一只，它们一起徙居到了翻尾石鱼附近的小岛上，并且很快融入了当地"土著"——绿头鸭和鸳鸯的生活圈，开始吃游客喂食的馒头等食物，并啄食岸边的芦苇和其他野草来改善生活。"

草木里的地老天荒

路过春天会开满全校最美西府海棠的外国语学院门口，会想到吴兴华可是在这个地方，写下了"江南一夜的春雨，乌桕千万树，你的家是对着秦淮第几座长桥"？而钱锺书先生和朱光潜先生，他们又是不是在这里提出"从心所欲不逾矩""音美意美形美"的翻译标准的呢？

静园六院、图书馆南门外和松林附近有宗璞喜欢的紫藤，曾探进她窗里的丁香花枝，被她赞为"雪色映进窗来，香气直透毫端"，年年春天香得汪洋恣意。朗润园季羡林先生种下的季荷，依旧亭亭，季先生称赞"纵浪大化中，无悲无喜"的二月兰也都还在。十月末，勺园外的白玉兰就已准备好如鼓胀小灯泡似的花苞了，而未名湖南畔的蜡梅还绿叶葱茏，这时，西门里两株几人合抱天庭饱满的老银杏已华灿得近乎奇迹，几乎占满整个天空，每次进门都不由得看呆了。园子里处处可见谦卑温和上了岁数的老侧柏，虽不高大，却坚定地守护着这里。

燕南园的房子，荒烟蔓草，缓踱的猫咪，脚步悠然而永恒。

一入园，心底就起了地老天荒的念头。

夏时的黄昏，经常会下一场雷声滚滚的暴雨，天色暗得像世界末日，这时候，园子里几百年的老树翠色欲滴。暴雨匆匆，天空干净利落地迅速放晴，太阳带着无辜的表情出现，说：“呃，刚刚打了个盹儿，发生什么事情了？”

雨季的大树浓荫下总会立着一丛丛玉簪，鲜碧剑叶，白玉花瓣，最可贵的是花气幽香细净，沁人心脾。一次路过时实在没忍住，折了一枝回去插在瓶里。没想到玉簪的生命力极强，在我的花瓶里足足生活了两周，不仅正盛放如百合的簪子继续开着，已伸长了的玉簪后来还绽开它的花苞盛放，那些藏在绿萼中如珍珠般的小花苞竟然也在清水的供养下，探出头来，伸开如玉的簪子，一枝枝奇迹般地长了，又长了，花苞大了，开花了。汪曾祺曾说一朵荷花开花时仿佛在说：“我开了。”而这些玉簪努力地生长开花，仿佛在对让她们离开故土的我说：“我们原谅你。”

长长久久的北京

北京这地方，总有人说它这不好那不好，我听过最让人发笑的理由，出自一位大概是南方来的朋友，说：“一个城市里怎么能没有江河呢，让人不能‘舒服’！”记得自己当时还弱弱地驳了一句：“有昆玉河呀……”对方更生气了：“那也能算！”可北京这地方，待久了真是让人眷恋，让人生出长长久久的想法。

切一片西瓜四五两
真正的薄皮脆沙瓤

当四合院的茶房飘着茉莉花儿香
夏天的炎热全部被遗忘
酌一杯佳酿漂远方
胡同里酒香醉人肠
当老城角的夕阳回荡拨浪鼓儿响
北京的土著有一点点感伤

一片西瓜就能满足的北京人，吃到上好的沙瓤可是要高兴地唱一两句的，那可是“真正的”沙瓤啊！而在燕园的环境里，也有一点这样的小满足、小迟钝，处处敦厚，不张扬。这里没有高楼，没有外表华丽的现代化建筑。可正像图书馆首页所说的，这是古老而又年轻的北大校园。每一天，各个角落里都有奇迹上演，人们奔跑着，汗水挥洒着，而燕园不动声色……

词典里的清平世界

所谓『长林丰草』，隐秘之意外，出世之感油然而生；所谓『风生水起』，明明是几个清淡的字，可闭上眼似有千军万马的来势；所谓『刀光剑影』，这样诗意的凶险，这样美的杀气。

我的枕边书有三本，人民文学出版社的《红楼梦》，8382 词的商务印书馆 2013 年版《新华成语大词典》和 26000 词的商务印书馆 2013 年版《新华成语大词典》，三本都是大部头，捧在手里，让人觉得踏实安心。

我爱文字。不必说文以载道、文以传情这些道理，即使是文字本身，也大有吸引我的地方。而与成语有一段机缘巧合，倒是有几分“城中桃李愁风雨，春在溪头荠菜花”的意味。这世上多的是好书，我却将许多时光消磨在成语词典里，还乐在其中，成为一个秘密的心头好。

多少个安静宁谧的夜晚，左手边的台灯发出暖黄色的光，我打开成语词典，静下心来，看这些脱离了故事而自成故事的文字。譬如随意翻到某一页，看到“穆如清风”，它没有点缀在一段烂漫的春色里，也没有铺垫在一个主人公粉墨登场时，它独立地存在。而就这四个字，却能让我感觉到一种静穆却又轻灵的意境，这种体验真是“悠然心会，妙处难与君说”。

看过一篇文章，说“文章之场”的构建，“如同一点墨滴入清水，由中心的浓色逐渐向四周扩散，色泽愈淡。虽未渲染山水、勾勒人物，却能让观者感受水墨氤氲的氛围，遥遥有古意”。而成语的淡然和自由，似乎与这样的感受极为相似。所谓“长林丰草”，隐秘之意外，出世之感油然而生；所谓“风生水起”，明明是几个清淡的字，可闭上眼似有千军万马的来势；所谓“刀光剑影”，这样诗意的凶险，这样美的杀气。

四字而已，“读了却让人觉得它是生在日月山川里的，觉得开阔，想要兴起”。诗词有平仄之韵、顿挫之美，在我心里，成语也有。月晕础润，肥甘轻暖，将这些词在舌尖流连几次，空气里就像有了淡淡的香气。而它们从浩渺的历史长河中经过大浪淘沙流传下来，与其源远流长的历史背景一起，平时沉寂在词典里，一经打开就会有一个变幻万千的世界展现在我眼前。我从“解甲归田”里看到人生大起大落之后落叶归根的恬淡之美，有几千年来传统文化里的清静自然的元素；我从“悦近远来”里看到民贵君轻的儒家思想，看到“鳏寡孤独者皆有所养”的太平气象；我从“传檄而定”里看到“不战而屈人之兵”的兵家智慧；我从“合浦珠还”里看到百姓对政通人和的向往，看到先民们心底里的美好世界。这是中国文字里才会有的凝练隽永。西方文学有其流畅明快之处，往往讲究直接、强烈地表达情感，却也因此常缺了几分这样的含蓄而大气的语言美。

像是一个绝色美人，生得明眸皓齿、国色天香，却偏偏隔着幕篱的轻纱看不真切，只让你从那缥缈的背影浮想那是怎样的倾世容颜；像是一个武林高手，自会跑开始就能打三十六路太行拳，平日里不显山露水，只在举手投足间，有不动声色的威严。

只将惊心动魄的恢宏壮阔，化作淡淡四个字，留在纸上，沉静，安详。

曾经有一个爱诗如命的朋友对我说：“诗词，不是用来学道理的。”是啊，爱文字的人，从不是为了要从文字里懂得什么生存、处世之道。但读得多了，人自然会浸润些许智慧，心里便有了一片清平世界。

俗世扰攘，每当我想找回宁静恬淡的自己，我就会打开词典。

少日春怀似酒浓，插花走马醉千钟。老去逢春如病酒，唯有，茶瓯香篆小帘栊。

卷尽残花风未定，休恨，花开元自要春风。试问春归谁得见？飞燕，来时相遇夕阳中。

插花记

花是很风雅的事。我抱着花赶路时，为花换水、剪枝时，总感到这仿佛是最有意义最值得做的事。当我的行李车上堆满了花，我总觉得我是这世上最富有的人，我的行李是最矜贵的行李。

我很喜欢瓶插花。

每次去一个地方举办新书分享会，最大的动力是可以带花回来，也会为这样“占便宜”的小心思惭愧，所以在意识到“啊，已经够多了”的时候，会请接待的工作人员帮我转告书店，不要再准备花。写了一本书，现在最珍视的收获竟是可以常常有花，自己都觉得好笑。带回花的时候我从来不考虑能不能、值不值得，我只会想我一定做得到，只要在我能负重的范围内。最多的一次我带了九束回去，满怀都是花束，底部托在大布袋里，两只胳膊围起弧度很大的圆周（这时候很感谢自己的胳膊长得长），然后用手背推行李箱的扶手，最难的是过门槛、台阶。走在路上回头率颇高，虽然前后左右都是看不到我的脸的。空乘小姐会带着一种不可思议的心情，帮我前前后后在机舱里找空着的行李架放花。下飞机时我一般是不急的，也怕挤，总是在窗边坐着往外看，等飞机上的人都走空了，甚至保洁阿姨都来清扫了才下去，但是带花的时候，因为怕别的乘客拿行李时会伤到花束，就会第一个起身，把它们都拿出来抱在怀里，挤在人堆里下飞机——为了花什么委屈都可以受的。

如果真的可以把它们万水千山地都抱回寝室，且完好无损，心里就会生出一种骄傲来，觉得自己是合格的护花使者。有一次万里长征已经走到最后一步了，但是把花放在出租车上时，因为怀抱太满，无法一一用双手放好，一束花沿着座椅靠背轰地倒下去，再扶起来时，看到一朵百合的花瓣当即折了，原本完整围起来的花形残缺了一面，心痛不已，也觉得辜负了前面的辛苦。一片花瓣残缺了，所有带回来的花就不那么完整了，这样的心理仿佛太过患得患失，凡事求满，也因而觉得自己还不够成熟。还有一次，只有一束花可以带回来，可是那束花已凋零了大半，就只拣出了其中几枝白菊，想着回去了插在白瓷瓶里，一定好看。于是用一根头绳扎起来，拿着它退酒店、去机场、过安检、排队登机，小心翼翼地飞了一千公里，带到了首都机场。不承想落在了出口处洗手间的洗手台上，忘了带走，而且竟然到了学校下出租车时才想起来，十分懊恼。比起没有带它回来，更担心它被随手扔进垃圾里，奢望着能有惜花的人为它找一个瓶子，倒一点水插起来，菊花可以开很久的。可是在机场的洗手间里……大概不会有人捡花吧，希望太渺茫了，于是更懊恼了。

我很喜欢菊花，如果一个花束里配有菊花，不论是紫色、白色或者鲜亮的黄色，那束花的格调就高了许多。菊花是有清新的美的，百合虽也清新，但形态太大了些，就显得粗了。还有一次，在一个很杂乱的有百合、玫瑰、康乃馨、太阳花、勿忘我的花束里我竟然看到了一枝短短的栀子，蜡质的如同上了釉的绿叶，乳黄色的小小花蕾，很娇羞地躲在花丛之中（不知道花艺师是怎么想的，那枝栀子完全被埋没了），要不是我拆开捆扎带和包装纸来插瓶，根本不会发现它，这在北京是多么少见的花啊。

花是很风雅的事。我抱着花赶路时，为花换水、剪枝时，总感到这仿佛是最有意义最值得做的事。当我的行李车上堆满了花，我总觉得我是这世上最富有的人，我的行李是最矜贵的行李。我推着行李车，世界透过晃动的花枝迎面而来，脚步轻快起来，心也轻快起来。

我有一个细细长长的大玻璃花瓶，一个竹筒花瓶，还有两个小小的白瓷瓶，还有一个小玻璃瓶，带花回来后，它们都会盛起清水，蓄起鲜花，一屋子都高兴起来。那枝意外惊喜的小栀子插在小玻璃瓶里，偏爱的菊花插在小白瓷瓶里，那支玉簪插在长白瓷瓶里，勿忘我、满天星这样的干花插在竹筒里，其他的都插在大玻璃花瓶里。有时候，百合的花萼不堪其重，我在一旁看着书时，它忽然就啪嗒一声掉到地上了，让人无奈地盯着地板上的花瞧上半天，也有的时候是换水时手里拿着花束不小心戳到墙上，一个花苞就碰掉了。这时候也有办法，拿一个矿泉水瓶，将花苞放到瓶口，让它的底部能挨着水。于是，满桌都开满了花。换水的时候，因为插花的颜色、品种、高低都是百般心思搭成的，错落有致，所以不能乱了秩序，要一只手紧紧握着花，一只手托着细细长长的花瓶在水龙头下面接水，用食指小心翼翼地拨开水龙头，并且吸取把花苞碰掉的教训，把花举得高高的远远的。会遇到善良的女同学，问我需要帮忙吗，然后过来帮我洗刷一下花瓶，再接满水，这样我就只用站在一旁双手把花束拿好再插回去，心里很感激。“真是不好意思，它有点臭。”道谢之余也要道歉，花枝浸在水里的部分，是有一些腐气，熏到好意来帮忙的同学，让人很难为情，但只换水时能闻到。

有花的时候寝室灯光不能太亮，要有明暗的对比，绰约的花影。熄灯之后从枕上侧过头去看花，只有大致的轮廓，让人想起《花未眠》。我尤其喜欢花插了两三天之后，康乃馨的边缘有了一点点焦黄色，蔷薇现出颓势来，百合的花瓣卷曲了的盛放到了极致时的样子。那是“日日花前常病酒，不辞镜里朱颜瘦”的美，那是“寻芳不觉醉流霞，倚树沉眠日已斜”的美，看着是让人不由得生一点哀愁的，可是比它极富生机时的样子更沉静了一些，像是它有了心事，它的美更丰富了。但最不忍心看的是一枚花苞再没有绽放的机会，已经垂下头去了。我不敢养盆花，只赏瓶插花，也是因为瓶插花毕竟是已经成功了，已经开花了，不必有能不能养活的担惊受怕。

巴金的《家》里，觉慧不顾危险爬上梅树去帮鸣凤折梅花送给姑太太，爱情萌生。宝玉亲自将大观园里新开的桂花折枝、灌水、插瓶，孝敬老祖宗和王夫人，二人皆极高兴，老祖宗见人就说："到底是宝玉孝顺我，连一枝花儿也想的到。别人还只抱怨我疼他。"王夫人则当即赏了帮着送花的丫环两件现成的衣裳。汪曾祺家后园里什么花开了，常常是他第一个发现，他祖母的佛堂里那个铜瓶里的花常常是他换新，他总在下雪的冬天早晨，去园里摘一些冰心蜡梅的朵子，再掺着鲜红的天竺果，用花丝穿成几柄，清水养在白瓷碟子里，放在母亲和二伯母的妆台上。富贵人家，什么都不缺，书香门第，送什么都显俗，可是花很好。不只本就浪漫的文学里花很重要，它也常为现实添得一点浪漫气息。有一个高中老师，班上的学生因为内疚自己考砸，又心疼老师挨批，就每天摘一朵小野花摆在她桌上，于是这大学里出来的教育理想被日渐浇灭的老师，也从中得到了一点鼓励和希望。

我在很多方面是一个大人了，或者说在努力做一个人人了，但是花里留了我一些小孩子性情，在花里，我允许自己不长大，它保留了我贪恋的一些事，我可以不克制，不隐忍，尽情地喜欢尽情地贪看。甚至花之死都是慈悲的，它跳出世事无常的圈子，我知道一朵百合能开三天，一朵蔷薇大概四五天，一枝康乃馨能插十天，各花有各花的命数，它们来时即告了归期的，于是一切都显得平静、淡然而自然。宠物走了是要撕心裂肺地痛的，可一枝花开过了，要从花瓶里拿出来了，要“咔嚓”一剪子从并蒂的枝上剪掉了，我还是可以看得开，觉得事情本该如此。花也是教了我一些事的。

人不宜太过多愁善感，可是过于迟钝麻木又不能体察生活之美，瓶插花在其中找到了一个微妙的平衡。

听雨记

当我听雨，我是在雨声里听自己。雨声遮蔽了一切幻音幻象，最真实的自己便苏醒了。

雨声是一种白噪声。

白噪声，就是毫无规律，全无章法，一如早些年电视台下班后播放的雪花点。本来，雨就落得轰轰烈烈，不管不顾，肆意自由。

这白噪声有什么好呢？钢琴曲竟要留一条音轨给它，钢琴声在时大时小连绵不绝的雨声中响起，“Kiss the rain”，变成“【雨声助眠版】Kiss the rain”。

怎么加上了雨声，就能助眠呢？

很奇怪的是，明明下雨时最吵，可偏偏是下雨时，人会觉得天地安宁——雨有此时有声胜无声的本事。其他声音一概皆无，只有雨声，只有雨声。而人世喧嚷，只有一种声音，岂不是能实现的最好宁静了？

天地安宁，就是安宁到让人什么也不想干。我的爷爷在车间里做了一辈子钳工，一生勤勉，最爱工作，恨不得把每一分钟都奉献给国家。爷爷唯一一次让我想到“偷懒”这个词，就是在一个下雨天，彼时他已赋闲在家（爷爷退休后还工作了十几年，直到七十岁）。随着落雨，老屋小院布满青苔的砖地上很快汇成交织的水流，平房顶上的雨水从各处排水管倾泻而下，爷爷用铜盆、瓷盆、铁盆、塑料盆接着，一时间“哗哗啦啦”“叮叮当当”“滴滴答答”，和而不同的各种水声四起。这时爷爷会在房檐下站很久，这里距雨幕最近，雨声听得最真切。他满意地仰着头，看着雨说：“以前上班儿，在车间，要是听见外头下雨咧，就想：‘哎呀，要是今儿不上班儿多好，在屋看雨。’”

雨下得大，正好又不用上班，就是我爷爷理想的一天。他倒是和一位作家想一块儿去了。鲁敏这样描述自己理想的一天：“饱睡一场，起得很迟。三餐朴素但好吃，最好不要我来做饭；上午用来写东西，下午在附近有树林、灌木或湖面的地方，远远地走上一大圈，到天色将晚，最好来一场如注暴雨，有雷有闪电，窗棂吱吱作响，家家户户闭门不出。极端天气特别适合在一灯之下，看书、看电影；希望看到一部好片子，并短暂地感动，滴洒几粒奢侈的泪，然后在满意的疲劳中打着瞌睡爬上洁净的床。”

大概，雨声的相伴，给人心安理得惫懒的理由，诸如“起得很迟”“不要我来做饭”“看书、看电影”。古人“三余”读书，冬日，夜晚，阴雨天。这样做背景音的白昼之雨是单纯的，须知在电影里，不论是小雨、中雨、大雨，雨声均可由拟音师用落在筛子上的米、绿豆、黄豆模拟出来，简单至极。但如若是夜晚，又是一个失眠的人，雨声便在他心里复杂起来。而如果这个人是一个诗人，雨声更会化出千百种含义，一个夜晚能因下雨而变得截然不同。

他听得细心，要首先听出雨落何物。“留得枯荷听雨声”，落在枯荷之上的是清音，李商隐想着，为叶上温柔的带着荷之清气的雨声，枯荷绝不能除去。“甫能炙得灯儿了，雨打梨花深闭门。”秦观笔下的思妇，灯芯刹那间“噗”地灭了，黑暗中枯坐，闭门听雨打梨花。“三更酒醒残灯在，卧听潇潇雨打篷。”船舱里的陆游一觉醒来，残灯未灭，篷船之上的柳荫遮不住雨，尽打在船顶上。“梧桐更兼细雨，到黄昏，点点滴滴。”李清照的寂寞梧桐，寂寞细雨。

雨下得大小不同，声音也不同。雨声铺天盖地袭来的时候，总使人禁不住凝神细听一番。南方的雨点子大一些，打在车前窗上砰啪有声，有如敲小铜鼓，很热闹，让人顿然感觉到生机。雨，有霖霪之音，“伤心枕上三更雨，点滴霖霪。点滴霖霪，愁损北人，不惯起来听”。有潺潺之音，“帘外雨潺潺，春意阑珊”。有潇潇之音，“对潇潇暮雨洒江天，一番洗清秋”。可见人是爱听雨的，为它的描摹殷殷地造出许多字来，淅淅沥沥的，轰轰烈烈的。

不知为何雨声是令人难忘的，少年时听的雨，蒋捷记了一辈子，他觉得这一辈子过去了，每个阶段听到的雨声都不一样。少年听雨，听出红烛罗帐的旖旎浪漫；壮年听雨，听出江阔云低、断雁西风的漂泊，凄清但自由；鬓已星星之时，悲欢离合都化入雨声中，再不起波澜。一个雨天比晴天更容易被记住。杜牧记得去年的一天，因为那是个下雨天，“去夏疏雨馀，同倚朱栏语”。李商隐知道，将来总有团圆的那一天，且团圆的两个人一定都还记得今天的雨声，“却话巴山夜雨时”。几年前普普通通的泊舟之夜，杨万里也清清楚楚地记住了。“归舟昔岁宿严陵，雨打疏篷听到明。茅檐昨夜疏雨作，梦中唤作打篷声。”昔岁夜宿舟中，为何一夜无眠，听雨至破晓？昨夜茅檐之下，彼时此时的雨声一同响起，又有什么心事？似乎说了很多事，又似乎什么都没说，一如雨声。

雨声还具有莫名其妙的唤醒力。“京国多年情尽改，忽听春雨忆江南。”也是奇怪，真我已隐藏多年，怎么一场雨便要脱胎换骨了呢？涤荡，涤荡，其中的因果关联，也是说不清楚的。

但这样洗尽沧桑的时刻毕竟难遇，大多时候，传到心里的，就是简简单单的潮湿，“竹斋眠听雨，梦里长青苔”。

只有最干净最无杂念的梦境，方可观苔。

当我听雨，我是在雨声里听自己。

雨声遮蔽了一切幻音幻象，最真实的自己便苏醒了。

今夏北京雨水极多，但夏天要告一段落了。秋日将至，“陶然亭的芦花，钓鱼台的柳影，西山的虫唱，玉泉的夜月，潭柘寺的钟声”会轮番上场，最动听的白噪声，留在了夏天。

爱，是最重要的事

纵然我活了一百年，可最能拯救我的，我在这人世间最留恋的，是生命刚刚开始的时候，爸爸在我床前语调轻柔地唱起的歌谣。

2017年年末，动画片《寻梦环游记》感动了许多人。当我坐在电影院里，终于泪流满面时，荧幕上的画面，是米格在太奶奶可可面前唱起 *Remember Me*，于是她从混沌中醒来，意识重获清明。她甚至，轻轻地，和她的小重孙唱和起来，这首她的爸爸写给她的歌。谁能不动容呢？多么不可思议啊！爸爸在她那么小的时候就离开了人世，在老人极漫长的年逾百岁的人生中，爸爸只出现了那么短的时间，可是最终，唯一能唤醒她的，却是爸爸的歌声，它伴着当年的爱，如一双极具力量的手，穿过浩瀚的岁月烟尘，拨开蒙蔽心灵的重重迷雾，将她重新带回这人世间。

纵然我活了一百年，可最能拯救我的，我在这人世间最留恋的，是生命刚刚开始的时候，爸爸在我床前语调轻柔地唱起的歌谣。

这情节让我想起《百年孤独》的开场白："很多年以后，奥雷连诺上校站在行刑队面前，准会想起父亲带他去参观冰块的那个遥远的下午。"一生中发动了三十二次武装起义，遭到过十四次暗杀、七十二次埋伏、一次枪决和一次中毒的受万人敬仰的起义军领袖奥雷连诺，又一次濒临死亡边缘时，他脑海里浮现的，却是与战争毫无关系的事：父亲向吉普赛人付了五个里亚尔，好让他六岁的儿子摸一摸那在炎热的马孔多永远不会出现的冰块。人们赋予这个开场白许多解读，譬如伏笔、过去将来的时空撕扯、平视感，赞美它的文学手法和叙事技巧，可我却执拗地相信，马尔克斯这样写，是想让我们看到，上校心里还有爱。

生命就要走到尽头了，面对着冰冷可怖的行刑队，茫茫的一生重现，诸多风起云涌如车窗外的树般一霎而过，而父亲的爱留了下来。

很巧的是，在看完电影回去的路上，我在手机上观看了陈奕迅在获得金斯顿大学荣誉博士学位时的致辞，他说："The meaning of success is to have a kind and loving heart."

这三个画面在我眼前交叠，一句话越来越清晰：爱，是最重要的事。

最懂得这个道理的，常常是普通老百姓。我听过一个故事，甚至算不上一个故事，只是一个生活片段。有一个女孩的外婆得了阿尔茨海默病，十几年中每夜她的外婆与妈妈都要隔墙对话。

外婆："平平啊，厨房门关没？"

妈妈："关了！"

外婆："阳台门关没？"

妈妈："……"

外婆："平平！"

妈妈："关咯。"

外婆："窗户关没？"

妈妈："都关好了嘞！"

外婆："煤球换了没？"

妈妈："我们家两年没烧煤炉子啦。"

外婆："大门闩起没啊？"

我妈："闩嘞，你快睡咯。"

外婆："你们为何还不关灯？"

我妈："我们晚点睡。"

……

五分钟以后，重复以上对话，最起码四次，十几年来一天都没差过。

是一个女儿爱母亲的心，让她耐心地，在十几年中，每晚回答好几遍母亲的问题。这份爱也许不是轰轰烈烈的，可是这样的细水长流却只有极致的爱才能做到。这种坚持，平凡也不凡。若从功利的角度去看，这世上的许多事都是无意义的，比如这样的十几年如一日的对话。可是爱，就是最有意义的。因为爱，小女孩的妈妈愿意把这些时间不用来做其他“有用”的事，就用来一遍遍回答母亲“无用”的问题，让她不安的心踏实下来，这是她心中最重要的事，所以她不会去想累不累烦不烦这些问题。就好像太奶奶可可的爸爸一生最成功的事，是为她的女儿唱过 *Remember Me*；奥雷连诺的父亲一生中最成功的事，是带他的儿子去看了冰块；歌神陈奕迅，相信成功就是拥有一颗善良的能付出爱的心。

张晓风说：“如果相爱的结果是使我们平凡，让我们平凡。如果爱的历程是让我纵横行空的天马变为忍辱负重的承载驾马，让我们接受。如果爱情的轨迹总是把云霄之上的金童玉女变为人间烟火中的匹夫匹妇，让我们甘心。”

我要因为我生命的存在，使得其他生命更有意义，更幸福，我要我轻飘飘的这一具肉身，因为爱人，因为被爱，而变得沉甸甸的。是爱我们的人，与我们爱的人，构成了我们的人生。如哲学家艾·弗洛姆所说：“人应该同别人分享他的欢乐、兴趣、理解力、知识、幽默和悲伤——简而言之一切在他身上有生命力的东西。通过他的给，他丰富了别人，同时在他提高自己生命感的同时，他也提高了对方的生命感。他给并不是为了得，但是通过他的给，不可避免地会在对方身上唤起某种有生命力的东西。因此他的给同时也包括了使接受者也成为一个给的人，而双方都会因为唤醒了内心的某种生命力而充满欢乐。”

若每个人都能真正懂得，爱，是最重要的事，我想，这世上的寻觅、矛盾与痛苦，一定会少很多很多。

在漫长的一生中，很多事其实都没那么重要，但是，爱，唔，这很重要。

永夜月同孤——杜甫的一个又一个不眠之夜

他整夜竖起耳朵等钥匙在锁孔中转动开启宫门的声音，一阵风声在他脑中触发的是上朝马队铃声的音浪，这份小心翼翼的郑重仿佛因第二天一大早要担任升旗仪式护旗手而睡不着的孩子。

“知乎”上有个很有趣的问题，网友周南问道：“为什么杜甫被称为老杜，而李白没有被称为老李？”网友小刀这样回答：“因为杜甫未曾年轻，而李白从未老去。”我想，杜甫未曾年轻，一定是因为，他总睡不好。

在杜甫流传下来的1450多首诗中，许多诗作都写在夜里，尤其是抒怀之作。这些诗让人念着念着，眼前就会浮现出漫长的星光、沉沉的夜色。杜甫的夜晚似乎尤其长，而且多在清醒中度过。

他在朝中为官的不眠之夜，是因为想着第二天的职责而睡不着——“不寝听金钥，因风想玉珂”。他整夜竖起耳朵等钥匙在锁孔中转动开启宫门的声音，一阵风声在他脑中触发的是上朝马队铃声的音浪，这份小心翼翼的郑重仿佛因第二天一大早要担任升旗仪式护旗手而睡不着的孩子。杜甫对国家的爱，该是极厚重地由儒家正统而来，可我总觉得那又是简单纯粹的，如一片赤子童心，因此同样奉儒守官，杜甫较之于韩愈让人感到更有温度更可亲近。

他思念亲人的不眠之夜，愈见得一颗仁心。杜甫被叛军所执拘于长安时，自己已身陷囹圄性命不保，却还在因心疼妻子的孤单、孩子的未谙世事而彻夜难眠，“今夜鄜州月，闺中只独看。遥怜小儿女，未解忆长安。”巩县老家毁于安史之乱，已无人，杜甫思念弟弟：“有弟皆分散，无家问死生。”时难年荒，田园寥落，骨肉流离，已是连团圆的地方都没有了。他还是怀念故乡，“露从今夜白，月是故乡明”。流离失散的亲人难得偶尔一见，悲欣交集中，他的不眠之夜，是因为舍不得睡去，“夜阑更秉烛，相对如梦寐”。

“支离东北风尘际，漂泊西南天地间。”公元758—768年，杜甫46岁到56岁的十年间，在今四川、重庆一带漂泊。其间，杜甫长期患有疟疾、头风、耳聋、风痹、眼疾等多种疾病，贫病交加。他最多的不眠之夜出现在这十年——“自经丧乱少睡眠，长夜沾湿何由彻”。他整夜整夜地眺望长安，“步蟾倚杖看牛斗，银汉遥应接凤城”；他整夜整夜地听战争的鼓角声，“五更鼓角声悲壮，三峡星河影动摇”；他整夜整夜地在船上漂泊，“疏灯自照孤帆宿，新月犹悬双杵鸣”。一夜又一夜，他看着月亮从一端升起，从另一端落下去，月光升得高时，照在高处的藤萝上，映在石上的便是藤萝影，后来夜色渐沉，月亮落下去了，石上影子，变为了低一些的芦荻花。一夜又一夜，石上的影子由藤萝影变成了芦荻花。“请看石上藤萝月，已映洲前芦荻花”，是他彻夜不眠的见证。

甚至他不仅睡得晚，还总是起得早。“千家山郭静朝晖，日日江楼坐翠微。”我们看到，这个生命的每分每秒的时间，都用在这萦心不忘的忧虑中了。

“杜甫崇高而深挚的爱国主义精神、深沉的忧国忧民的忧患意识，像一条红线一样贯穿于他坎坷的一生及其全部创作中。”曾经，当老师们将它一遍一遍说与我们听，你可能会觉得那白底黑字冷冰冰的，很遥远。只有将杜甫诗集一遍遍挑灯细看后，才能真正懂得，实打实的忧患是什么，何为深挚，心里沉甸甸的爱、仁慈和悲悯，对他来说，意味着什么。

就是这样一个又一个不眠之夜。

曾读到过一篇怀念故乡的文章，作者的故乡是山东的一个小村庄。2500年前，孟子从齐国到魏国去，路过了这个村庄，在那里对一个年轻人说："富贵不能淫，贫贱不能移，威武不能屈，此之谓大丈夫。"后来东汉人张衡在这个村庄建了一个亭子纪念孟子，张衡又称张平子，因此从东汉到现在2000年来，那个村庄就一直被叫作张平村。在这个村子中，文明已融入了村民的生活和血肉，形成了每个人做人的根本。每个人都有礼数、有情感，他们的文化都是旧的，但是那么温暖，就像一个随时可以依靠的大山。也许张平村的村民们都是劳作在田间地头的平头老百姓，但他们身上都闪耀着孟子的光辉，他们的一言一行中，有"富贵不能淫，贫贱不能移，威武不能屈"。

我们诵读着杜甫的诗篇，这些对国家的深沉的爱、忧国忧民的忧患意识、对亲人的设身处地的疼惜，也渐渐融入我们的身体中。于是杜甫那仁慈的心、博大的胸襟，便能一代又一代地延续。

你不懂人间情事
——说说AI写诗

它的智能芯片里充满了什么字可以和什么字搭配的套路，但它不知道这些字要说给谁听，这些字能怎样予人安慰，又怎样予人释放，予人救赎。

虽然我是一个研究机器人的博士生，但我是不喜欢机器人作诗的。

因为南辕北辙的平生所好 vs 专业背景，每每出现在诗词节目中，我一定会听到这样一句话：“哎，她可以研究一个机器人来写诗啊！”当时总是一笑而过，心想嘉宾们要将每个人的背景与诗词联系起来，真是难为他们了。譬如面对农药专业的同学，主持人会说：“我们研究农药，是为了让蔬菜健康，而诗词，可以让心灵健康。”所以我一直把“会作诗的机器人”当作一个自我介绍时必要的流程，不曾细想过它。直到 2017 年 8 月，我受邀参与了中央电视台《机智过人》节目，真的遇到了为作诗而生的机器人——“九歌”。

九歌来自清华大学的一个人工智能课题组，它的创始人很喜欢屈原的《九歌》，因此为它取了这个名字。九歌用深度神经网络方法学习了初唐到晚清的 30 万首诗歌，只要为它指定好诗的格式，譬如七绝、五律，它就能在几秒的时间里交给你合辙押韵、合乎格律的诗篇，甚至指定好句首的字，它就能在几秒的时间写好一首藏头诗。节目组别出心裁，请几位诗词爱好者来与九歌一同现场作诗，让观众挑出他们觉得最不好的那一首，如果挑中了九歌的诗，则“机不如人”，九歌输；如果挑中了某个人的诗，则“机智过人”，九歌赢。

节目录制过去半年了，许多细节已模糊不清，但有一件事我一直记得。那天有一个题目是“静夜思”，我的友人李四维写了这样一首诗：

> 不眠车马静，相思灯火阑。
> 更深才见月，比向掌中看。

我很喜欢这首诗，但是，它被淘汰了。

我想，淘汰它的观众很可能没看懂最后一句。而且，李四维的“玩月”比起“静夜思”该有的“愁看明月”确实显得不寻常。而恰恰是这种夜深人静之时，孤身一人百无聊赖之中，将月亮比画在掌心上这份寂寥又孩子气的情味，是再智能的算法也推算不出来的。

30 万首诗歌足以让九歌学到庞大的词汇量、完备的语法规则，甚至豪放派该如何挥毫，婉约派该怎么觅句，可我最想问的是：它为谁而作诗呢？

诗是情话，是人对所要倾诉的对象说的情话，这个对象有时候是自己，有时候是放在心尖上的另一个人。机器人没有倾诉情话的对象，哦，不必说它没有这样一个对象，它甚至没有倾诉的欲望，它没有感情。它的智能芯片里充满了什么字可以和什么字搭配的套路，但它不知道这些字要说给谁听，这些字能怎样予人安慰，又怎样予人释放，予人救赎。人间情事如此复杂，人的感情有一万种，吃着数字长大深谙神经网络的它，如何能懂得人生在世“嗟余听鼓应官去，走马兰台类转蓬”如蓬草在风中打转般的无奈呢？如何能懂得等一个机会等了一辈子都等不到的“醉里挑灯看剑，梦回吹角连营”那强烈的遗憾之痛呢？如何能懂得一个女人在担心“浮云蔽百日，游子不顾返”之后又释怀疏解说

“弃捐勿复道，努力加餐饭”的百转千回呢？如何能懂得经历了大起大落、喧嚣扰攘之后对生命中还能有“一场愁梦酒醒时，斜阳却照深深院”般宁静的珍惜呢？

因为它不懂，所以它写不出来，所以它无法唤醒你，你的无奈，你的遗憾，你的百转千回，你难得的宁静。

就好像和李四维一起写《静夜思》，九歌写得出“孤月对轩窗”“夜静偶闻香”，但它不会突然起了小孩子心性，想到要把高高在上的月亮，用自己的手掌来比画比画，也就不会让我有因“比向掌中看”而起的莞尔一笑的冲动。

更何况，当它的整个世界观来自于初唐到晚清的30万首诗歌，你很难期待它的作品能反映出人在现代社会的迷惘。譬如2016年全球华语大学生年度诗人、来自中国农业大学的胡江波在电影院刚看完一场电影，一时分不清虚境实境，而怔怔立在街头的感觉——“大幕虚言离合事，孤身闲看往来人”。

所以，我不会为AI所作的诗而感动。

所以，相比于教导机器人写诗的套路，或者以算法来启迪人写诗，我还是更眷恋这个场景：

杜甫的小儿子宗武过十三岁生日，这一天，做爸爸的殷殷地对儿子说：

诗是吾家事，人传世上情。

这是诗，有故事，有背景，有对象，有情，有分量。

元宵节是情人节吗？

最令人珍视的，最令辛苦了一年的人们期盼这一天的，还是那心头幽微、旖旎的情思啊。

元宵节是情人节吗？

你说不是？那少女时代的李清照为何要在这一天戴上“铺翠冠儿”，插上“捻金雪柳”，去“簇带争济楚”，争做最好看的人呢？为何要费尽心思地打扮呢？

铺翠冠儿，是装饰着翠鸟羽毛的俏丽帽儿。翠鸟羽毛哪里来？答案在张先的词《木兰花·乙卯吴兴寒食》里，“芳洲拾翠暮忘归，秀野踏青来不定”。原来，是姑娘们早在寒食时呼朋引伴所捡得。巴巴地攒了一年，可就等着在元宵节的这一夜，让它在鬓发间装点几许春意。

许多年后，北宋都没有了，中原回不去了，可是元宵节的快乐还记得。老太太李清照，在“落日熔金、暮云合璧”的午后，怀念自己的少女时代，一开口便是“中州盛日，闺门多暇，记得偏重三五”。就记得元宵节，记得那如花儿一样的年岁时，姐妹们都偏爱元宵节。

元宵节是情人节吗？

你说不是？那苏味道为何如此眷恋这个夜晚，以至于向玉漏喊话，要让“玉漏莫相催”呢？玉漏啊，你慢一点滴好吗？让这个夜晚，长一点，再长一点。

这一夜，“火树银花合”，洛阳的皇城门外，竖起二十丈的大灯轮，饰以金银锦绣，点燃五万盏灯；这一夜，“星桥铁锁开”，连接洛北禁苑与里坊区的星津桥上的铁锁打开，每一个人，都可以走到平时走不到的地方。那六百声鼓击内必须走到家的恼人宵禁也没有了，每一个人，都可以想几点回家就几点回家。可是，纵然这十丈灯轮，纵然这火树银花，但最迷人的，却一定是那“游伎皆秾李，行歌尽落梅”。在这个“金吾不禁夜”，街上出现了平日里绝不会有的女孩子的身影，她们从深深的庭院、寂寂的流年中走出来了，来看花灯。若是看花灯时不小心丢了块手帕儿，又被个小伙子碰巧捡到了，这一世的姻缘，或许就定下了。《大明宫词》中，小太平不就是在上元夜的幢幢灯影下，邂逅了那张让她“十四年的生命所孕育的全部脆弱的向往终于第一次拥有了一个清晰可见的形象”的面孔吗？

——你是不是认错人了？你在找人？

——我是在找昆仑奴。

——昆仑奴？

——……

——公子，你认错人了。我不是昆仑奴，昆仑奴仅仅是一张面具。面具后面的人脸，通常是不同的。你的头上，不也戴了一张面具吗？

——……

——“我可以走了吗？”

——……

“他有弘哥哥的鼻子，高高的，直直的，像山脊一样。眼睛像贤哥哥，长长的，大大的，像一潭深水。他眉毛可漂亮了，是那种剑眉，透着英气。他的嘴像显，不，像旦，厚厚的，嘴角还微微往上翘。下巴上还有一道儿，就在这儿，很威武的样子。噢，对了，他的牙齿像显，雪白整齐，泛着轻轻的品色…… 他笑起来的样子啊，好像春天里最明媚的一束阳光。”

若不是这上元夜，怎能见到一生难忘的这张面孔呢？

你还说，元宵节不是情人节？

那“众里寻他千百度”的辛稼轩又何以能在这一夜，邂逅“那人却在，灯火阑珊处”呢？“蛾儿雪柳黄金缕，笑语盈盈暗香去”，正是万头攒动、美人如云的热闹，他却偏爱那白露泠泠灯火黯淡的幽僻处，远离人群娴静婉和的佳人。映衬这场初遇的背景尤为华丽，是“东风夜放花千树，更吹落，星如雨，宝马雕车香满路，凤箫声动，玉壶光转，一夜鱼龙舞”。

自西汉以来，两千年来，年年元夕。从汉文帝开始的花灯如星海般浩瀚了两千年，从唐朝开始的焰火璀璨了一千三百年，从北宋开始的元宵甜蜜了一千年，但纵然如此，它们也不足以让诗人们这样梦绕魂牵，痴痴地描摹一遍又一遍。最令人珍视的，最令辛苦了一年的人们期盼这一天的，还是那心头幽微、旖旎的情思啊。“今年元夜时”，是不是还能在“花市灯如昼”中，与她“月上柳梢头，人约黄昏后”呢？是不是还能见到花灯下那张比灯更璀璨的面容呢？

正如《青玉案·元夕》中，最令读词人咂摸不尽的，不是上阕的盛景，却是下阕的穿行、选择与寻觅。正如《永遇乐》中，李清照惦记的，是随着节日氛围晕染开来的，少女的情怀，青春的美好。

你说“情人”何意？“情”为何意？若这些都不是情，又有什么能算作情呢？

三言两语

该不断研习语言，好在毫端、在唇齿之间，用三言两语，撑起自己的灵性。

近来很沉迷于翻看杂志里的散文，大概是因为软糯的语调与清清浅浅的素秋清气很调和（就好像酷暑适于看《百年孤独》这样用力猛烈的文字以匹配热浪）。于是手机相册中满满的自拍，渐渐由一张张“相片版”剪报所取代。如同藏了一个甜美的秘密，闲时打开来翻一翻，在寥寥几字中咂摸出令我欣喜不已的意味来，成了生活中的一大乐事。

很为一些偶尔遇到的三言两语所惊艳。

陆沉。“故人昔有凌云赋，何意陆沉黄绶间。”埋没的人，隐居的人，陆地无水而沉。

行藏。淡淡道来人生的裕度。行走天地之间，出仕、归隐，便是行藏二字。真是凝练，其中似乎包含了许多玄之又玄的人生道理，又似乎简单至极。

微尘众。意为多到像尘沙一样的众生，在六道中流转。本出自《金刚经》，蒋勋老师用它来比喻《红楼梦》中贾瑞、冯渊、北静王、金荣这些小人物，每个人有他的来处和去处，多而微渺，从书中匆匆而过。有时候不禁想，曹雪芹能架构出这么多命运，什么因种什么果既已了然于胸，他一定看破红尘了吧。

观音土。这名字是多么慈悲，令人禁不住要感叹汉语言的温厚。它能在饥荒时吃下去来救命，在太平时经烈火而化身为瓷。“舍生求道有前踪，乞脑剜身结愿重。”这样好的事物，怎样给它起名字呢！冠以观音，观音，那眼眸低垂目光如水的观音。

短梦无碑记。语出汤显祖《南柯记》。五个字真是美，美得迷离，像李商隐说的“醉起微阳若初曙，映帘梦断闻残语”。恰如其分地写出了记不清楚做了什么梦时的感觉，又像是影影绰绰的现实中的过往。

云物如故乡，山川知异路。本是一句唐诗，在燕园生活了四年的曹姮来到台北读书，在细雨迷蒙中捡拾潮湿中很难干枯颜色尚绿的银杏叶时，想起北京金黄的秋色，这十个字蓦然在她心头浮现。借旧物寻找慰藉，却终有万水千山之别的怅惘，从其中漫延开来。

这些三言两语，简之又简，却在文章中闪着光，从纸面上袅袅升起，让许多复杂的思绪、心情呼之欲出，以“此时无声胜有声”的方式，让人从这些字眼中，走进一个悠远广袤的空间，体会他人的心情，想起自己的故事。

于是一次又一次惊叹于语言的力量。它有它的朦胧的艺术的美，能给你一片美妙的清平世界；它也有它的现实的有用的能耐，能活血化瘀，解开心结。

《红楼梦》里，王熙凤病了，要上等人参二两来配丸药。谁知贾府上下甚至贾母那里都找不出来，陈的陈，送的送了。偌大的世家找不出二两药来，这是很丢面子的事，王夫人正长叹，宝钗这样宽解姨妈：“这东西虽然值钱，究竟不过是药，原该济散众人才是。咱们比不得那没见过世面的人家，得了这个，就珍藏密敛的。”正是平常都送人了，才显出大家族的气派，只有小家小户，才收藏这个。三言两语说过，将没面子的事变成了有面子的事，王夫人心里顿时云销雨霁。

我想起偶尔自己也会发挥超常而说出颇具纪念意义的三言两语，譬如在第二季《中国诗词大会》上第一次返场时那句无心的话：“前浪，还没死。”后来许多人在微博上留言说：“因为这句话，记住了你。”

这些让人觉得，该不断研习语言，好在毫端、在唇齿之间，用三言两语，撑起自己的灵性。

我爱的北京就在这里

它不会太文艺，高冷到不食人间烟火，像上海的淮海路、田子坊，也不会太生活，像王府井叫卖声此起彼伏的小吃街，或商业气息浓厚的西塘。它处在一个正好儿的地方，能满足口腹之欲，能让人赏心悦目，也能让人感到回归。

我始终坚信，每一岁里如果没能吃两样东西，就一定不能活到下一岁。

一样在日料店里，被半颗新鲜柠檬淋过的冰凉的三文鱼刺身，夹起一片，柠檬极具唤醒力的清香扑面而来，连带着整个呼吸都苏醒了，植物可爱讨喜的天然芬芳酯远远地就能让人微笑起来，继而舌尖又被柔软细腻的厚厚鱼肉满满拥抱，带着柠檬微酸的美妙口感，既不浓腻，也不寡淡，清雅安适，像薄施脂粉的佳人，美得恰到好处——所以我每次吃它都是闭着眼睛的，因为怎样的画面都衬不上这样陆上精灵和海洋瑰宝在嘴里的融合所带来的嗅觉和味觉的盛宴。简直让人觉得，就算为了这个过程，也要好好活下去啊。

另一样，在南锣鼓巷。菊儿胡同旁一家几米见方的小店，认得不认得的十几种香料浇上刚刚烫熟的筋道爆肚儿，合着芫荽的清脆热乎乎一大口吞进来，芝麻醇厚的浓香、胡椒活泼的跃动，嚼几下咽下去，再喝一口热汤，在张嘴冒白气的北方寒冬，对着有老家味道的青砖黛瓦，让人从里到外都温暖起来——吃爆肚儿必要睁大眼睛，看着干净清冷的枯枝衬着蓝天的画面，即便是吃着一次性纸碗装着的老北京小吃，也是有诗意的。所以到处都有的老北京爆肚儿，是一定要在南锣鼓巷吃的。我总是时不时地就要来这里，买一块小石头刻个章，挑几张小巧精致的贺卡，淘一条披肩，试两个毛线帽，当然最重要的是吃个肚儿圆，最后高高兴兴地带回一些可有可无的小玩意儿。

从写着南锣鼓巷的老牌坊走进来，顺手买一块老北京紫米糕，吃一串冰糖葫芦，转头又被玻璃窗后华夫饼上的白色奶油包裹的鲜艳草莓吸引，再走两步手里可能多了热腾腾的章鱼小丸子、羊肉串、炸鱿鱼、煎饼果子、烤翅或是甜蜜的榴莲酥，小店里吃得到十几块一碗的卤煮火烧和炸酱面，夏天还可以坐在露天院落吃云南火锅，身旁的小池塘里娓娓地游着红鲤，头顶是从葡萄叶子中间透下来的星光。吃得腻了这里也找得到冒着气泡薄荷味的“莫回头”，或者放几片奇异果的冻酸奶。胃里妥帖了，转头可能看见一件羊绒斗篷灵灵巧巧地立在那儿，试一圈回来又进气味博物馆闻一闻各路香水，在“温暖的你”被萌物包围，在刻章小店里看一看玉石的剔透。路上会遇到住在这儿正遛狗的老北京，也会有年轻养眼的在旁边中戏读书的颜值担当们笑着要回学校去（我一直想不通在南锣鼓巷上学的中戏学生们如何做得到不吃胖……）。似乎任何东西到了南锣鼓巷，就变可爱了许多许多，处处都是“小确幸”，处处都让你感叹，日子过得真滋润啊。

台湾人说，三日不购衣，便觉面目可憎，三日不购物，便觉灵魂可憎。这固然是夸张了许多，可在南锣鼓巷这里，我这个平时秉持按需购物的人都总会觉得一定要买点儿什么。即使什么也不买，瞧瞧热闹也开心。它不会太文艺，高冷到不食人间烟火，像上海的淮海路、田子坊，也不会太生活，像王府井叫卖声此起彼伏的小吃街，或商业气息浓厚的西塘。它处在一个正好儿的地方，能满足口腹之欲，能让人赏心悦目，也能让人感到回归。它既宁静又喧嚣，踏实温暖又有趣新鲜，处处透着老北京的韵味儿，又时不时冒出些潮流的棱角。爱热闹的人贪恋着正街的热闹，逛累了一转头，两旁还有住着老北京寻常人家的胡同，静悄悄地冒着炊烟。走在几步宽的胡同里，听着身后的喧闹越来越远，看着两旁的带门环的木门、石狮子、小院、槐树、葡萄架，从容妥帖，带着时光的积淀，便能得到心灵的休憩。

逛南锣鼓巷实在不需要攻略，在这里可以大大方方地贪得无厌，可以看见什么就想要什么。在这里，我总觉得生活是多汁的，有美食，有信仰，有小花小草，不用刻意去经营，它就在生活之中。

这是我深爱的南锣鼓巷。

我爱的北京就在这里。

后记

很期待遇见你，纸页另一端的你

从未想过有一天我会出书。

高二分文理时选了理科，高考填志愿时填了自动化，读研时选择了机器人。这样的一个人，竟然有一天能出书，还是诗词读后感，可见这世界是多么不可思议。

很幸运《中国诗词大会》的亿万观众中，竟有一个从事出版业的姐姐后来成为我的老师，我的朋友——能将文字付之铅印的机缘是偶然的，但这书里的文字却是由来已久了。

初发心，大概是钱锺书先生说过的那句话，“读书不做笔记，不思考，时间久了，大半就付之东风了”。我是不想让它们付之东风的，所以看书时，脑筋转得很勤快，笔头也动得很勤快。我看书非常慢，遇到喜欢的段落会翻来覆去看，而且一定会在吃饭、排队、坐车、洗澡、涂面霜等琐碎的时间反复想起，反复琢磨。我在很多地方做读书笔记且有不同的分类，比如读散文遇到的精彩段落归在一个文档里，遇到与自己日常生活有关联的感悟就记在日记里，大部头的长篇作品单独开一个文档，来记录让我共鸣颇深的段落和由此引发的浮想联翩。

想到这儿，突然发现诗词于我是一种特别的读物，与它相关的笔记很多写在了微博里，大概是因为中国诗词篇幅短小，适于这种媒介。节目播出之前，我的微博是一个只有自己会看的地方，但写时也一定要字斟句酌惜字如金，草稿是一定要打的，打好了还要删改（人总是一不小心就啰唆，我最担心自己啰唆），然后再发到微博里——即使只有自己看。就这样，一些最初的一时兴起、低潮、喟叹、震撼、感动、思索、豁然开朗、无论怎样都美丽的心情，都在生活的间隙用寥寥数笔记了下来。还有许多悠然心会的时刻，或者记在了日记里，或者没有付诸文字但一想起仍然清晰如昨，都是一点一滴积累起来的与诗词的缘分，也是这本书里所有文字的来源。所以，它或许是稚嫩的，拙朴的，平淡无奇的，但一定是真诚的，真实的，原汁原味的，从漫长的时光里积淀起来的。

所以它来到你面前，并不是想点评什么，更不是想教你什么，只是想让你知道，我有多感动。我曾被这些诗篇感动，也希望能让你想起曾经的感动，然后你就可以获得片刻宁静，去慢慢回忆它们，然后再来告诉我你的那些美丽的，心动时刻。

最后要衷心感谢我所有的老师、亲人、朋友，还有我的编辑、良师、益友李伟楠女士，生命如此美丽而充满惊喜，没有你们就没有我，也没有这些文字。尤其感谢蒙曼老师慷慨赐序，康震老师、郦波老师、吴志攀副校长为本书作推荐人。大家们俯下身来，向一个初出茅庐不谙世事的学生伸出温暖的手，其中传达的善意，足以让她一生感念。

我是陈更，我回来了。很期待遇见你，纸页另一端的你。

编者跋

——李伟楠

这本书的缘起，是陈更在《中国诗词大会》第一季的舞台上答错了一道题。

那时，节目的热度远远没有后来那么高。在一次转台时，我偶然看到一个蓝衣青裙、梳着两条长长的麻花辫的女孩引用《菜根谭》的话表达参赛感受："必胜非勇，能胜能不胜之谓勇。"便不由自主地停下来。

她思维敏捷，每每能在线索很少的情况下抢答，十分刺激。那一期的节目是她和会背一万首诗词的李四维对擂，赛点来临时，是一道选择题："伟大的奥地利作曲家马勒读到经过层层转译的唐诗之后，以此为歌词，创作了著名的《大地之歌》，请问该作品最后以哪首唐诗结尾？"

题目公布后，两位选手一脸茫然，显然都不会，空气一度凝滞。这时，谁按抢答键，谁就有可能因此失去擂主的席位。片刻之后，陈更按下抢答键，猜了一个答案。她猜的是孟浩然的《宿业师山房待丁大不至》。结果猜错了，《大地之歌》的最后一个乐章用了两首唐诗——孟浩然的《宿业师山房待丁大不至》和王维的《送别》，题目问的是结尾，所以应该选王维的《送别》。

她解释了自己猜孟诗的原因：

> 对我而言，孟浩然的诗和大地好像有千丝万缕的联系，它有人与自然的和谐感。因为它又有"松月生夜凉，风泉满清听"，又有"之子期宿来，孤琴候萝径"，在茫茫山野里，

他抱着一把琴，站在大地上的小径上。所以我心里有了一点诗词和音乐的通感。我对马勒比较欣赏，我喜欢的作家须一瓜的作品里，各种各样的人物都听马勒的作品进行心灵的救赎。但是很遗憾，我不知道这道题的答案，但我会铭记终生，这是比得到擂主更大的收获。更何况，柳永曾经说过："何须论得丧，才子词人，自是白衣卿相。"

这段长长的感悟被节目组完整地保留了下来。（后来我了解到，诗词大会是鼓励选手们表达见解的，这样可以增强"以文会友"的氛围，弱化"输赢"感。）虽然题答错了，但这个猜测的过程展现了她对诗词内涵的敏锐直觉。这段阐释，作为一个紧张激烈的比赛节目中的临场表达，相当惊艳，加之悦耳语音的衬托，确有几分"言词成珠玉，语毕成文章"之感。董卿也从主持人的角度，赞赏陈更的气概和担当，毕竟一道抢答题晾在那没人抢，是有些尴尬。在现场动人音乐与精美舞台辉映的环境里，董卿用王维《送别》的后两句"但去莫复问，白云无尽时"与她作别。嘉宾、主持人和选手在这道题中的互动，一再被百人团的掌声打断。

答题之外，陈更的气质、风度，也很打动我。我经常开玩笑地说，那是一个有"魔性"的时刻。虽然不是令人惊艳的大美女，但她笑语盈盈地站在那里，你能感到亲切与骄傲隐隐地并存着。当她说出"万里归来年愈少，微笑，笑时犹带岭梅香"，当她抑扬顿挫地说"何须浅碧轻红色，自是花中第一流"，你会觉得，眼前这个女孩背诗的画面，也是对这两句诗歌神韵的一种奇妙的诠释。

这一期节目，成了我邀请她写作诗词赏析作品最重要的契机。我找到她的微博，读了很多她关于成语和诗词的文章以及只言片语的感悟。后来见了面，交谈之中我了解到她最爱的诗人是杜甫。这让我非常惊喜，不仅因为见过的杜甫粉丝中90后年轻女孩甚少，也因为做了几年编辑、一直观察图书市场的我，知道当时流行的是“人生若只如初见”和“只是当时已惘然”一类风格，与爱情有关、浪漫、“唯美”（当然，用这个词形容古诗词并不准确）、略带感伤的情调，而那种理解其实是狭窄的。中国古诗词中蕴含的不可胜数的“仿佛从人五脏六腑扪过”的悲喜，那些既博大又精微的情感，还有更广阔的值得今天的我们探索、领悟的空间。陈更会带来另一种声音，一种对诗词的更清新、更深刻、更接近生命本质的解读。

我和陈更约定了写稿之后，她最初发来的几篇让我欣喜。最爱的杜甫诗，她选来赏析的，是《又呈吴郎》。老杜有那样精湛高超的诗歌技艺，有那么多家喻户晓的鸿篇巨制，她独独挑这一篇来写，打枣拆篱笆这样不起眼的小事、无名寡妇这样黯淡无光的小人物、因为水平太高把信写成诗的无意而成，却最真切地展现了杜甫心灵深处最极致的仁厚。我感到陈更对诗词，有透过浮华看本质的潜力。她的这番体悟，在异彩纷呈的杜诗赏析中，称得上“以初心解初心”了。

读文学作品，是不是一个读心的过程？陈更对诗人之心有独到的发现。她感慨白居易对因公事到山中而对山有愧疚之意；发现元稹离世九年了，69岁的白居易还总是梦见他；描述周必大在被皇帝召见、梦想可待之时内心有过怎样的波澜；痛赞在乱世中刚刚得到安稳生活的元结为了不搜刮百姓辞官而去。这些情感在以往大众能够触及的诗词赏析作品中，写得不够多，分量不够重。

语言艺术方面，她喜欢的，不是一眼能看到的美，而是“看似平白，却很深情，于无声处听惊雷”的感觉。她用“渭北春天树，江东日暮云”做诗词交流群的名字，以“问我何所有，山中唯白云”形容北大精神，而“天地寂寥山雨歇，几生修得到梅花”，是她欣赏的文人风骨。这些美不是以华丽的辞藻来塑造的，值得传递给更多的读者。

文章，是情志的表达。同为女性，理所当然地，我更赞赏她很多其他方面。陈更在谈“出门搔白首，若负平生志”时提到了父亲，用极具画面感的文字描述一位普通人内心的热血和壮志未酬的遗憾、落寞，以及作为女儿，从最深切的生命意识生发出的对父亲的理解。她的爱情观颇为洒脱，喜欢《长干曲》中声音清亮的女子，赞同“我爱你，不光因为你的样子，还因为，和你在一起时，我的样子。我爱你，不光因为你为我而做的事，还因为，为了你，我能做成的事”。她悲叹李清照的千年孤独，我想，她内心深处，一定也有“星辰大海”的征途。

编辑书稿时，我们经常会有不同意见。有时，社里的印制同事们那边催着，我们这边却还在为一两个词一来一回地发长长的微信。《吴兴杂诗：你可知道，江南水多》引言里用到“慷慨”这个词，我觉得不完全符合语法规范，要她改，她说在她心里，“深处种菱浅种稻，不深不浅种荷花”的江南的水就是慷慨的感觉，而感觉比语法规范重要。王安石的词，我担心“揉蓝”缺乏权威的依据，要改成“柔蓝”，她就凶巴巴地说，她就是喜欢“揉蓝”这种草木染的味道。一来二去，辩论许久。一般说到最后，都是我听从她的意见。为此，往往会消耗很长时间，但回想起来，也不禁莞尔。

通过这本书，我和陈更接触很多，渐渐成为朋友。现实中的她给我最深刻的印象，就是高度的自律和对诗词的热爱。博士生课业繁重，诗词这个业余爱好又极费精力，她就严格地以分为单位规划时间。她对纯文学关注很多，除了古诗词，还热爱当代诗和外国诗歌作品，读很多小众书。有一段时间，她经常一边吃饭一边读日本小说《细雪》。每每我觉得自己被工作杂务搅扰，变得面目可憎，便会让她推荐一些书来洗心。而她，专业的研究自然万万不能落下，那么平时，擦面霜、排队等时间，都给了诗词。每天晚上，无论身处何处，无论多么繁忙，她都会在微博群里分享“晚安诗”，讲自己的读诗体会，已坚持了几年。

“心疼陈更”，曾几度上过微博热搜。喜欢她的朋友们，觉得她在比赛中常常会在本来大有希望赢的时候，遭遇急转直下的神转折，为她感到遗憾感到惋惜。我知道她的父母很心疼她，说观众们看到的是舞台之上的精彩，而他们看到的是陈更从小到大，寒来暑往坚守在书桌前的努力。我也经常心疼她，比如为了拍一幅满意的封面照，她在三九天，光着脚站在颐和园冰冻湖面旁边的大石头上，一站就是三个小时。不过说到心疼这个词，她总是不以为意地笑笑。我懂得，她有自己非常坚定地要做的事，她要不负此生。

最后说说书名，这句诗曾经被她设为QQ签名。第二季诗词大会落幕时，“天地寂寥山雨歇，几生修得到梅花”是她发布在微博上的感言。这句诗里蕴含的期待、诘问和追寻，就是我心目中陈更的样子。